엄마와 함께한 봄날

엄마와 함께한 봄날

초 판 1쇄 2023년 10월 26일

지은이 우희경, 이영탁, 최제인, 이지영, 민강미, 김희배, 한경아, 황소영, 임주하, 최솔지, 조성은
펴낸이 류종렬

펴낸곳 미다스북스
본부장 임종익
편집장 이다경
책임진행 김가영, 신은서, 박유진, 윤가희, 윤서영, 이예나

등록 2001년 3월 21일 제2001-000040호
주소 서울시 마포구 양화로 133 서교타워 711호
전화 02) 322-7802~3
팩스 02) 6007-1845
블로그 http://blog.naver.com/midasbooks
전자주소 midasbooks@hanmail.net
페이스북 https://www.facebook.com/midasbooks425
인스타그램 https://www.instagram/midasbooks

© 우희경, 이영탁, 최제인, 이지영, 민강미, 김희배, 한경아, 황소영, 임주하, 최솔지, 조성은, 미다스
북스 2023, *Printed in Korea*.

ISBN 979-11-6910-358-9 03810

값 20,000원

미다스북스는 다음세대에게 필요한 지혜와 교양을 생각합니다.

그때는 몰랐던, 엄마에게 마음을 담아 보내는 연서

엄마와 함께한 봄날

기획 우희경

저자 이영탁 최제인 이지영 민강미 김희배
한경아 황소영 임주하 최솔지 조성은

미다스북스

"엄마와 함께했던 순간이 보석입니다"

멀리서 엄마의 뒷모습을 본 적 있다. 옛날보다 작아진 키, 굽어 버린 등, 느려진 걸음. 세월의 덧없음이 느껴지는 날이었다. 그날, 언제나 강할 것만 같았던 엄마가 유독 작게만 느껴졌다. '우리 엄마는 언제 저렇게 늙어버렸을까?' 야속하게 흘러버린 시간이 주마등처럼 지나갔다. 어릴 적 엄마에게 떼쓰며 어리광을 부렸던 어린 꼬마의 나. 엄마에게 대들고 불만 가득했던 사춘기, 결혼할 사람이라고 처음 남편을 소개했을 때, 큰 아이를 낳고 바라봤던 엄마의 눈….

철이 없던 숙녀는 그동안 얼마나 많이 엄마에게 상처를 주며 살았을까? 아이를 낳고 알았다. 엄마라는 존재가 얼마나 위대한 존재인지를. 그런 엄마와 함께했던 모든 순간이 보석처럼 빛났던 나날이었던 걸. 인간이 얼마나 어리석은 존재인지, 소중한 것은 항상 늦게 깨닫게 된다. 그때는 미처 몰랐던 엄마의 행동과 말이 이제는 모두 이해가 된다. 그리고 나에게 큰 사랑을 베풀어 준 엄마가 새삼 고맙다. 나이가 들수록 엄마에 대한 감정이 더욱 애틋하다. 엄마가 이 세상에 없었더라면, 나는 무슨 힘으로 살아갔을지. 생각만 해도 아찔하다.

끌어당김의 법칙 같은 것이 작용한 걸까? 한없이 작아진 엄마의 뒷모습을 보게 된 그날 이후, 희한하게 '엄마'에 관한 이야기에 눈과 귀가 열렸다. 상담할 때도, 책을 볼 때도 '엄마'에 관한 이야기가 유독 눈에 밟혔다. 친정엄마를 바라보는 감정이 어쩜 이리도 하나같이 비슷한지…. 순간 우리들의 엄마 이야기를 책으로 엮어보자는 생각이 들었다. '엄마'라는 이름으로 많은 것을 희생하고, 감내하며 살아가야 했던 이 시대의 엄마들에게 보내는 연서를 모아 보고 싶었다. 뒤늦게 알게 된 엄마에 대한 딸들의 사랑과 감사를 가득 담고서.

누군가는 '엄마'라는 두 글자만으로도 눈물을 글썽거렸고, 또 어떤 이는 엄마에게 살아가는 이유를 찾기도 했다. 또 다른 누군가는 엄마에게서 '도전'하는 삶을 배우기도 했다. 각자 다양한 사연을 갖고 모인 10명의 저자들의 이야기를 들으며 확신했다. 이 책이 세상의 모든 엄마에게 바치는 사랑과 감사의 책이 될 것이라고. 그동안 잘 키워준 엄마에게 건네주는 선물이자, 내 딸에게 전해줄 수 있는 의미 있는 유산이 될 거라고.

엄마에 대한 사랑과 감사의 마음은 가득하지만, 세상에서 가장 가깝고 소중한 존재인 엄마에게 사랑을 표현하는 일이 왜 이렇게 어려운지. 따뜻한 말 한마디 나누며 두 팔 벌려 안아주는 일이 왜 그렇게 어색한지. 아마 나를 포함한 많은 딸이 한마음이 아닐까. 그동안 말로 잘 표현하지 못했던 엄마에 대한 마음을 이 책으로 대신 전하고자 한다. 결혼 전, 충분히 전하지 못했던 그 말과 함께.

"엄마! 사랑합니다. 그리고 존경합니다. 엄마가 내 엄마여서 진심으로 감사합니다."

2023년 10월

기획자 우희경

목차

STORY

1

·

20대의 나이에, 엄마라는 이유로 홀로 짊어진 책임감의
무게를 강인하게 견뎌낸 우리 엄마. 엄마와 나 사이는
변한 것이 없는데 엄마가 되고 엄마를 더 사랑하게 되었다.

나 홀로 딸을 키운
엄마의 강인함을
이제야 알았다.

최솔지

1

우리 엄마만 어려서부터
강인한 팔자였을까?

모녀 관계를 '애증'의 관계로 정의한다면, 내가 바라본 우리 엄마와 외할머니의 관계는 '증'에 가까웠다. 한두 마디의 대화가 오갔다 하면 그 뒤로는 짜증 섞인 말투가 툭툭 던져지는 대화. 나는 어린 마음에 엄마도 나처럼 우리 외할머니를 사랑했으면 좋겠다고 생각했다. 지금 생각하면 참 우스운 얘기지만. 그런데 참 이해할 수 없는 게 있었다. TV나 영화에 가족 이야기, 엄마, 부모님 이야기만 나오면 대성통곡을 하던 엄마의 모습. 엄마가 눈물이 많은 건 알지만 평소 할머니 할아버지께는 퉁명스럽게만 대하면서, 세상 정 많은 사람처럼 TV, 영화 속 이야기에는 왜 그렇게 서럽게도 우는 건지···. 나에겐 참 수수께끼였다.

우리 엄마는 오 남매의 맏이다. 엄마 나이 두 살에 남동생이 태어났고, 다섯 살에 여동생 그리고 그 뒤로 줄줄이 여동생 두 명이 더 태어났다.

막내 여동생이 태어났을 때는 엄마가 9살 때였다. 동생들이 줄줄이 태어났듯 행복도 줄줄이 따라왔으면 좋았건만. 막냇동생이 태어나고 몇 년 뒤쯤 할아버지 일이 잘못되면서 가세가 많이 기울었다고 한다. 집안은 어려워졌고, 식구는 늘었으니 할아버지 할머니는 사방팔방 일거리를 찾아다니며 안 해본 일이 없이 바쁘게 살았다. 자연스레 집에 남겨진 동생들 뒤치다꺼리는 엄마 몫이 되었다.

　동생들에게 엄마는 참 야무지고 똑똑한 누나이자 언니였다. 집에서 동생들을 돌볼 때면 다 같이 모아 놓고 재미있는 놀이를 진행하며 선생님이 되기도 했고, 엄마가 본 영화나 책에 관해 이야기해주는 이야기꾼이 되기도 했다. 또 말은 얼마나 잘했는지. 언젠가 동생들뿐만 아니라 사촌 동생까지 모아 놓고 엄마가 보고 온 영화 이야기를 해준 적이 있는데, 눈을 반짝이며 이야기를 한참 듣던 사촌 동생이 "누나야! 극장에 가서 영화한 편을 방금 보고 온 것 같다!" 했단다. 우리 외삼촌, 하나밖에 없는 엄마의 남동생에게 그런 누나는 엄마 같은 존재이자 영웅 같은 존재였다고 한다. 이모들에게도 마찬가지였다. 투덕거릴 수 있는 언니라기보다는 엄마 같은 존재인 큰 언니였다. 엄마의 어린 시절, 학창 시절은 그랬다. 부모님께 응석 부리는 건 엄마와 거리가 먼 이야기였고, 동생들과 투덕거릴 틈 따위는 없었다. 그 대신 줄줄이 딸린 자식들 먹여 살리느라 자리를 비운 부모님 자리를 채웠고, 동생들에게는 엄마 아빠 대신 보호자가 되었다. 그 당시 어린 엄마의 마음은 어땠을까. 엄마도 사춘기가 있었을까. 아무도 모른다. 엄마는 속 시원히 자기감정을 토해냈던 적이 없으니까. 할아버지, 할머니, 동생들이 그렇게 각자의 입장으로 바쁜 틈에 엄마는 강인한 맏딸로 홀로 서 있었다. 엄마는 엄마에게 주어진 캐릭터대로 아닌 척, 괜찮은 척, 아무 일도 없는 척을 참 잘하는, 겉으로 강해 보이는 사람이 되었다.

나도 어른이 되어 외할머니와 이런저런 옛날얘기를 할 때 여러 번 듣게 된 얘기가 있다. 먹고 살기 힘들어졌을 때, 할아버지와 잠시 떨어져서 살아야 했던 때가 있었다고 한다. 할머니는 혼자 다섯 남매를 건사해야 했다. 무슨 일이라도 해서 줄줄이 딸린 자식들 먹여 살리겠다고 할머니는 떡을 떼다 팔았다고 한다. 엄마 중학교 입학식 날에도 떡을 다 팔고 입학식에 갈 참이었는데, 하필 그날따라 펼쳐 놓은 떡이 어찌나 안 팔리던지. 할머니는 어쩔 수 없이 떡이 가득 담긴 보따리를 싸매 들고 입학식에 늦을까 헐레벌떡 엄마 학교까지 달려갔다. 떡 보따리는 학교 입구 나무 뒤에 숨겨놓고 운동장에 서 있는 엄마를 찾아 손을 흔드는데 그렇게 눈물이 났단다. 흐르는 눈물을 닦고 또 닦고 하는 중에도 할머니는 '저 떡을 다 팔아야 하는데….' 하는 생각뿐이었다. 그 떡을 다 팔아야 또 하루 먹고사니까.

입학식을 끝내고 엄마는 할머니를 찾아 반갑게 달려왔다. 하지만 반갑고 애틋한 모녀 상봉의 시간은 그 두 사람에게 허락되지 않았다. 입학식이 끝나고 쏟아지는 인파는 곧 떡을 사줄 수 있는 손님들이었고, 할머니는 얼른 자리를 펴고 남은 떡을 팔아야 했다. 할머니는 동생들 먹일 떡을 싸주며 말했다.

"엄마 금방 갈게. 집에 먼저 가서 동생들이랑 먹고 있어."

떡도 1인당 두 개씩 딱 열 개. 갓 중학생이 된 엄마는 동생들 줄 떡을 싸 들고는 엄마의 엄마를 학교 앞에 두고 집으로 갔다. 집으로 가는 그 골목길 내내 돌아보고 또 돌아보고…. 엄마의 엄마, 할머니를 그렇게도 돌아봤다고 한다. 할머니는 그때 엄마의 표정과 그 얼굴이 그렇게 안 잊힌단다. '엄마 왜 이렇게 늦었어!'라든지 '집에 같이 가면 안 돼?'라는 한마디 나올 법도 한데 엄마는 그날도 묵묵히 할머니 말대로 떡을 챙겨 집으로 갔다. 난 이 얘기를 들을수록 엄마와 할머니 사이의 애틋함이 자꾸 전해와 마음이 찌릿하다. 할머니는 이 이야기 끝에 늘 운다. 그 뒤에 덧붙이는 말이 있다.

"네 엄마 없었으면 그 애들은 줄줄이 집에 놔 놓고, 먹고는 살아야 하고 우째 했을꼬…."

표현하는 것보다는 감추는 것에 익숙하고, 고민을 털어놓기보다는 혼자 해결하는 것이 익숙한 캐릭터로 자라온 엄마. 엄마는 왜 그리 표현에 인색할까, 왜 다정한 표현이라고는 모를까. 그러면서 다른 사람 이야기에, TV나 영화 속 이야기에 눈물은 왜 그리 많을까. 내가 자라면서 엄마를 보며 품어왔던 엄마에 대한 수수께끼는 엄마라는 사람의 이야기를 하나씩 알게 되면서 서서히 풀려갔다. 맞다. 엄마는 TV나 영화를 보며 그때나마 꼭꼭 숨겨둔 감정을 드러낸 걸지도 모른다. 우리 엄마는 참 어른스럽고 강인한 맏딸이었다.

2

결혼도, 남편도
엄마가 기댈 틈은 주지 않았다

　엄마는 24세에 결혼했다. 그와 동시에 할아버지, 할머니는 첫 사위를 얻었고, 삼촌은 처음으로 매형이 생겼으며, 이모들은 처음으로 형부가 생겼다. 가족 모두 엄마의 시작을 응원함과 동시에 가족의 새로운 변화에 대한 설렘으로 들떠 있던 시간이었다. 그리고 1년 뒤, 더 설레고 벅찬 일이 벌어졌다. 엄마의 딸, 첫 손주이자 첫 조카의 탄생. 내가 태어났던 해에는 유난히 눈이 많이 왔다고 한다. 그때 우리 삼촌은 군대에 있었는데, 내가 태어났다고 군대에 있는 삼촌에게까지 전화했단다. 내가 서른이 넘은 지금도 삼촌은 가끔 얘기한다. 군대에서 내가 태어났다는 전화를 받은 날, 창밖에 함박눈이 펑펑 내리던 것이 아직도 기억이 난다고. 내가 태어났던 해 11월, 엄마에게는 함께 미래를 그려 나갈 사랑하는 남편이 있었고, 갓 태어난 사랑하는 딸이 있었고, 손주의 탄생을 기다렸던 시댁이 있었고, 엄마만큼이나 함께 자식의 탄생을 기뻐해 준 친정 식구들이 있었다. 유난히 눈이 많이 내렸다던 그 해, 엄마도 인생에서 처음 느껴보는 벅찬 행복을 느꼈을 것만 같다.

엄마의 새로운 삶이 시작되는 듯했다. 인생의 변화가 일어나는 일들, 예컨대 진학, 취직, 결혼 등은 사람을 설레게 한다. 엄마도 설레는 마음으로 새로운 시작을 결심하며 발을 뗐을 것이다. 하지만 엄마의 인생은 그리 호락호락하지 않았다. 내가 돌이 막 지났을 무렵 엄마는 이혼했다. 아니, 엄마의 탓이 아닌 이유로 이혼해야 했다. 아내로서 엄마로서 꿈꿨던 미래를 시작해 볼 여유조차 주지 않았던 짧은 시간. 그리고 20대 엄마의 곁에는 내가 남겨졌다. 가끔은 궁금했다. 나를 보낼 생각은 하지 않았을까. 사실 할아버지는 나를 보내는 게 어떻겠냐고, 생각해보라고 했다고 한다. 그 어린 나이에 앞으로 혼자 딸을 키워내며 살아가야 하는 큰딸을 바라보는 아빠의 마음은 당연히 그랬을 것이다. 엄마는 우선 알겠다고는 했는데 그때부터 밥도 안 넘어가고 잠도 안 오고 숨도 안 쉬어지더란다. 나를 보내고는 도저히 못 살겠다는 생각이 들었단다. 그렇게 엄마는 나를 키우기로 결심했다. 나도 엄마가 된 지금 엄마의 마음이 이해는 간다. 하지만 절대 쉽지만은 않은 결정이었을 것이다.

그래도 너무 다행인 건 엄마 곁에는 엄마의 울타리가 되어 준 할아버지, 할머니, 삼촌, 이모들이 있었다. 외할머니가 해 준 얘기가 있다. 이혼할 무렵 나의 생물학적 아빠는 외할아버지, 외할머니가 계신 나의 외가에 짐을 두고 함께 살고 있었다고 한다. 이혼 결정이 난 후 외갓집에 짐을 챙기러 왔는데, 외할머니는 방에 들어가 모른 척하고 있었고 나는 제일 예쁜 옷을 입혀놓고서는 마루에 세워 두었단다. 혹시나 나를 보고 마음이 바뀔까 싶어서. 할머니는 이야기 끝에 눈을 더 크게 뜨고 말했다.

"그래 해 놓고도 혹시나 데려간다 하면 우짤꼬, 어찌나 조마조마한지!"

하지만 그 사람은 그대로 짐을 챙겨 나가버렸고, 할머니는 나를 그대로 두고 간 게 너무 좋아서 나를 업고 춤을 췄단다. "아이고 고맙습니다, 고맙네~." 혼잣말하며. 그렇게 엄마는 20대 중반의 나이에, 나를 너무 예뻐해 주는 외가 식구들의 울타리 안에서 홀로 딸을 키우는 엄마가 되었다.

사실 나에게는 엄마의 이혼이 그다지 큰일은 아니었다. 너무 어렸을 때 벌어졌던 일이고, 당연히 내게 상처가 된 일도 아니었으니까. 그래서 엄마의 이혼에는 관심을 가져본 적도 없다. '엄마가 왜 이혼을 결심했을까?', '이혼하고는 마음이 어땠을까?' 하고 엄마의 이혼에 대해 곱씹어 생각해 본 적도 없다. 그런데 결혼하고, 아이를 낳고 나니 왜 이렇게 엄마의 이혼이 아프게 느껴지는지 모르겠다. 기억의 한 조각조차도 남아 있지 않은 그 순간으로 기어코 들어가서 엄마의 이혼을 곱씹어 보게 된다. 엄마 나이 20대 중반. 하고 싶은 것도 많았을 텐데. 한 남자의 아내로, 아이의 엄마로 꿈꿨던 모습도 있었을 텐데. 무엇보다 엄마 성격에 행복하고 잘 사는 모습만 보여주며 보란 듯이 잘 살고 싶었을 텐데. 너무나 마음이 아프다.

내가 두 돌쯤 지났을 때, 엄마는 나를 데리고 부산으로 내려갔다. 그때 당시 이모들은 부산에서 장사하고 있었는데, 부산에 내려와서 이모들 밥이라도 챙겨주며 같이 있자고 한 것이다. 어린 나를 돌보느라 일도 할 수 없었을 엄마를 챙겨주는 말이었다. 엄마는 그렇게 하기로 결심하고 부산행 기차에 탔다. 나를 데리고 부산에 도착한 첫날, 부산 광안리 바닷가는 비가 부슬부슬 내릴 듯 날씨가 흐리고 바람이 쓸쓸하게 불었다고 한다. 엄마는 아직도 그날의 공기, 바람, 냄새가 생생하게 기억이 나서, 지금도 살짝 날이 흐리고 비가 올 법한 바람이 부는 날에는 그날의 감정이 떠오른다고 한다. '애를 데리고 여기서 어떻게 잘살아 봐야겠구나.' 하는 생각과 함께 엄마는 광안리 해변에 부는 쓸쓸한 바람을 느꼈다. 그 낯선 바람을 이겨내며 엄마는 결심했을 것이다. 이 작은 아이에게는 그 어떤 풍파도 겪지 않게 하리라.

나는 지금 결혼한 지 2년, 내 아이는 10개월 차. 엄마가 이혼했을 무렵과 비슷한 시기다. '내가 만약 혼자가 되어 아이를 키워야 한다면…?' 생각만 해도 허허벌판에 맨몸으로 바람을 맞고 홀로 서 있는 것처럼 마음이 서늘해지고, 내 주변을 감쌌던 모든 것이 무너지는 기분이 든다. 난 도저히 버틸 수 없을 것 같다. 내가 그동안 별거 아니라 생각했던 우리 엄마의 이혼은 그렇게 큰일이었다.

　20대의 엄마에게 미안하다. 혼자 그 어린아이를 책임진다는 게 얼마나 무서웠을까. 20대의 엄마에게 고맙다. 그 어린 나이에도 딸의 무게를 홀로 어깨에 지고 잘 버텨주어서.

*

3

아빠의 빈자리가
엄마에게 남긴 것

나는 초등학교 1학년 때부터 선생님들의 예쁨을 참 많이도 받았다. 어린 마음에 '내가 좀 특별한가?'라고 생각하며, '선생님이 나의 똑똑함을 잘도 알아보고 나를 예뻐해 주시는구나.' 하고 생각했다. 나중에 알았다. 그 뒤에는 우리 엄마의 노력이 있었다. 엄마는 회사에 다니면서도 학교 일에는 빠지지 않으려 노력했다. 나의 첫 학교생활 초반부인 초등학교 1, 2학년 때는 학교 일이라면 두 팔 걷고 앞장섰다고 해도 과언이 아니다. 등교할 때에는 옷도 늘 예쁘게, 머리 단장도 늘 완벽하게 챙겨주었다. 내가 갖고 싶은 게 있다면 웬만해선 다 사주었고, 요즘 애들 배우는 게 있다면 다 경험하게 해주었다. 나라는 아이에게 부족함이라고는 보이지 않게, 나 또한 그 어떤 부족함도 느끼지 않게 엄마는 늘 채워주었다.

내 기억에 엄마는 학교에 오는 날 가장 예뻤다. 제일 예쁘게 화장했고,

제일 예쁜 옷을 입었다. 엄마가 평범한 날에는 입지도 않았던 멋지고 특별한 옷이었다. 엄마가 학교에 오기로 한 어느 날. 어떤 날이었는지 기억은 나지 않지만 아마도 공개수업이 있었는지 반 친구들 엄마들이 총출동하는 날이었다. 나는 교실 앞문, 뒷문을 번갈아 보며 우리 엄마가 왔나 안 왔나 목을 빼고 기다렸다. 오늘은 또 어떤 옷을 입고 왔을까, 어떤 예쁜 모습으로 왔을까 기대하며 두근거리기도 했다. 그러다 1등으로 도착한 엄마를 발견했다. 엄마한테마저도 얌전빼는 성격에 표현은 못 했지만, 그날 교실 앞문에 난 창으로 보였던 엄마는 참 예뻤다. 화장도 예뻤고, 아직도 기억이 나는 갈색 비슷한 한 벌 정장도 예뻤고, 늦어서 헐레벌떡 뛰어오지 않고 1등으로 도착해 여유 있게 기다리고 있는 모습도 멋졌다. 우리 엄마는 다른 엄마들과 달리 특별한 엄마 같았다. 나는 그게 참 좋았다. 별거 아닌 것 같은데 친구들 사이에서 왠지 모르게 어깨가 펴지는 기분이었다.

초등학교 5학년 때쯤이었을까. 친구를 데리고 집에 놀러 온 적이 있었다. 그때 당시 살던 집은 방이 두 개였는데, 방 하나는 할아버지, 할머니 방 그리고 나머지 방 하나는 엄마와 내 방이었다. 그 집에는 할아버지, 할머니뿐만 아니라 한 동네에 붙어살던 이모, 삼촌 그리고 사촌 동생들까지 늘 북적북적했었다. 그날도 집에 식구들이 많이 와 있었던 것으로 기억한다. 친구와 함께 우리 집에서 놀려고 한 것은 아니었고, 짐을 두고 나간다고 잠깐 들렀다 나오는데 그 친구가 나에게 말했다.

"나는 너희 집이 엄청 부잣집일 줄 알았어."

그 친구가 상상했던 우리 집과 실제로 본 우리 집은 많이도 달랐나 보다. 그럴 만도 하다. 안방으로 보이는 방은 할아버지, 할머니 방이라고 하지, 딱히 내 방이라고 할 만한 공간도 없이 엄마랑 같이 쓰는 방이라고 하지, 좁은 거실에는 어디서 나타났는지 모를 식구들로 가득 차 바글바글하지. 지금 생각하니 어찌 들으면 나에게는 참 상처가 될 수도 있는 말이었다. 어쨌든 '사는 걸 보니 너희 집 부자 아니구나!'라는 말 아닌가. 그런데 정말 웃긴 것이 나는 그때 속으로 이렇게 생각했다.

'부자? 나는 예쁜 옷만 입고, 갖고 싶은 것도 다 가지고, 이렇게 가족도 많고, 내 삶은 참 풍족한데…. 근데 부자라고 하기는 좀 그런가?'

그 친구가 본 부잣집 딸 같은 나의 이미지 그리고 친구의 말을 듣고 내가 떠올렸다는 엉뚱하면서도 단단한 생각. 이 모든 것은 다 엄마의 노력 덕분이었다. 나는 결핍이라고는 찾아볼 수 없을 만큼 있는 집안의 똘똘한 아이 같이 보였고, 아빠의 빈자리라고는 느낄 틈도 없이 마음이 풍요롭게 자랐다. 혹여나 '부족해 보이진 않을까? 무시당하진 않을까? 부족함을 느끼진 않을까?' 하는 마음에 엄마는 다른 엄마들보다 몇 배는 더 무거운 책임감을 홀로 이고 지고 마음속 고군분투를 했을 것이다. 엄마라고 쉬웠을까? 내가 초등학교 저학년이면 그때의 엄마는 지금의 나보다 어린 나이. 엄마도 처음 해보는 엄마였다. 물론 외가 식구들의 지원이 있었지만, 아빠라는 존재 없이 홀로 아이를 지탱해주어야 한다는 심리적인 무게감은 엄마를 짓누를 만큼 어마어마했을 것이다. 엄마는 강인하게 우뚝 서서 그 무게를 다 감당해냈고 그 덕에 나는 흔들리지 않았다.

그런 엄마와 나를 1년에 한 번씩 흔들어댔던 것이 있기도 했다. 매년 학기 초마다 숙제처럼 제출했던 가정환경조사서. 아빠 이름, 아빠 생년월일, 아빠 직업 칸이 크게도 비어 있었다. 그 가정환경조사서를 받아서 들고 집에 올 때면, 나는 왠지 모르게 불안한 콩닥거림을 느꼈다. 그 불안함은 선생님께, 친구들에게 아빠의 부재가 알려질까 하는 마음이었을까? 지금도 그때를 생각하니 그 마음이 은은하게 떠오르는데, 그 마음만은 아니었던 것 같다. 금기어도 아니지만, 평소에는 얘기할 일 없는 아빠라는 단어가 엄마와 나 사이에 떠오르는 유일한 날이라 멋쩍은 마음도 있었고, 엄마에게 태연스레 그 칸을 채워달라며 가정환경조사서를 내미는 미안함도 있었고…. 여러 감정이 뒤엉킨 마음이었던 듯하다. 우리 엄마는 아빠에 대해 쓰는 칸을 한 번도 비워서 준 적이 없다. 어떡하지? 라는 망설임도 없이 늘 자연스럽게 그 칸들을 채워주었다. 엄마는 미리 생각했을 거다. 내가 이 종이 한 장을 내며 마음이 조마조마하지는 않을까, 불편해하지는 않을까. 그 칸을 채우며 엄마는 내 마음까지도 빈자리 없이 꼭 차기를 매년 바랐을 것이다.

초등학교 시절, 나의 첫 사회생활이 시작되었던 가장 중요한 시기에 엄마가 치열하게 만들어 준 나의 자신감, 자존감 덕분에 나는 지금껏 잘 살아올 수 있었다. 엄마는 나 하나만을 바라보며 이 세상 그 어떤 엄마보다도 당당하고 멋지게, 부족함 없이 날 키워내려고 노력했다.

엄마 진짜 고마워. 그리고 고생했어.

＊

4

괜찮지 않은 순간이라도

"엄마, 이번 주에 학교로 와줄 수 있어?"

고등학교 기숙사 생활을 하고 있던 나는 평범했던 어느 날, 갑자기 학교로 엄마를 호출했다. 난생처음이었던 진지한 대화 신청에 수화기 너머 엄마의 목소리도 진지해졌다.

"갈 수는 있는데…. 왜? 무슨 일 있어?"

"아니 별일은 아니고…. 그냥."

평일에 덜컥 남겨진 전화 한 통에 아마 엄마의 마음은 나를 보러 오기로 한 주말까지 불안했을 거다. 통 이런 분위기는 안 잡던 애가 갑자기 진지하게 나오니. 그 전화 한 통에 엄마는 집에서 버스를 타고 2시간은 걸리는 학교까지 찾아왔고, 나는 엄마를 만났다. 꽤 거창한 분위기를 풍겼던 전화치고 우리 대화는 싱거웠다.

"기숙사에 있으니 식구들이랑(외가 식구들) 멀어진 것 같고…. 엄마도 새로운 가족 꾸리고 새로운 삶이 행복한 것 같고. 나만 혼자된 기분이 들어."

"그런 거 아니야~ 기숙사에 있으니 몸이 멀리 있어서 그런 생각이 드는 거지. 전혀 그런 거 없어. 다들 네 생각 얼마나 많이 하는데."

엄마는 재혼한 지 3년쯤 되었을 때, 새로 생긴 여동생이 3세쯤 되었을 때였다. 수능을 1년 정도 앞둔 나는 주말에도 집에 가지 않고 기숙사에 남아 있는 날들이 많았던 때였다. 게다가 여러모로 심란했던 마음속은 폭풍과도 같았던 그런 시기였다. 수능 걱정, 앞으로 펼쳐질 내 앞길 걱정, 친구 관계 걱정 등등 오만가지 걱정으로 예민한 오춘기쯤 되는 증상을 앓고 있던 나는, 사실 엄마라도 붙잡고 펑펑 울고 싶어 엄마를 불렀다. 생전 그런 적 없었지만, 안 하던 짓을 해본 거다. 혼자가 된 것 같다는 둥, 엄마는 새로운 삶이 행복해 보인다는 둥 그런 말은 사실 엄마의 감정을 흔들어놓고 싶어 던진 말들이었다. 그런데 엄마와의 대화는 격해지는 감정 하나 없이 마무리되었다. 역시나 엄마는 침착했고, 엄마의 감정은 크게 동요하지 않은 것으로 보였다. 그러니 나도 그냥 그렇게 다시 잔잔함을 찾았다. 지금 생각해보면 금쪽같은 외동딸을 기숙사에 보내놓고는 엄마의 마음이 잔잔했을 리 없다. 게다가 기숙사에 떨어져 있는 딸로부터 그런 전화를 받았다면 더더욱 태풍이 몰아치고도 남았을 것이다. 하지만 우리 엄만 '이놈의 기지배 별것도 아닌 걸로 심각하게 전화했어!' 라는 식의 볼멘소리를 하지도, 그렇다고 '혼자 기숙사에 있으니까 별생각다 들지? 아이고 고생이야 우리 딸~ 이리와~.' 같은 식의 따뜻한 사랑 표현을 하지도 않았다. 그냥 가만히 내 얘기를 듣고는 집으로 갔다. 나도 덩달아 모든 불타는 생각들이 식어버리게.

우리 엄마는 대부분의 상황에서 그랬다. 엄마의 온도는 그리 차갑지도, 그리 뜨겁지도 않았다. 내가 무언가를 잘못했을 때도 크게 혼내지 않았고, 그렇다고 내가 무언가를 엄청나게 잘했을 때에도 하늘을 날아갈 것 같은 리액션은 없었다. 그래서인지 주변에서 동갑내기 친구처럼 지내는 모녀 관계를 보면 신기했다. 엄마에게 이러쿵저러쿵 별 얘기를 다 하다가 엄마랑 싸우기도 하고 엄마가 딸에게 삐지기도 하는 그런 사이. 온도가 오르락내리락 하는 그런 엄마. 그런 광경이 익숙하지 않은 나에게는 정말 신기한 버전의 엄마였다.

'어떻게 엄마랑 싸울 수가 있지? 딸한테 소리를 질러? 엄마가 딸한테 삐진다고?'

사실 이제는 안다. 우리 엄마는 차갑지도 뜨겁지도 않은 사람이 아니라는 것을. 우리 엄만 화가 나면 누구보다 무섭고, 욱하기도 하며 불쌍하고 가슴 아픈 사연에는 누구보다도 오열하는 감정 기복이 큰 사람이다. 내가 어렸을 때 이모들이 자주 하던 말이 있다.

"아이고~ 언니가 언니 딸한테 하는 것처럼만 하면…."

이 말이 무슨 말인지 그때는 잘 몰랐는데 이제는 무슨 말인지 알겠다.

엄마는 나를 대할 때면, 나와 관련된 일이라면, 그 어느 때보다 평정심을 유지하며 단단한 '엄마'가 되려고 엄마의 성격도 누르며 안간힘을 써온 것이다. 엄마가 내게 불같은 화를 보이면 혹 내가 기죽을까 걱정했을 것이고, 엄마의 힘듦을 들키기라도 하면 내가 불안해질까, 엄마가 눈물을 보이면 나도 눈물 흘릴까 걱정했을 것이다. 엄마가 흔들리면 나도 흔들릴까 봐 엄마는 참 중심을 잘도 잡았고, 나는 덕분에 크게 기복 없는 아이로 자랐다.

그런 엄마도 나에게 자신을 들키는 때가 있긴 했다. 술을 마셨을 때. 술은 엄마를 슬프게도 하고 화나게도 했다. 나는 그래서 어렸을 땐 엄마가 술을 마시는 게 싫었다. 아직도 기억이 생생한 한 장면이 있다. 가로등 밑에서 술이 오른 엄마가 나를 지긋이 바라봤던 어느 날 밤. 내 기억에 나는 초등학교 저학년도 안됐을지 모르는 어린 나이였는데, 엄마가 날 바라보는 그 눈이 얼마나 슬프게 느껴졌는지 모른다. 나를 지긋이 바라보는 엄마의 눈에는 눈물이 고여 있었고, 나는 같이 울었다. 뭐가 슬픈 건지도 모르면서. 지금 생각하면 엄마는 그날 참 힘이 들었나 보다. 술의 힘을 얻어 엄마의 힘듦이, 슬픔이 두 배로 차올랐겠지. 어느새 시간이 이렇게나 흘러 나도, 술이 엄마를 슬프게 하고 화나게 한 것은 아니라는 것쯤은 아는 나이가 되었다. 오히려 술은 답답한 엄마의 감정을 꺼내 준 고마운 존재였을지 모른다는 생각도 든다. 엄마에게 '그래도 괜찮다'고 유일하게 모든 걸 허락해주었던.

친구처럼 허물없이 지내는 모녀 사이를 보면 부러움을 느끼기도 했다. 엄마는 나에게 왜 친구처럼 다가와 주지 않았을까, 엄마가 먼저 이러쿵저러쿵 시시콜콜한 감정까지도 다 얘기했다면 우리가 더 가까운 모녀가 아니었을까 서운해한 적도 있었다. 하지만 이제는 '정작 친구 같은 모녀 사이가 필요했던 건 엄마가 아니었을까?' 싶은 생각이 든다. 엄만 늘 괜찮은 줄 알았고 흔들림 없어 보여 그런 줄만 알았지만, 늘 그랬던 건 아니라는 걸 이제는 아니까. 엄마도 삶의 이유인 나에게 기대고 싶을 때도, 한없이 이해받고 싶을 때도 있었을 거라는 걸 나도 엄마가 되고 나니 알 것 같으니까.

내가 서른이 넘은 지금까지도 우리 엄마가 나에게 의지하거나 기대는 일은 잘 없다. 하지만 언젠가 우리 엄마도 딸의 어깨가 필요할 때가 오지 않을까? 강인한 우리 엄마가 내 어깨를 든든히 여겨 기대어 주는 순간이 온다면, 엄마의 딸로서 참 영광일 것 같다.

5

엄마가 되고
엄마 마음을 헤아린다는 것

아직도 너무나 생생한 기억이 있다. 떠올려 보는 것만으로도 정말 가슴이 떨려 울렁거림이 느껴지는 기억이다. 7살쯤 되었을 때였다. 나는 혼자 마을버스를 타고 수영센터에 다녔다. 나는 나름 똘똘한 꼬마였고 혼자 버스를 타고, 내리고 다니는 것이 어렵진 않았던 것 같다. 하지만 가끔은 엄마랑 같이 다니는 친구나 언니들이 부럽기도 했다. 수영 수업을 듣는 수영장 한쪽 벽면은 큰 통유리로 뚫려 있었는데, 그곳에서 수업이 끝나길 기다리는 엄마들을 보면 나도 엄마 생각이 났다.

그러던 어느 날, 사건이 벌어졌다. 수영강습이 끝나고 샤워실에서 샤워한 후 탈의실로 나왔는데 라커룸 키가 없는 것이었다. 옷을 급히 넣고 수업을 들으러 들어가다가 키를 빼는 것을 잊어버렸고, 결론은 내 옷을 어디다 넣었는지도 기억하지 못했다. 물에 젖은 수영복을 들고 옷도 입지 못한 상태로 나는 심장이 콩닥거리기 시작했다. 나름 영특했던 머리를 이리 굴리고 저리 굴려도 도무지 방법이 떠오르지 않았다. 그때만 해도 핸드폰이 흔하게 있었던 시절이 아니라 전화를 할 수도 없었고, 집으로 전화를 하려고 해도 수영센터 카운터까지 나가야 하는데 나는 입을 옷도 없으니 꼼짝할 수가 없었다.

혼자서 라커룸을 몇 번을 돌며 이문, 저 문을 다 열어젖혀 보았다. 그래도 내 옷은 없었다. 몇 바퀴를 돌고 나니 눈물이 나기 시작했다. 집에 못 가면 어쩌나 옷도 못 입고 나가야 하는 건가 머릿속이 하얬다. 정확히 기억은 나지 않지만 내가 울기 시작하자 주변 어른들이 도와주셨고 어찌어찌 집으로 잘 돌아왔던 것 같다. 나름의 충격적인 기억이었던지 툭하면 떠오르는 어렸을 적 기억이다. 엄마랑 어느 날 이런 저런 옛날얘기를 꺼내다 내가 물었다.

"엄마는 어떻게 일곱 살짜리한테 혼자 버스를 타고 다니라고 했어? 셔틀버스도 아니고, 마을버스를 타고? 그것도 수영장을? 혼자 샤워도 하고 옷도 갈아입으라고?"

"그러게~ 그때는 그렇게 키워야 하는 줄 알았어. 강하게! 혼자서 다 할 수 있게끔!"

답을 하고는 엄마도 어이없다는 듯 웃었다. 엄마의 어이없는 웃음에는 이유가 있다. 지금의 엄마와는 정말 어울리지 않는 양육법이기 때문이다.

엄마의 재혼으로 생긴 열다섯 살 어린 내 여동생은 스무 살이 넘은 지금도 엄마에게는 아기다. 여동생이 초등학교 때에도, 중학교, 고등학교 때에도 그랬다. 내가 봤을 때, 나는 혼자 했을 법한 일도 엄마가 모두 챙겨주고 신경 써 주었다. 엄마에게 내 동생은 태어났을 때부터 지금까지 엄마 손길이 닿아야 하는 아기 같은 존재다. 동생이 할 수 있고, 없고는 별로 상관이 없다. 엄마가 하나부터 열까지 다 챙겨야 속이 시원한 거다. 심지어 어렸을 땐 이런 일도 있었다. 동생이 6세쯤 어린이집에 다닐 때였다. 동생을 '우리 아기', '아가' 하고 부르는 말이 엄마 입에 붙어 있던 때라 데려다 줄 때도, 데리고 올 때도 늘 '아가, 아가' 했는데, 그 모습을 본 선생님이 결국 한마디를 하셨다고 한다.

"어머님, 이제는 이름을 불러주셔야 해요. '우리 아가, 우리 아가' 하면 아이들도 계속 자기가 아기라고 생각해요."

그 말을 듣고는 엄마가 그제야 아차 싶었단다. 허 참. 나는 6세보다 고작 한 살 더 많은 7세 때 혼자 버스를 타고 수영장을 다녔는데! 엄마가 동생을 키울 때는 나를 키울 때의 엄마와 참 달랐다. '우리 엄마 맞나?' 싶은 정도로 낯설었다. 훨씬 다정했고, 스킨십도 자연스러웠으며 내가 생각했던 친구 같은 엄마의 모습이 보이기도 했다. 엄마에게 이런 모습이 있다니 신기하기도 하면서도 내심 섭섭하기도 했다. '왜 내게는 그리 살갑지 않았을까?'

작년 겨울, 나에게도 자식이라는 존재가 생겼다. 아이를 워낙 좋아해서 내 자식은 얼마나 예쁠까만 생각했었다. 그런데 웬걸. 사실 아이가 9개월이 된 지금까지 내 아이의 예쁨을 감상하고 즐길 여유 따위는 별로 없었다. 내가 잘 챙겨 먹이고 있는 건지, 개월 수에 맞게 발달이 잘 이루어지고 있는 건지, 내가 지금 행하고 있는 이 모든 육아의 행위가 잘 이루어지고 있는 건지, 엄마는 처음이라서 육아의 정답을 찾느라 정말 바빴다. 그런데 또 유별난 엄마는 되기 싫어서 웬만한 건 다 괜찮다 하며, 아이를 열은 키운 엄마처럼 대부분의 일을 대수롭지 않게 넘기려 했다.

내가 과잉 반응이나 과잉보호를 하면 어쩌면 외동이 될지도 모르는 내 아들이 안하무인으로 자랄까 벌써 걱정했다. 하지만 사실 괜찮다고 하면서도 아이가 조금만 아프면 잘 때 머리를 한 번 더 짚어보고, 기침 소리도 다시 들어보고, 부딪힌 곳이 있으면 열 번도 더 다시 들여다봤다. 또래들은 어떻게 발달하고 있는지 찾아보고 우리 아들과 비교해보느라 새벽까지도 잠을 이루지 못하다가 밤을 꼴딱 새운 적도 많다. 유별난 엄마 그 자체다. 이 유별난 감정을 겪으면서 엄마가 되고 처음으로 엄마 생각이 났다. 사실 나는 분만실에서도, 아이를 낳고 회복실에서도 엄마 생각은 별로 하지 않았던 독하게도 독립적인 딸이다. '너도 자식 낳아봐라, 내가 널 어떻게 키웠는데.'라는 너무나도 진부한 드라마 대사 같은 이 말들도 참 싫었다. 그런데 내가 엄마가 되고 엄마 생각이 날 줄이야. 갑자기 뒤통수를 맞은 것 같았다.

내가 엄마 생각이 난 이유는 분명하다. 우리 엄마는 누구보다도 유별난 엄마였다는 걸 알기 때문이다. 첫째라고 강하게 키운다고 키웠어도, 친구 같은 엄마는 아니었어도, 다정한 표현이 인색한 엄마였어도 사실나는 안다. 나를 생각하는 엄마의 마음은 전 세계 엄마들과 다 비교해봐도 1등으로 유별나고 특별하다는 것을. 엄마는 아마도 또래보다 어른스럽고 똘똘한 딸을 어떻게 하면 더 잘 키울 수 있을까 24시간이 모자라게 고민했을 것이고, 엄마도 엄마가 처음이라 낯설었던 애정 표현은 도대체어떤 방식으로 잘 표현할 수 있을까 늘 고민했을 것이다. 한 번 다정하게안아주는 것은 어려웠을지라도 나를 위해 엄마의 그 어떤 것을 희생하는것은 결코 어렵지 않았을 것이다.

그뿐만 아니다. 혹여나 아빠의 빈자리를 느끼진 않을까, 재혼 가정의아픔을 느끼진 않을까 다른 엄마들보다 몇 배는 더 많이 고민하며 나를키웠을 것이다. 엄마도 엄마가 처음이면서 나에게는 누구보다도 최고의엄마가 되어주기 위해 최선을 다했다. 내가 엄마가 되기 전에는 몰랐다.엄마가 처음이면 엄마가 얼마나 어려운 건지. 우리가 흔히 알고 있는 '엄마'가 되기 위해 얼마나 큰 노력과 희생이 필요한지.

내 마음속에는 '엄마가 왜 나는 많이 안아주지 않았을까? 왜 나에게는다정한 표현을 그리 아꼈을까? 우린 왜 친구같이 편안한 모녀 사이가 되지 못했을까?'와 같은 엄마에게 원망 섞인 감정도 오래 들어앉아 있었다.

하지만 엄마가 되고 나서 엄마를 보니, 더 이상 우리 사이에 아무런 표현이 오고 가지 않아도 엄마의 마음을 알 것 같다. 뭐라 정의할 수 없는 감정이다. 참 신기하다. 엄마와 나 사이는 변한 것이 없는데 엄마를 더 사랑하게 되었다. 엄마가 되어봐야 엄마의 마음을 안다는 말, 그 말 정말 소름 끼치게 맞는 말이다.

　엄마의 마음을 헤아려보며, 지금껏 열심히 나를 나 스스로 마음에 드는 사람으로 길러준 엄마를 보며 다짐한다. 나도 엄마만큼 좋은 엄마가 돼야지. 엄마에게도 더 좋은 딸이 돼야지. 그리고 앞으로 펼쳐질 삶을 더 행복하게 살아야지. 우리 엄마가 날 어떻게 키웠는데.

STORY

2

•

엄마가 품었던 젊은 날의 꿈들,

아파도 내려 놓지 않을 지금의 희망들. 내가 다 지켜줄게.

이제라도 엄마가 마음껏 꿈꿀 수 있게 내가 다 지켜줄게.

엄마가 그랬듯이 이제는 내가 할게.

엄마의 가슴엔
아직도 꿈이 서려 있다.

이지영

❋

1

엄마의 젊음과 함께
사라져 가던 할머니

"엄마, 괜찮아?"

이모와 통화하던 엄마는 수화기를 내려놓고 얼굴을 떨구었다. 항상 빛나고 돋보이던 엄마의 눈동자가 흔들렸다. 어디서든 어깨를 펴라던 엄마가 바짝 움츠려 들었다. 딸 앞에서 가득 찬 눈물을 참아보려 두 눈이 벌게진 그 찰나를 아직 기억한다. 무너지지 않을 것 같던 엄마가 처음으로 내비친 겁먹은 모습. 엄마의 입에서 탄식처럼 터져 나온 '중풍'이란 말을 국어사전을 뒤적여 찾았을 때는 나도 함께 덜컥 겁이 났다. 엄마의 엄마가 아팠다.

꼭 안아도 내 두 손이 서로 닿지 않을 만큼 뱃살이 잔뜩 나왔던 할머니. 펑퍼짐한 고무줄 치마의 안쪽 속주머니에서 꾸깃해진 쌈짓돈을 슬며시 꺼내 주실 때면 뭐에 쫓기기라도 하듯 "언능 넣어둬, 넣어둬."라며 재촉하셨다. 아랫목 뒤편 다락방으로 통하는 문안에서 몇 번은 녹았다 굳기

를 반복했을 찌그러진 사탕도 "넣어둬, 넣어둬." 한가득 내 주머니에 넣
어 주고서야 안심하신 듯 웃으셨다.

엄마를 유난히 사랑하던 내가 그 엄마의 엄마 또한 마냥 좋았던 진심
을 할머니는 느꼈던 걸까. 30년 전의 기억을 끄집어내 보면 할머니는 나
를 좋아했다. 나도 엄마와 꼭 닮은 할머니가 좋았다. 엄마가 할머니에게
툴툴거리는 만큼 그 빈 곳을 내가 채워줘야 할 것처럼 자꾸 마음이 갔다.

엄마는 눈에 띄게 공부를 잘하는 학생은 아니었다. 언젠가 학교에서
시험을 보고 선생님은 다 맞은 아이들에게만 크림빵을 하나씩 상으로 주
었다고 한다. 마음을 다잡고 시험을 준비했지만 백 점을 맞지 못한 엄마
는 할머니 앞에서 꾹꾹 눌러 담아 놓은 억울함과 속상함이 다 풀어 헤쳐
졌다.

"나도 공부했는데…. 엉엉…. 나도 크림빵 먹고 싶은데…. 엉엉."

할머니는 그날 엄마의 손을 잡고 크림빵을 사러 갔다. 하나 아니고 한
박스를 사고 다른 이모들도 모르는 곳에 두어 엄마에게만 맘껏 꺼내어
먹게 하셨다. 할머니는 선생님이 만든 규칙, 딸의 공부에 대한 동기 부
여, 백점 맞은 시험지보다 당장 풀이 죽은 채 울고 있는 내 딸의 마음이
더 중요했다.

"그깟 시험이 뭐가 대수라고. 기죽지 마."

딸이 두 손에 크림빵을 들고 다시 웃고 당당해지는 것이 백점 맞은 시

험지보다 더 소중했다. 그날의 크림빵은 엄마가 얼마나 귀한 딸인지 가슴에 '쾅' 하고 박힌 날이었을 것이다. 살아가며 바닥에 주저앉을 만큼 인생이 버겁고 외롭다가도 그 사랑의 기억들이 모아져 다시 버티고 일어날 수 있었던 깊숙한 곳의 버팀목.

이모와의 통화 이후 할머니는 혼자 숟가락을 드시는 것도 힘겹다는 것을 어른들 대화 속에서 알아챘다. 나아진 소식은 없었다. 이모들은 좋은 병원을 모시고 갔고, 소문난 한의원에서 약을 지었고, 건너 건너 완치됐다는 지인의 의사를 수소문했다. 누구는 하느님에게, 누구는 부처님에게 무릎 꿇고 두 손이 닳도록 기도하고 또 기도했다. 시간만 되돌릴 수 있다면 더 잘하겠다며 다들 안쓰러울 만큼 절절히 울며 날들을 보냈다.

그 시간 안에 할머니는 점점 사라져 가고 있었다. 할머니의 육체부터 서서히 하늘로 나뉘어 올라가듯 쪼그라들고 작아져 갔다. 할머니의 쌈짓돈이 감추어져 있던 펑퍼짐한 치마는 더 이상 입을 수도 없었다. 걷지도 못하고 집에만 계시던 할머니는 손가락마저도 아이처럼 작고 하얘졌다. 할머니를 안으면 서로 닿을 기미도 안 보이던 내 두 손이 양쪽 팔꿈치가 닿을 만큼 할머니는 점점 사라져 갔다.

할머니는 외로웠을까. 아들 집으로 모셔졌는데도 번갈아 찾아오던 네 딸들이 그토록 그리었을까. 외로운 아침에 TV를 켜고 또 시간이 안 가면

라디오를 듣다가 넘겨지지 않는 찬밥에 대충 물을 부어 삼키어도 아직 창밖은 밝았을까. 아직도 밤이 오려면 멀어 네 딸들을 그리고 또 그랬을까. 그네들과 함께 한 30여 년 전쯤 어느 땐가 멈춰 기억을 깊고 깊게 파내며 혼자 웃고 울었을까. 그때 좀 더 다정할걸. 그때는 내가 너무했지. 그때는 왜 그랬을까. 그렇게 되돌릴 수 없는 지난날을 부여잡고 쓰라린 가슴도 함께 부여잡았을까.

엄마의 어린 시절 이야기 속의 할머니는 지금 내 엄마처럼 거침없고 열정적이던 여장부였는데, 내가 기억하는 할머니는 늘 움츠려 있었다. 딸들에게 미안해했고 드시고 싶다며 사 오라 부탁하는 것은 겨우 물냉면 한 그릇뿐 더 한 것도 없었다. 새까맣고 풍성한 머리칼이 할머니의 존재를 억지로 쥐어 잡고 있었던 듯, 염색도 포기한 채 백발이 된 할머니의 머리카락은 방안 곳곳에 빠져 흩어져 있었다.

그렇게 머리카락들도 사라져 갈 즈음에는 할머니의 방에 들어서면 퀴퀴한 냄새가 코를 찔렀다. 어렸을 때였지만 그 냄새가 참 슬펐다. '중풍'이란 병이 할머니의 포근함을 다 앗아 갔다는 것을 그제야 다 인정했다. 할머니를 만나고 오는 차 안에서 들썩이던 엄마의 어깨를 다독여야 할지 따라 울어야 할지도 몰랐다. 잠든 척 눈 감은 채 목구멍부터 올라오는 슬픔을 견뎌내던 숱한 날들이 켜켜이 쌓여갔다.

할머니가 서서히 사라져 가던 10년. 엄마는 세월에 대한 원망들이 체념으로 바뀌면서 더 이상 봄날이 예전처럼 따뜻하지 않았을 지도 모른다. 할머니가 하늘로 온전히 사라지며 발끝이 다 젖도록 눈물 흘린 그날로부터 30년이 훌쩍 지났지만 엄마는 예전 이야기에 웃다가 한순간 다시 눈물이 맺힌다.

할머니는 엄마의 젊음을 다 안고 사라졌지만 어찌 엄마 마음속에서조차 사라질 수 있을까. 또 그 젊음 그대로 엄마에게 새겨졌겠지. 살다가 문득 밀려드는 그리움은 한쪽 구석에 아직도 생생히 살아 있을 텐데. 여전히 보고 싶고 여전히 미안한 채로. 그리고 이제는 또 고마운 채로. 그렇게 할머니는 엄마의 가슴속에서 사라지지 못한 채 모든 순간 남아 있겠지. 점점 희미해지더라도 여전히 엄마의 엄마로. 사라졌지만 사라지지 않은 나의 사랑하는 엄마의 사랑하는 엄마로, 그렇게, 여전히. 그리고 영원히.

❋

2

엄마의 꿈은
우리의 꿈으로

"엄마는 꿈이 뭐야?"

7살 아들이 물었다. 어른이 되고 처음으로 누군가가 나에게 물어 준 꿈 이야기였다. 다시는 오지 않을 기회인양 헐레벌떡 내 이야기들을 쏟아냈다. 엄마는 남들이 읽어주는 글을 쓰고 싶고, 오십 전엔 발레 공연도 하고 싶고, 어려운 사람들을 많이 돕고 싶고, 돌고래 도와주는 일도 더 하고 싶고…. 숨도 안 쉬며 쏟아냈다. 반짝이는 눈으로 가만히 듣던 아들은 나를 꼭 안아주며 속삭였다.

"그 꿈들 꼭 다 이룰 거야."

차분한 아들의 말에 내 가슴은 오랜만에 뛰었다.

국민학교에 입학하고 며칠 후 꿈에 대해 발표하는 시간이 있었다. 머릿속에 떠도는 수많은 꿈을 생각하며 어찌나 두근거리던지. 이불 속에

얼어붙은 두 손을 녹이며 엄마에게 물었다.

"엄마는 꿈이 뭐였어?"

빛바랜 초록 앞치마를 두르고 간식을 내 오던 엄마는 무용을 계속 배우고 싶었고, 그림도 그리고 싶었고, 글도 쓰고 싶었다며 상기된 목소리로 이야기를 펼쳐놓았다.

"지금 꿈꾸는 건 뭐야?"

엄마는 잠시 생각하더니 갑자기 꿈속에서 깨어난 듯 한순간의 반짝임이 '펑' 하고 사라졌다. 그리고 내뱉은 말, '글쎄.' 잠시나마 고민하던 엄마는 지금의 나보다 열 살이나 어렸던 겨우 30대 초반이었다. 한참 어리디어린 서른 살, 모든 이룰 수 있었던 젊디젊은 서른의 언저리. 그날 엄마는 여전히 꿈꾸는 게 있었을까?

엄마는 타고난 재주가 많은 만큼 꿈도 많았을 테다. 예쁘기는 또 얼마나 예쁜지 엄마의 미소를 보고 있자면 화창한 봄날이 숨 쉬는 것만 같다. 고등학교 때였던가. 엄마는 무용수를 꿈꿨지만 몇 날 며칠 할머니를 졸라도 무용복을 사 주시지 않았다고 했다. 결국 장롱을 뒤적이다 오래되어 색까지 바랜 할머니의 펑퍼짐한 한복 치마를 두르고 무용 수업에 갔던 소녀. 아닌 줄 알면서도 막상 가 보면 비슷하겠지 하고 스스로 달래고 위로했으리라. 누가 봐도 무용복이 아닌 그 한복을 보고 친구들이 수군거렸을 테지만 엄마는 그거라도 두르고 무용이 배우고 싶었단다. 그렇게라도 버티던 엄마는 얼마 못 가 무용을 그만두었다. 그 당시의 수치심과

당혹감을 이겨 낼 만큼 사춘기 아이의 열정은 불타지 못했다.

그 이후 40년이 지나 엄마는 두 딸의 부추김에 다시 한국 무용을 시작했다. 이제 와 무슨 무용이냐며 버티던 엄마는 첫 수업을 다녀와 제일 화려한 의상을 구입했다. 한 주가 지나서는 다른 색의 의상을 샀고, 다음 주에는 또 다른 색의 의상도 샀다. 어린 시절의 서러움을 풀어내듯 연습하고 또 연습했다. 타고난 재능을 이제야 펼쳐내나 싶게 흩날리는 아름다움이 온몸에 곳곳이 펴져 흘러갔다. 그 모습을 지켜보는 내 마음도 촉촉이 젖어 들던 봄날이었다. 하지만 다시 시작된 그 꿈은 그리 오래 가지 못했다. 무릎이 말썽이었다.

첫 손주를 키우며 엄마는 몸을 사리지 않았다. 몸에 무리가 가는 것을 알면서도 모른 척해 가며 쏟아붓던 사랑은 몸 여기저기에 흔적을 남겼다. 벅찬 마음에 부푼 할머니의 사랑은 무릎이 닳고 닳아 걷기도 어려울 만큼 무거운 하루도 말없이 참고 견디게 했다. 결국 엄마는 무릎을 더 이상 쓰지 말라는 의사의 경고를 받았다. 무용은커녕 아빠와 손잡고 오르던 집 앞 산도 오를 수 없었고, 계단은 물론이고 오래 서 있는 것조차 무리가 되는 극한의 상황에 놓였다. 엄마의 꿈이 또 한 번 떠나갔다. 엄마의 그 작은 꿈마저 나이는 허락하지 않았다. 엄마의 어린 시절 꿈을 꺼내어 조금씩 이루어 주고 싶었는데 마음처럼 쉽지 않았다.

엄마는 꿈을 꾸는 것도 조심스럽던 어린 날을 기억할까. 네 자매는 작은방에 옹기종기 모여 지냈다고 했다. 겨울이면 더 촘촘히 한 이불 아래 누워 귤도 까먹고 했겠지. 어느 날은 『닥터 지바고』를 읽다 잠들기도 하고, 또 다른 밤은 별거 아닌 일에 숨넘어갈 듯 웃으며 지새웠으리라. 서로를 위로하다 울먹이기도 했을 것이고, 소설 속의 주인공처럼 읊어 대는 소녀들의 꿈 이야기도 있었을 것이다. 엄마는 꿈꿨다. 그 꿈이 손닿지 않는 곳에 있는 듯 멀었지만 그 꿈을 마음속에 품으며 얼마나 행복했을까.

이불 속 일기장에 써 내려가며 흘려보낸 엄마의 어린 날 꿈과는 달리 두 딸은 쉴 새 없이 현실 속에서 꿈꾸게 했다. 엄마가 자매들과 몸 붙여 살던 비좁은 방 대신 우리에게는 작은 집이었지만 그 중 제일 큰 방에 이층 침대를 구겨 넣어 주었다. 침대에는 엄마 아빠가 손수 그리고 칠하고 오린 그림들을 붙였고, 밤이면 엄마와 아빠는 번갈아 가며 노란 표지의 세계명작 전집 중 한 권을 읽어 주었다. 그 시절을 따뜻하게 기억하게 해 주던 엄마, 아빠의 목소리는 아직도 귓가에 맴돈다. 엄마의 바람대로 모든 것을 이룰 수 있을 것만 같아 매일 포근했던 밤이었다.

잠결에 듣던 엄마, 아빠의 나른한 목소리가 시작이었는지 어린 시절부터 글을 쓰고 싶었다. 작가가 되고 싶다고 말하던 어린 딸의 손을 잡고 엄마가 데려간 곳은 학교 앞 책방 '세곡 문고'. 열 살의 꼬마는 알퐁스 도데의 『별』을 골랐다. 희한하게도 그 책에 두 손가락을 갖다 대던 순간이 어제 일처럼 찌릿하게 기억이 난다. 『별』이라는 제목이 나의 꿈을 이룰 수 있게 해 줄 것 같은 그날의 막연한 상상들이 왜 아직도 그렇게 선명한지는 모르겠다. 등 뒤에서 말없이 기다려 주던 엄마의 숨결, 나의 두근거림까지 고스란히 남아 있는 날이다.

그 책을 읽고 또 읽고, 닳도록 읽었다. 앵커, 한의사, 선생님, 다른 꿈들이 차례차례 생겼을 때도 엄마는 나를 서점으로 데려가 책 한 권을 고르게 했다.

"엄마가 아는 게 많이 없지만 책에는 다 나와 있을 거야."

책과 함께 본인을 낮추는 말도 잊지 않고 덧붙였다. 이제 와 생각해 보면 내 꿈들을 엄마에게 발랄하게 전할 때마다 엄마는 공부도, 결과도, 성과도 강요한 적이 없었다. 나도 모르게 뒤에서 선생님들과 상의하고, 좋은 학원을 수소문해 데려가고, 문제집을 책상 위에 얹어 놓았을지도 모르지만 내 기억의 엄마는 꿈꾸는 작은 아이의 손을 잡고 응원했을 뿐이다. '못 이루어도 괜찮아. 꿈꾸는 너의 오늘이 소중한 거야.'라는 진심을 기억한다.

나는 눈에 보이는 꿈을 이루지 못한 채 어른이 되었다. 엄마가 못 이룬 꿈을 대신 이루어 주지도 못했다. 꿈을 이루지 못하면 큰일이 날 것만 같았는데 별 탈 없이 아직도 소소한 꿈을 꿈꾸는 어른으로 살아가고 있다. '이 나이에 꿈은 무슨.'이라는 메마름 대신, '내년엔 또 어떤 일이 벌어질까.'라는 콩닥거림을 버리지 않으려 애쓰고 있다. 엄마가 작은방에 이층 침대를 넣어 펼쳐 주던 날처럼 엄마는 나에게, 나는 엄마에게 서로의 꿈이 스며들며 함께 여전히 키워지고 있다. 두 손을 꼭 잡고 부단히 그 길로 걸어가고 있다. 비록 느리디 느릴지라도 지금도 함께 서로의 꿈을 응원하면서.

3

나의 사춘기,
엄마의 갱년기

　전교 1등에 학생 부회장까지 하며 학교를 주름잡던 엄마의 막내딸. 똑 부러지던 딸은 고등학교 입학 후 첫 모의고사에서 꼴등을 했다. 상위권에 들 자신이 없어 아예 백지를 낸 시험지도 있었다. 신문반에 들어가 매일 어른 흉내를 내며 취재하러 다니고 기사를 썼다. 심지어 친구들이 국.영.수 학원을 다닐 때도 시나리오 수업을 쫓아다니며 갖가지 책을 파고들었다.

　새로운 신세계가 펼쳐지던 햇살 쨍한 날들이었다. 그 봄날 중 하루, 담임선생님이 나를 포함한 3명을 난데없이 창고로 불렀다. 갑자기 '엎드려 뻗쳐'를 시키고는 각목으로 우리 엉덩이를 마구 때리기 시작했다. 누군가에게 처음 폭력을 당해 본지라 잔뜩 겁을 먹고 "잘못했어요."라고 중얼거렸다. 정신 못 차리냐, 공부 안 할 거냐, 당장 신문반 그만둬라, 정신없이 매점이나 다닐 때냐 라고 소리칠 때마다 귀가 멍멍해져 잘 알아듣지는 못해도 "잘못했어요."만 외치며 울었다. 진실이고 뭐고 다 산산이 조각나 날려지고 어서 멈춰지기만을 기다리며 울고 또 울었다.

엉덩이가 너덜너덜해지고서야 매질이 멈췄다. 억울함이 그득히 묻어 부르르 떨리는 손으로 써 내려간 누런 종이 위의 반성문. 그날 오후, 점수가 눈에 띄게 떨어진 우리 네 명 중 다른 세 명의 엄마들이 양손에 선물을 들고 부리나케 찾아왔다. 사실 줄줄이 들어오는 아줌마들 틈에 우리 엄마도 있을까 싶어 조바심이 나긴 했다. 자존심으로 똘똘 뭉친 열일곱의 딸은 엄마가 나의 억울함보다 2년 뒤의 대학 원서 걱정을 더 먼저 하고 조아리면 어쩌나 긴장됐고 초조했다.

역시나 엄마는 달랐다. 선생님이 언성을 높이며 당장 학교로 오셔야겠다고 전화하자 내 딸이 맞았다는 말만 듣고도 가슴이 벌렁거렸을 것이 빤하지만 침착하게 말했다.

"당장 달려가야 할 만큼 큰 잘못을 저지를 아이가 아닙니다. 저는 지금 일하는 중이니 3시까지 가겠습니다."

3시가 되자 엄마는 학교로 왔다. 선생님은 미간을 잔뜩 찌푸린 채 내 반성문을 보여주며 본인도 다 잘못을 시인했다. 애 공부시켜서 대학도 잘 가야 하지 않느냐고 할 때 엄마는 피가 거꾸로 솟는 걸 겨우 참았다. 아무리 보아도 이건 딸아이의 평소 글씨가 아니라고, 겁에 질리고 두려움에 떨며 쓴 글씨인데 도대체가 뭘 그렇게 잘못한 건지 물었다. 선생님이 한 대답은 고작 성적도 많이 떨어졌고, 매점도 너무 자주 간다는 것뿐이었다.

엄마는 그날 예쁜 연분홍 투피스를 입고 학교에 왔다. 굽 높은 구두를 신고 교문을 당당히 걸어 들어 왔다. 머리도 숙이지 않았다. 소리도 지르지 않았다. 양손에 선물을 지고 오지도 않았다. 당당했다. 그리고 우아했다. 무엇보다 엄마는 나를 믿고 있었다. 나를 온전히 믿고 있었다. 울그락불그락하는 선생님 면전에 대고 "내 아이 말을 먼저 듣겠다." 하고 나왔다. 이렇게 맞을 만큼 잘못한 일이 있으면 가정에서 지도할 테니 앞으로는 무슨 일이 있어도 폭력을 쓰지 말아 달라고 했다. 그때 엄마의 목소리는 떨리고 심장은 쿵쾅거렸을 것이다.

결국 선생님은 비슷한 일들로 기자들까지 찾아오는 시련을 겪은 후에야 자리에서 물러났다. 이후로 나는 돈 주고도 살 수 없는 든든함이 온몸 가득히 장착됐다.

'엄마는 내 입에서 말이 나오기 전엔 그 누구의 말도 믿지 않는구나.'

시커멓게 멍든 엉덩이가 쓰라려 앉지도 눕지도 못했지만 피식 웃음이 나기까지 했다. 봄바람처럼 살랑거리며 소소하게 방황하던 나의 짧은 사춘기는 엄마가 분홍 원피스를 입고 학교에 와 나를 감싸던 그날, 다 끝이 났다. 홀가분하게 사춘기를 마쳤다. 한없이 굳세어졌다.

나는 엄마에게 왜 그렇지 못했을까. 엄마의 갱년기는 나의 사춘기보다 더 거세게 몰아쳐 왔다. 책임감 강하던 아빠였지만 IMF의 칼바람을 버티지 못한 채 하루아침에 대기업 부장님에서 실업자가 되었고, 또 다른 사춘기의 큰딸은 미술을 하다 연기를 하다 자신의 길을 찾느라 혼란스러워했다. 엄마는 아침에 눈 뜨면 갈 곳 없는 아빠에게 휴식기를 가지라며 없는 살림에 있는 잔금을 다 끄집어내 골프 회원권을 선물했다. 멀쩡히 좋은 성적을 유지하던 큰딸의 황당한 진로 결정에 해 보고 싶은 건 해 보는 게 너의 나이라며 응원했다. 모두가 당차 보이기만 하던 엄마의 외로운 시간을 알아채지 못했다. 그때는 보이지 않았다. 가족들의 계획도 꿈도 스르르 무너져 가며 다 헛된 것처럼 느껴져 어쩔 줄 몰랐을 엄마를, 그때는 보지 못했다.

내 나이 20세가 넘어서야 미안했고, 30세가 넘어 눈에 계속 밟혔고, 40세가 넘으니 그때의 엄마가 한없이 안쓰러워 문득문득 목이 메었다. 나의 십 대는 딸의 유별난 예민함을 달래주려 책상에 쌓여가던 엄마의 편지들로 버틸 수 있었다. 나는 엄마에게 그렇게 하지 못했다. 아빠가 사오는 노란 프리지아도 꽃병에 꽂히지도 못한 채 금세 시들어 갔다. 엄마는 자꾸만 애쓰는데 그 애씀이 무색하게 엄마는 모든 것이 버거워 보였다. 우릴 보고 웃으려 애쓰면서도 뒤돌아서 울기도 했고, 나의 투덜거림에 어깨를 들썩이며 "엄마가 잘 몰라서 그래."라고 자신의 무능함을 탓했다. 그때는 그것도 몰랐다. 뒤돌아 기억해 보니 엄마는 그랬다.

수상스럽기까지 할 만큼 유난히 햇살이 비치던 날의 오후였다. 갖가지

배달 음식을 시켜 먹고 TV를 보고 있는데 무거운 몸을 겨우 끌며 엄마가 들어왔다. 참고 참았던 힘겨움이 엉망진창으로 어질러진 집을 보고, 혹은 철없는 두 딸을 보고 터져 버렸을 테다. 엄마는 거실 한가운데 주저앉아 울부짖기 시작했다. 아이들에게 좋은 말만 골라 하려던 엄마였는데 두 발을 구르며 울었다.

"나보고 더 어떻게 하라고. 더 어떻게…. 흐윽 흑."

엄마는 다가설 수 없을 만큼 자지러지게 울었다.

"엄마, 울지 마. 미안해, 울지 마."

언니와 함께 다가가 같이 흐느끼던 그날의 밤. 몸속의 모든 것을 내뺴어야만 하는 듯 엄마는 꺼이꺼이 소리를 내며 한없이 울다 쓰러져 잠이 들었다. '갱년기라서 그랬나?'라고 하기엔 그날의 엄마는 물이 다 빠져 버린 물가의 작은 물고기처럼 가엾게 헐떡이고 있었다. 아무리 숨을 쉬어도 숨이 쉬어지지 않는 듯. 아무리 발버둥 쳐도 메워지지 않는 통장의 잔고와 같이 엄마의 마음도 채워지지 않던 기나긴 터널 중의 한 곳이었으리라.

그때의 엄마는 지금의 딱 내 나이, 마흔하나였다. 아빠가 결혼기념일마다 사 오는 한 다발의 노란 프리지아와 함께 젊음이 쌓인 마흔하나. 샛노랗게 채워진 식탁 위에서 모락모락 코코아를 딸에게 내어 주던 엄마의 나이 마흔하나. 나는 이기적으로 엄마는 희생적으로 버티던 엄마의 마흔하나.

너무 늦지 않았다면 이제라도. 학교가 들썩이게 시끄럽던 날 한 치의 흔들림 없이 나를 믿고 손잡아 주던 엄마처럼 이제는 나도 엄마를 지켜 줄 수 있을까. 너무 늦지 않았다면 이제라도 엄마의 마흔하나 상처가 아물도록 지금의 나이 듦을 든든히 지켜주며 말이다. 엄마가 덜 아프게, 천천히 늙게, 사계절을 더 촘촘히 느낄 수 있게 다정히. 늦었지만 이제라도 엄마의 아팠던 마흔하나의 그날 밤을 괜찮다고, 다 괜찮다고 천천히 다 독여 주고 싶다.

✹

4

엄마의 눈물은 땅에,
나의 눈물은 하늘에

한국에서 여름 방학을 지내고 다시 러시아로 돌아가는 날 아침이면 콩나물 삶는 냄새가 부엌을 가득 메운다. 2주간의 자가격리로 우리에게 집을 내주고 아빠와 방을 얻어 나가 있어야 했을 때도 엄마는 식탁 위에 콩나물무침을 산더미처럼 쌓아 놓았다. 공기에 뒤섞여 은은히 남아 있는 콩나물 삶은 냄새를 맡고서야 한국에 온 것을 실감했다. 갓 지은 밥을 좋아하는 딸이 곧장 먹을 수 있게 도착시간을 재가며 동동거렸겠지. 그러다 서둘러 나갔을 엄마의 뒷모습이 그려져 피식 웃음이 나곤 했다.

이번에도 어김없이 1년을 꼬박 기다려 콩나물무침을 입에 잔뜩 넣었는데 별나게도 씹기도 전에 목이 콱 메었다. 어찌 된 일인지 집안을 가득 메운 콩나물 삶는 냄새에 반갑기는커녕 얼굴이 촉촉이 젖어 들었다. 이유도 모른 채 주르륵 눈물부터 흘렀다.

언제 한국에 돌아올지 확실치 않아 아마 내년쯤이라고 말한 게 벌써 10년이 쌓였다. 처음의 계획들은 하늘 위 구름 속에 다 흩어져 버렸다는 것을 모두가 말없이 짐작했다. 잘해야 일 년에 한 번 얼굴 보는 것이 다라는 것을. 엄마는 손에서 손으로 따뜻함을 주고받던 딸이 가끔 들르는 식당 사장님보다 보기 힘들다는 것을 이제는 숨을 꾹 참고 받아들였다. 엄마는 그 사실이 나만큼이나, 아니 나는 비할 것도 없이 버티기 힘들었을지도 모른다. 딸과 두 손주까지 합해진 그리움이니 어림잡을 수도 없겠지.

엄마는 나의 매 순간을 함께했다. 첫아이를 낳을 때도. 모두가 아기를 기다리며 설레고 있을 때 스치듯 촬영된 엄마를 보았다. 울고 있었다. 두 손을 꼭 마주 잡고 덜덜 떨고 있었다. 내 딸 무사하길, 내 딸 무사하길, 중얼거리고 바들거리며 눈물을 흘리고 있었다. 열 달을 나보다 더 손꼽아 기다리고, 행여나 아기가 다칠까 싶어 내 배 옆으로는 아무도 못 오게 하고, 태아에 좋다는 음식을 하루에 세 끼 꼬박 차리던 엄마였는데 그날은 딸이 무사하길 빌고 있었다. 갓 태어난 아기를 보고 벅차하던 순간도 잠시, 엄마는 우리 딸 발 시리다며 나에게 달려와 수면양말부터 신겼다. 아직 비몽사몽인 딸의 팔, 다리를 주무르며 "아이고, 손이 차네. 발 시리겠다."라며 내 걱정을 앞서 했다. 그토록 기다리던 손녀를 보고는 함박웃음을 지었고, 차게 식은 딸의 발을 보고는 눈물을 흘렸다. 엄마는 그랬다.

퇴원 후, 탯줄이 아직 질기게 붙어 있는 아가의 목욕을 시키는 일도 엄마가 도맡았다. 30분에 한 번씩 깨는 아이의 밤을 아빠와 번갈아 지키며 딸은 긴 밤 깨지 않고 자도록 두었다. 딸이 미역국이 질릴까 싶어 매끼 홍합, 소고기, 북어, 전복 등 재료를 바꿔가며 끓이는 것도 다 엄마의 몫이었다. 육아관이 다를 때는 "라떼는 말이야."라며 가르치는 대신 "요즘 애들이 더 똑똑하게 하겠지."라며 한발 물러섰다. 유난스러운 딸이 읽는 수백 권의 육아서를 함께 읽고, 평생을 두 딸에게 올인했으면서도 본인이 키워 온 스타일이 다르다면 그것도 버렸다. 해외에 있는 신랑의 빈자리를 느끼고 행여나 딸이 서러울까 싶어 엄마, 아빠는 앞다투어 그 자리가 티 안 나게 꽉꽉 눌러 채우느라 분주했다.

당연히 나는 아이 키우는 게 마냥 즐거웠다. 밤이면 푹 잤고, "밥 먹자."라는 말에 진수성찬 배불리 먹고 나면 아이와 뒹굴뒹굴하다 낮잠도 잤다. 저녁이면 아이에게 책을 읽어주고 공기 좋은 뒷산으로 산책도 갔다. 주말 아침이면 아이를 데리고 산에 오르는 할머니, 할아버지 덕분에 늦게까지 세상모르고 자기도 했다. 짜인 각본인 양 모든 게 평화로웠다.

'우당탕탕탕' 영화 속 장면들이 깨진 것은 내 살림을 하게 되면서였다. 귀국이 미뤄지는 신랑을 따라 러시아에 와서야 냉장고에는 항상 밑반찬이 채워져 있는 게 아니란 것을 알았다. 아이 우유병을 하루에 몇 번씩 씻고 말리고 소독해야 한다는 것을. 이유식을 30분 동안 저으면 팔목이 나가떨어지게 아프다는 것을. 아이 이불 빨래를 수시로 해 바짝 말려야 한다는 것을. 순한 줄만 알았던 내 아이도 누군가 하루 종일 안고 있지 않으면 자지러지게 운다는 것을. 시소의 균형처럼 내가 여유롭게 육아하는 동안 누군가의 무릎은 닳도록 애써져야 한다는 것을 러시아에 와서야 알았다. 그 일을 엄마와 아빠가 다 나누어 하고 있었다는 것을 그제야. 하루를 48시간처럼 쪼개어 도와주는 신랑이 당황할 만큼 엄마 아빠가 머릿속에서 떠나질 않았다.

엄마와의 유별스러운 관계로 결혼해도 평생 엄마 옆에 사는 것이 당연했던 나는 8년 연애한 남자의 학업을 이유로 결혼하자마자 생뚱맞은 나라에 와서 살게 됐다. 처음 계획은 5년이었다. 지금 생각하면 겨우 5년이었지만 이민 가방을 가득 싣고 공항에 가던 날 엄마와 나는 그 5년이란 시간에 숨이 막혔다. 나는 사랑하는 사람과의 새 삶을 꿈꾸며 설렘이 동동 떠다니는 슬픔이었지만, 엄마는 살덩이를 떼는 듯한 아픔을 오롯이 견뎌야 했다.

나는 비행기에서 10시간 내내 신랑 품에 안겨 울었다. 엄마는 내가 소파에 벗어두고 간 카디건을 부여안고 가슴을 치며 울었다고 했다. 몇 달을 집 밖에 나오지도 못했다고 한다. 항상 걸치고 있던 그 카디건에 밴 딸의 냄새를 맡고 엄마의 그리움은 잠재워지기는커녕 날로 더 커졌을 것이 뻔하다. '잘 살다 와.'라고 하기엔 너무 먼 곳으로, 제일 친한 친구이자 제일 사랑하던 그녀가 그렇게 엄마를 두고 가버렸다. 이제는 아무 때나

"엄마, 저녁에 콩나물 무쳐줘!"라고 말할 수 없는 너무 먼 곳으로.

아이를 낳고 몇 년을 꼬박 함께 키우던 아이들을 데리고 신랑이 있는 영하 30도의 추위로 떠나 보낼 때는 또 어땠던가. 가방 빈틈 구석구석 아가들의 내복과 털양말을 욱여넣으며 엄마는 그리움을 덜어내려 애썼던 걸까. 잠시면 끝날 줄 알았던 이별이 길어지고 예전처럼 얼굴을 다시 비비며 살 수 있다는 희망의 끈을 놓으면서 엄마는 자꾸만 여기저기 아팠던 것일까.

올 여름 다시 한국을 떠나기 직전, 딸아이는 울먹이는 목소리로 말했다.

"할머니, 할아버지 얼굴을 보고 있으니 배가 동글동글 움직이고 이상해."

짙은 슬픔을 찾는 법을 알기엔 아직 너무 어린 아가는 헤어지기 싫은 마음을 그렇게 표현했다. 그러고는 내 품에 안겨 한참을 울었다. 많이 울면 할머니, 할아버지가 속상할까 봐 눈물을 참았다는 이야기를 엄마도 모르게 일기장에 써 놓은 게 겨우 아홉 살 때였다.

우리는 매년 돌아가는 하늘 위 비행기에서 아직도 하염없이 눈물을 쏟아낸다. 참아도 참아도 물줄기처럼 주르륵 흐르는 것을 멈추어 낼 도리가 없다. 익숙해지지 않는 이별의 괴로움이 하늘 위의 열 시간을 채운다. 그동안 엄마는 저 밑 땅에서 얼마나 많은 눈물을 흘려 버릴까. 전화로 레시피를 받아 적어 몇 번이나 시도하고 몇 번이나 실패하던 콩나물무침을 제법 엄마 손맛과 비슷하게 할 때쯤이면 마음이 좀 덤덤해지려나. 시간이 흘러도 아직은 참 익숙해지지 않는 이별의 반복. 오늘따라 유독 엄마 얼굴이 더 흐릿하게 떠오른다.

이제야 시작된 엄마의 꿈,
내가 지켜줄게요

"악!"

아이들을 배웅하고 집안에 들어서다 맨발로 압정을 밟았다. 그대로 바닥에 주저앉아 몇 번을 문지르고 호호 불고 난리법석. 피 한 방울 안 났지만 혹시나 통증이 오래 갈까 싶어 반창고를 가지러 가면서는 쩔뚝거리기도 했다. 그깟 압정 하나에. 사실 끝도 뭉뚝해 할 일을 다한 그깟 압정 하나에 찔려 놓고는.

엄마가 여기저기 아프기 시작하면서 이제 밤에도 전화를 수면 모드로 해 놓지 못한다. 언제 전화가 올지 몰라 진동 대신 소리로 바꾸어 놓은 지도 꽤 되었다. 그러던 중 엄마와 한동네에 사는 사촌 동생에게 갑작스레 전화가 왔다. 평소에 메시지조차 주고받지 않았기에 불길한 예감이 들었다. 전화가 잘 연결되지 않아 몇 번을 서로 다시 걸었다 끊겼다 하는 1~2분 사이에 손가락 끝에서 땀이 나기 시작했다. 소소한 소식들을 전하며 말을 길게 늘이는 동생의 조심스러운 배려도 예의 없이 싹 거두고 물었다.

"결론만 얘기해 봐. 우리 엄마 아파?"

엄마가 아프다. 먼 곳에서 엄마가 아프다. 괜찮을 거라고, 걱정 말라고 옆에서 손을 잡아 줄 수도 없는데. 함께 병원도 갈 수 없는 먼 곳에서… 엄마가 아프다.

10년 전, 엄마 아빠의 눈에서 한 시도 떨어진 적 없던 한 살짜리 큰아이를 떼내어 이곳에 데려와 키운 지 6개월쯤 지나서였을까. 엄마의 머리 안에 자리 잡은 '혹' 이야기를 처음 들었다. 함께 웃고 버티던 시간들이 와르르 무너지는 듯했다. 좁은 주방에 주저앉아 벽에 기대 며칠을 울었다. 귀하던 딸이 낳은 더 귀한 손녀를 모스크바로 보내며 찾아 온 가슴 아픔을 견뎌내야 해서였을까. 엄마의 몸이 받아내 본 적도 없는 묵직한 그리움이 거침없이 몰아쳐 그놈의 혹이 뻔뻔하게 싹을 틔던 것일까. 딸이 먹을 과일 주스를 갈고, 손주 먹을 이유식을 만들고, 남편 먹을 아침을 만들며 이마에 땀방울이 맺힐 즈음 "할무~!" 하고 방문을 빼꼼히 열고 나오는 돌쟁이의 까르르 웃음소리. 두 손에 올려질 듯 자그마한 아기 천사의 웃음소리가 하루아침에 고요함으로 바뀌며 느껴졌을 먹먹함이 숨을 턱 막히게 했을까.

10년간 그 자리에 조용히 머물기만 했던 엄마 오른쪽 머리의 작고도 뻔뻔한 혹이 이번엔 많이 자랐다고 한다. "내년이면 한국 들어가겠지, 뭐."

하던 말을 더 이상 할 수 없게 됐을 때, 1년이면 이제 다 됐다 할 줄 알았던 헤어짐이 언제 끝날 줄 모르게 되었을 때, 그때였을까. 두 손주가 춥디추운 먼 곳에 무한히 남겨져 있게 될 것을 받아들이며 엄마는 또다시 아팠던 것일까.

엄마는 수술 소식을 나에게 절대 말하지 말라고 했다. 손주들이 방학 동안 한국에서 좋은 생각만 하고, 즐거운 것만 봐야 한다며 의사를 설득해 수술 날짜를 바꾸었다고 한다. 우리가 떠난 다음 날로. 하늘 위에서 아직 손에 남은 엄마의 온기를 느끼며 눈물을 뚝뚝 흘리고 있을 그날로. 수술 과정을 찾아보니 머리 앞과 뒤에 네 개의 나사를 박아 거치대를 설치하고 혹에 감마 광선을 쏜다고 하는데, 그 과정이 석 달에 걸쳐 세 번이라고 한다. 나사를 네 곳에나. 그렇게 세 번을. 마취해도 아픔이 느껴져 비명이 나오고, 마취가 끝날 때는 이불을 쥐어 잡고 발가락이 꼬여질 만큼 견딜 수 없는 아픔이라는 후기만 계속 눈에 들어왔다.

그 소식을 듣고 며칠 동안 '나사가 조여지는 아픔만 내가 대신 견딜 수는 없을까?' 계속 되뇌었다. 따듯해진 봄바람에 살랑해진 마음으로 하늘을 올려보다가도 '그 나사 조이는 거, 그거, 그것만이라도 내가 대신하면 안 될까?'라고 혼잣말을 쏟아냈다. 아이들의 옷이 가벼워지는 계절이 왔는데도 내 마음은 여전히 한겨울 어디쯤이었다.

그러던 날 중에 하나, 그까짓 뭉툭한 압정을 밟고 나는 그 엄살을 피웠던 거다. 낡아빠진 압정에 스치듯 찔려 놓고는 유난이란 유난을 다 떨었다. 나사를 대신 내 머리에 조이고 싶다는 바람으로 며칠을 보내던 날이 허무하게. 압정 하나에도 "악!" 소리 나게 아픈데 엄마는 얼마나 아플까, 얼마나 두려울까, 얼마나 별 생각이 다 들까 란 마음에 또 콸콸 눈물이 쏟아졌다. 엄마는 이제 맘 놓고 그림을 그리는데 왜. 새로운 꿈을 겨우 다시 잡았는데 왜.

나는 엄마를 보고 자란 덕에 마흔이란 나이도 무시한 채 발레를 시작했다. 엄마는 우리를 키우던 날들에 새벽 밥냄새와 함께 공부하며 운전면허 시험을 봤고, 어린 새댁들과 어울려 무용을 배웠고, 매주 익숙해진 일상을 깨고 그림을 배우러 갔다. 새벽까지 식탁에 앉아 책을 읽었고, 어느 날들엔 소녀처럼 친구와 편지를 주고받으며 화장대 서랍 속에 편지들을 차곡차곡 쌓아갔다. 당연해진 주부의 일상에서 엄마는 작은 꿈들을 이어가며 살았고, 나도 그렇게 하는 게 당연한 듯 받아들였다. 악기를 배우다, 식물을 키우다, 자수를 놓다, 해외에서 직장 대신 내가 빠질 일을 찾았다. 소파와 하나 되어 뒹굴거리고 싶지 않았다. 저녁이 되고서야 변변치 않은 재료들을 꺼내어 대충 한 끼 차려내는 메마른 삶을 그만두고 싶었다.

엄마는 3달간 병원에 오가야 한다. 그 이후엔 일흔을 바라보며 또 언제 병원 신세를 지을지는 아무도 모를 일이다. 엄마는 몸이 힘들고 마음도 울적해 모든 꿈을 놓아 버릴까. 살며시 꾼 꿈을 날려 버릴까. 내 걱정이 무안하게 무한긍정 파워 권여사는 멈추지 않겠지. 두 딸에게 '꿈꾸는 엄마'를 보고 자라게 했듯이 귀한 천사와 보물, 두 손주를 보며 버텨주겠지. 손주들에게 '꿈꾸는 할머니'를 보고 자라도록 희망이 되어 주겠지.

그렇지, 엄마?

사실 희망이고 뭐고 그게 뭔 소리인가 싶은 현실에 얼마나 두려웠어. 얼마나 무섭고 겁이 났어. 엄마의 전부가 되어 힘겨운 나날도 버티게 해 주는 두 손주를 또다시 비행기를 태워 떠나보내는 일도, 한 번도 겪어 보지 못했을 또 다른 수술도 다 엄두가 안 났겠지. "그래도 해보자."라고 말하기에는 내가 한없이 못 된 것 같아서 그 말도 못 했어.

엄마, 온 창문에 김 서려 하얀 겨울밤이 내다보이지도 않던 날들이 기억나. 입김을 집안까지 머금고 들어온 내 벌건 두 손을 잡아들고 엄마는 엄마의 두 겨드랑이 사이 깊숙이 넣곤 했어. 창밖의 눈을 꽁꽁 뭉친 듯 차게 얼은 내 손을 빼낼 틈도 없이 와락 잡고선 말이야. 난 그게 참 좋았어. 내 몸을 감싼 잠깐의 추위도 마음 아파하는 엄마를 보며 '나 진짜 사랑받는 딸이구나.'라고 느끼던 순간이었거든. 나는 또 엄마가 추울까 봐 그 두 손을 서둘러 빼내곤 했잖아. 그 순간의 행복을 유리병에 담아 들고 다니고 싶을 만큼 우리의 그 찰나가 나는 너무 좋았어.

엄마, 이젠 내가 나의 가장 따뜻한 말로 엄마의 손 시리던 젊은 날을 녹

여줄 시간이 온 것 같아. 엄마가 두 손에 '꿈'을 고이 안고 가는 길을 묵묵히 기다리며 지켜봐 주는 하루. 꿈을 이루지 못해도 그 길로 다가서는 발자국들을 보며 "우와, 우와. 잘했네, 잘했어."라고 호들갑을 피울 날들이 수북이 남아서 얼마나 다행이야.

고마워, 엄마. 나의 꿈꾸는 엄마가 되어줘서. 나도 다시 꿈꾸게 해줘서. 멋진 여자로 나이 들어줘서 정말 고마워.

그리고 사랑해. 나의 베스트 프렌드, 정순 씨. 사랑해, 사랑해, 사랑해.

STORY

3

엄마를 발음하면 애먼글면 끓어오르는 마음을 깨닫는다.

세상 사는 일이 엄마처럼 해낼 수 있다는 것도 아이러니한데

엄마처럼 살지 않겠다는 다짐도 때때로 맹물인 것을 알아간다.

엄마의 손에는
세월이 묻어 있다.

이영탁

1

낯선 길을 혼자 가야 했을 때

나는 일곱 살 때까지 거의 외가에서 자랐다. 일곱 살이 된 여름의 어느 날 아버지가 나를 데리러 오셨다. 나는 외할머니 뒤에 숨어서 안 가려고 버텼다. 집을 뛰쳐나와 온 동네를 쏘다녔다. 하지만 어둑해진 저녁에는 집으로 돌아가야 했다. 내가 그렇게 아버지를 따라간 집에서 엄마를 제대로 만났다.

내가 초등학교에 입학하던 날, 부모님과 함께 학교에 도착해서 보니 입학생 중에서 내 키가 제일 작았다. 입학식이 끝나고 집에 갔을 때 엄마는 내가 너무 작아서 걱정된다며, 밥도 많이 먹으라고 했다. 그리고 키가 작아도 기죽지 말라는 이야기도 했다. 그 말을 들으신 아버지도 입이 짧은 내게 잘 먹어야 한다고 이르셨다.

초등학교 삼학년 여름 방학 때의 일이다. 여름 방학이 끝날 즈음 엄마와 외가에 갔다. 동생 두 명과 함께 갔다가 나만 집으로 돌아왔다. 돌아오는 그날이 월요일이었고 빨간 버스를 탔다. 일생일대의 나 홀로 여행이었다. 외가에서 어른의 걸음으로 30분을 걸어 나오면 버스 정류장이 있었다. 버스를 타고 40~50분을 가면 소정이라는 곳에서 내려 또 어른의 걸음으로 30분을 걸어가면 우리 동네가 나온다. 새벽에 일어나 밥을 먹는 둥, 마는 둥 하고 엄마를 따라 길을 나섰다. 엄마가 마을 입구까지 나를 바래다주면서 여기서부터는 혼자서 집에 가라고 했다. 학교 늦지 말고 꼭 가라고도 했다. 나 혼자 어떻게 가냐고 떼를 부렸지만 엄마도 완강했다. 나는 억지로 엄마의 손을 잡아당겨서 이십 보나 걸었을까. 엄마는 큰 동생이 울 때 나왔고 곧, 둘째 동생이 깨겠다며 내 손을 뿌리치고 돌아섰다. 그리고는 성큼성큼 걸어서 걸어 온 길을 내려갔다. 돌아선 엄마의 모습은 날렵해서 금방 사라지고 말았다. 나는 보이지도 않는 엄마의 뒷모습을 이리저리 몸을 비틀며 쫓았다. 털레털레 한 발 두 발 걸었지만 발걸음은 쉽게 떼어지지 않았다. 혹여나 엄마가 오지 않을까 하는 막연한 기대를 부풀리면서 앉았다 일어나기를 반복했다. 뭉그적거리는 시간이 길어질수록 내 마음도 불편했다. 나는 큰 소리로 "엄마!" 하고 불렀다. 역시나 엄마는 내게 돌아오지 않았다. 나는 바닥에 주저앉아 펑펑 울었다. 그리고는 벌떡 일어나 냅다 달렸다.

꼬불꼬불 산길을 걷고 달리기를 반복하며 버스 정류장에 도착했다. 얼마나 기다렸는지 모르지만 빨간 버스가 왔다. 내가 버스비를 내자 차장 언니가 어디까지 가며, 몇 살이냐고 물었다. 나는 소정까지 가야 하고 열 살이라고 대답했다. 그러자 차장 언니는 누가 나를 열 살로 보겠냐며 차비를 받지 않았다.

버스가 낯선 곳에 멈췄다가 사람들을 태우며 달리고 멈추기를 반복했다. 길은 자갈이 깔린 비포장도로이며 꼬불꼬불 꼬부랑길이었다. 버스 기둥과 흔들리는 시간을 꼭 쥐고 두 눈을 감고 생각했다.

'우째서 엄마는 내만 보냈노. 내 혼자 우째 이 먼 길을 가라고 내만 보냈노? 내가 길이라도 이자삐모 우짤라꼬 내만 보냈노! 내가 얼란 줄 알고 차비도 안 받는데, 우째서 이라노!'

그렇게 혼자 속으로 화를 내고 있을 때, 차장 언니가 "스톱!"을 외치고 소정에서 나를 내려주었다. 차장 언니가 키도 작은 아이가 대단하다고 길 잃지 말고 조심히 가라며 내 머리를 쓰다듬었다. 나는 차장 언니의 손을 잡고 몇 시냐고 물었다. 언니가 시간을 알려준 후 차를 탕탕 치며 "오라이~!"를 외치자 빨간 버스가 출발했다. 나는 멀어지는 버스를 바라보며 잠시 서 있었다. 버스가 시야에서 사라지고 난 후에 꼭 쥔 동전을 가만히 내려다봤다. 내 입가에 빙긋 웃음이 생기다 말았다. 뭔지 모를 부채감 같은 것이 느껴졌다. 나는 꼬부랑길을 또 열심히 달리고 걷기를 반복하고서야 집에 도착했다. 가방을 챙기고 부산을 떨며 학교에 갔다고 믿고 싶지만, 기억이 나지 않는다.

엄마는 내게 낯선 길을 혼자 떠나도록 했다. 초등학교 입학식 날 내 키가 너무 작아서 걱정하던 우리 엄마. 그런 엄마가 나에게 혼자서 길을 찾아가기를 원했다. 그것도 겨우 열 살에. 나는 울며 겨자 먹기라는 말을 행동으로 먼저 깨우쳤다. 아무리 인생은 혼자 살아간다고 해도 이건 너무 이른 훈육이었다. 그 이후로도 나는 오래도록 빨간 버스를 혼자 타고 내렸다. 내가 늘 혼자 걷고 달리는 인생을 그날부터 시작했음을 엄마는 모른다. 여전히 엄마는 동생들과 있었고 나는 늘 서운한 마음을 안고 마음의 근육을 키워나갔다.

나는 버스를 탈 때마다 특히나 꼬불꼬불한 길을 달리는 버스 안에서는 유독 그날의 감정이 살아나 의자 손잡이를 꽉 쥐거나 숨을 고르기 위해 심호흡했다. 버스에서 내리면 두 손으로 가슴을 쓸어내리며 안심하는 버릇이 지금도 남아 있다.

늦여름이 주춤거리고 하늘이 맑고 바람이 선선해지는 날이면 나는 처음으로 혼자 버스를 탔던 열 살의 아침을 오래오래 생각한다. 삶의 길이 내 앞에서 몇 갈래로 나눠질 때도 그날을 생각했다. 그날 나에게 시간을 알려주고 나의 용기를 칭찬해준 차장 언니처럼 인생의 고비마다 값진 마음 하나씩은 만나며 지나왔다. 엄마는 거친 인생이란 길 위에 언제나 당당하게 서 있는 내 모습을 보며 뿌듯해하시는 것 같다. 내가 종종걸음으로 삶을 이어 나가는 모습에서 엄마가 나를 홀로 걷게 했던 나의 열 살을 기억은 하시려나. 언제나 길을 잃지 않고 당차게 목적지에 도달하는 나를 보며 무슨 생각을 하실까. 나는 나도 모르게 길에 대한 막연한 두려움이 남아 있다. 인생이란 이 길도 두려움과 긴장으로 견뎌내는 중이다.

나는 시간이 지나면서 엄마를 이해하려고 노력했다. 이해라는 단어가 나중에는 공감됐고, 이제 엄마는 엄마가 되어 버린 내게 무척이나 의지하고 있음을 안다. 나는 엄마가 나를 통해 연약한 여자에서 단단한 엄마가 되었다는 걸 오랜 뒤에 깨달았다.

2

엄마의 마흔,
그리고 나의 마흔

저녁을 먹다 말고 "엄마, 나 고등학교 원서 어디 넣어요?" 하고 딸이 물었다. 벌써, 원서 넣을 땐가? 달력을 보니 시월이 한참을 달리고 있었다. 딸은 외국어에 재능을 보여서 외고에 보내고 싶었다. 하지만 사는 일이 빠듯하고 일에 쫓기다 보니 원서 넣는 기한을 놓치고 말았다. 딸은 괜찮다고 했지만, 속이 속이었을까. 딸이 일반 고등학교에 원서를 넣었을 때 나는 마흔의 끝자락에 서 있었다. 중3인 딸의 모습을 보면서 내가 보낸 중3의 어느 날이 떠올랐다.

어느 토요일이었다. 여름이 몽실몽실 구름을 몰고 다니는 텁텁하고 습한 날이었다. 그냥 왠지 기분도 우울하고 뭔가 허전하고 어딘지 자꾸 심사가 틀리는 게 영, 성가신 토요일이었다. 오전 수업을 마치고 집으로 돌아왔지만, 점점 기분이 가라앉았다.

엄마가 차린 저녁상에 미역국이 올라왔다. 내가 누구의 생일이냐고 물었고 옆에서 밥을 먹던 큰 동생이 엄마의 생일이라고 대답했다. 나는 미역국을 삼키며 "그라모, 엄마가 인자…!" 엄마는 입 안에 가득 든 밥을 삼킨 뒤, 마흔이라고 말하며 미역국의 퍼진 미역처럼 웃었다. 나는 엄마의 마흔이라는 말에 숟가락을 놓았다. 저녁상을 물리고 설거지를 마친 후에도 내 마음은 엄마의 '마흔'이라는 숫자에 매달려서는 그네를 탔다. 그날은 달빛도 좋은 날이었다. 엄마의 생일이 음력으로 6월 중순이니까 달이 살짝 기울어서 한밤의 빛이 더 여리고 좋은 날이다. 그날 밤 엄마의 나이가 마흔이라는 말에 나는 하염없이 울었다, 도대체 마흔이 뭔가? 그러다가 선잠이 들어 살짝 뒤척일 때, 며칠 전에 자기는 마흔 살이 되면 죽고 싶다고 했던 친구의 말이 반짝하고 달처럼 떠올랐다.

학교를 마치고 동네 어귀에 들어섰을 때, 온 동네가 시끄러운 목소리에 잠겨 들었다. 그 발원지는 우리 집이었고, 위험한 전쟁통이었다. 우리 집 마당에 엄마가 댕그라니 앉아 펑펑 울고 있었다. 아버지는 화를 주체하지 못해 빨랫줄을 집어 던졌고, 할머니의 앙칼진 목소리가 치자나무의 향기를 베어내고 있었다. 나는 엄마의 울음에서 갈매기가 날아다니는 걸 그때 처음 알았다. 엄마는 정말 갈매기처럼 울었다. "끼룩끼룩." 울음이 어쩜 저럴 수 있나 싶을 만큼 엄마의 눈물은 흐르고 목소리는 출렁거렸다.

요즘 고모가 속이 미식거리고 매일 토해서 밥도 제대로 못 먹는 데다 기운이 없어서 곧 죽을 것 같다고 할머니가 호들갑스럽게 말했다.

"아가씨가 아를 가졌는갑네. 병원에 가모 되지, 당신까지 갈 필요가 있는기요?"

"저년이 내 딸이 아프다는데 고작 한다는 소리가 아를 배서 그렇다고 하는 것 봐라. 내가 아를 밴 것도 모르는 천친 줄 아나? 저년 입을 확 비틀어 버려야지!"

할머니가 엄마의 입을 확 비틀어 버린다고 했더니 아버지의 머리가 확 비틀어졌다. 이런! 할머니가 소리를 고래고래 지르고, 아버지는 난데없이 엄마를 때렸다. 엄마는 정말 대책 없이 얻어터졌다. 이 일이 있은 지 사흘 후에 아버지는 엄마에게 사과했다. 고모가 임신했다고 하면서. 나는 고모의 임신이 왜 엄마를 때리는 원인이 되었는지도 이해가 안 갔다. 아버지와 마주 앉은 엄마의 얼굴을 보면서 나는 우울해졌다.

나는 창으로 스며든 달빛을 만지며 생각했다. 엄마의 마흔 이전 모습이 어떤가를. 수줍음이 많고 말도 느리게 하는 우리 엄마의 얼굴. 지금 보는 모습이 처음부터였던 것처럼 기억나지 않았다. 외갓집에서 돌아왔을 때 만났던 그 얼굴도 떠오르지 않았다. 내가 매일 바라봤던 바닷물이 눈동자에 담겼다가 흘러넘치는지 눈물이 하염없이 흘렀다. 엄마의 생일이 지난 일요일에 나는 엄마에게 물었다.

"엄마는 아버지랑 와 사노? 할매가 저리도 못살게 구는데. 엄마는 꿈이 있나?"

"니가 생기는 바람에 저 인간이랑 산다. 그 바람에 너그 동생들도 생깄고. 꿈이 있나? 너그가 잘 크모 그게 꿈이지."

그날 나는 내 인생의 가장 무거운 무게를 가슴에 올렸다. 나 때문에 이토록 고된 삶을 산다고?! 나는 가만 엄마의 얼굴을 들여다봤다. 저 순한 눈에서 눈물이 하염없이 내리던 날이 떠올랐다. 내가 생겨서 이 궁상맞고 거친 집안에서 살아야만 했다니. 나를 위해서, 나를 아비 없는 자식으로 살게 할 수 없어서. 엄마는 첫째인 내가 얼마나 원망스러웠을까.

바람이 불었다. 마당의 치자나무에서 꽃이 흔들리더니 하얀 꽃송이가 바람을 타고 날아올랐다. 어쩌면 엄마도 결혼이라는 굴레에서 벗어나 저렇게 날아오르고 싶었을 것이다. 그렇게 생각한 순간, 꽃잎은 팽그르르 돌다가 바닥으로 추락하고 말았다. 마치, 엄마의 그날 모습처럼. 엄마의 세대는 이혼이 쉬운 일이 아니었다. 남들에게 손가락질당하고 여자 혼자 살기에는 너무 벅찬 시대였다. 지금에야 이혼이 어디 흠이나 될까. 내가 중3 때 엄마의 꿈이 "너그가 잘 크모 그게 꿈"이라고 했던 말이, 내 딸의 교복 치마에서 펄럭였다.

내가 고등학교 원서를 넣을 때, 엄마는 딸도 배울 건 배워야 한다고 했다. 동네 사람들이 없는 살림에 딸내미를 뭐 하러 고등학교까지 보내느냐며 흉을 보아도 엄마는 아버지에게 나를 고등학교에 꼭 보내야 한다고 간곡하게 말했다. 우리 집 형편이 좋지 않았으므로 고등학교로 진학 못하면 공장에 취직하는 게 정해진 코스였다. 나는 생각만 해도 몸이 떨렸고 공장은 정말 싫었다. 생각해보면 엄마의 당찬 용기가 나를 있게 했다. 그 덕분이었는지 나는 공부에 취미가 있었고, 결혼 후에도 공부의 끈을 놓지 않았다. 내 딸이 중3일 때, 나는 시조 시인으로 등단했고 몇 년 후에는 대학원 박사과정까지 마쳤다.

엄마의 마흔은 무척 다양하고 심란한 일로 얼룩진 슬픈 마흔이었다. 엄마와 나는 서로 다른 마흔을 지났고 엄마는 점점 내 안으로 들어왔다. 우리 집에 다니러 오신 엄마는 책상에 쌓인 책들을 보면서 아직도 공부가 재밌느냐고 물으신다. 나는 여전히 공부가 재미있다고 대답한다. 그러면 엄마는 아쉬운 듯,

"니가 대학에 보내 달라할 때 그때 보냈으모 좋았을 낀데, 음~음~ 그때는 니 동생들 땜매…."

말을 끝맺지 못한 엄마의 눈동자가 살짝 흔들렸다. 나와 눈이 마주치자, 엄마는 빙긋 웃었다. 나는 엄마의 웃음을 보면서 알았다. 엄마의 꿈은 내가 무사히 고등학교를 마치는 것이었다는 걸. 엄마는 공부하는 나를 보면서 위로받고 있음을. 나는 엄마가 키운 꿈 위에서 엄마의 꿈으로 살고 있다는 것도.

글을 쓰고 책을 내는 지금도 엄마가 나를 위해 존재한다. 배움도 주고

마음의 무게도 올려준 나의 엄마. 그 덕분에 나는 엄마의 삶을 이해할 수 있게 됐다. 그 무엇보다도 좋은 교과서이며 스승인 나의 엄마, 사랑해.

3

엄마와 아버지의 숨겨진 사연

"딸, 세탁기에 섬유 유연제 좀 넣어줘."

하며 고개를 돌렸을 때 딸의 손가락이 빛났다. 반짝! 나는 무심코 물었다. "딸, 반지 했어?" 딸이 들뜬 목소리로 "네."하고 대답했다. 나는 하던 설거지를 잠시 멈추고 내 손을 들여다봤다. 작고 몽땅한 데다 예쁘지도 않다. 내가 엄마의 딸로서 제일 닮고 싶었던 건 손이다. 나의 바람과는 달리 자랄수록 내 손은 아버지를 닮아갔다. 딸을 낳으면 내 손은 닮지 않기를 간절히 바랐다. 다행히 딸은 우리 엄마처럼 손이 예뻤고 나는 안심했다. 그런 딸의 손가락에서 반지가 반짝였다. 설거지를 끝내고 소파에 앉았을 때 딸은 남친과 커플링을 했다며 자기 손을 내 쪽으로 내밀고는 햇빛에 손가락을 폈다 오므렸다 하며 생긋 웃었다. "그래, 예쁘다." 그렇게 말하며 내 손을 내려다보니 아무리 봐도 너무 못났다. 손가락 끝과 손가락 뿌리의 굵기가 똑같고 짧고 몽땅하다. 딸이 물었다.

"엄마는 왜 반지를 안 끼어요? 반지가 없나?"

"반지야 있지. 반지를 끼고 싶어도 못 낀다."

딸이 눈으로 "왜?" 하고 물었다. "반지를 끼면 손가락이 까매져." 딸이 벌떡 일어나 옆에 와서 앉으며 금속 알레르기가 있냐고 물었다. 딸은 내 손을 들여다보며 작고 귀엽다고 말하더니 제 손에서 커플링을 빼서 내 손에 끼웠다. 그리고는 고개를 끄덕이며 반지가 잘 어울리니 끼고 다니라고 훈수를 두었다. 딸은 내 손에서 커플링을 빼서 자기 손에 다시 끼고는 자기 손을 햇빛 속에 연신 밀어 넣으며 반짝이는 보석처럼 웃었다.

나는 딸의 모습을 보면서 엄마의 손을 생각했다. 엄마의 손이 가늘고 길어서 반지가 참 잘 어울릴 것 같았지만 엄마도 나처럼 반지를 끼고 살진 않았다. 뱃일과 갯일에 시달리는 손가락은 늘 젖어 있었고 한시도 그 손을 쉬게 한 적이 없었다. 한동안 잊고 있었던 엄마의 결혼반지에 대한 사연이 그때 생각났다.

그날은 하늘이 무척 푸르고 날씨도 상쾌했다. 미세먼지를 걱정하는 요즘과 달리 너무 쾌청해서 날개가 있다면 저 먼 바다까지도 날아갈 것 같았다. 우리 집 마당에는 치자나무가 한 그루 있었고, 여름이면 치자꽃 향이 마을 입구까지 날아갔다. 꽃이 진 자리에 치자열매가 주렁주렁 달렸고, 곧 가을의 꽃으로 한 번 더 피어날 참이었다. 엄마와 나는 오붓하게 모녀의 정을 주거니 받거니 하면서 가을걷이한 곡식을 정리하듯 빨래를 개고 있었다. 엄마는 빨래를 개는 내 손을 보면서 아버지 손을 쏙 빼다 박았다고 했다. 나는 그러잖아도 불만인 내 손을 엄마가 콕 꼬집어 말하는 게 싫어서 짜증을 냈다. 빨래가 어느 정도 정리가 되어갈 때였다. 나는 난데없이 며칠 전에 들었던 이야기가 생각났다. 아버지가 말한 '큰 어매'가 누군지 물었다. 빨래를 개던 엄마는 갑자기 들이닥친 나의 질문에 놀랐는지 개고 있던 옷을 떨궜다. 엄마는 떨군 옷을 들어 다시 개고 난 뒤 '큰 엄마'의 사연을 들려줬다.

"내가 시집을 와서 한 달이나 지났나 그랬는데, 밤마다 이상한 꿈을 꿨어. 소복을 입은 여자가 자꾸 내 손가락의 반지를 빼려고 하더라꼬. 내가 손을 꼭 움켜쥐고 못 빼게 했더마는 이 여자가 '그거 내 반지란 말이다. 얼른 내놔!' 하면서 갑자기 소리를 지르데. 내가 '아이다. 이 반지는 내 끼다. 절대 못 준다.' 하면서 내 손을 숨기니까 그 여자가 덤벼들어서는 내 머리를 쥐어뜯고, 발로 차고. 꿈에서도 안 뺏기려고 얼매나 용을 썼는지. 그렇게 몸싸움하고 잠이 깼는데 온 만신이 다 아프더라꼬. 실제로 꼭 두들겨 맞은 거 맨치로. 똑같은 꿈을 한 보름은 꿨는갑다."

엄마의 시선이 발아래로 내려가고, 손은 머리에 올라앉았다. 무언가 큰 비밀을 말해버렸다는 후회 같은 것을 느꼈다. 그만큼 하늘은 파랗게 높아졌고 돌절구통은 이미 나보다 더 흥분한 듯 바람을 끌어다가 앉혔다 보내기를 반복했다. 엄마가 아버지에게 꿈 얘기를 하고 들은 답은 엄마의 결혼반지는 죽은 전처의 반지였다고. 아버지가 전처의 반지를 두들겨서 새로 만들어주었다면 몰라도 그 여자가 끼던 반지를 그대로 주었으니 전처가 엄마의 꿈에 나타난 게 이상한 일은 아니라고 말했다.

그 이후로 엄마는 반지를 낄 수 없었단다. 내 것이지만 내 것 같지 않은 반지였기에. 그런 사연을 가진 엄마의 결혼반지는 아이엠에프가 왔을 때 팔았다. 그때 엄마는 시원섭섭한 듯 말했다. 참 질기게도 오래 있었다.

엄마가 큰엄마의 제사를 지내는 이유를 그제야 이해했다. 아버지는 지내지 않겠다고 했지만, 엄마는 엄마 나름의 법칙으로 큰엄마의 제사를 지냈다. 당신은 한 번도 본 적 없는 여자지만, 남편의 아내였고 그녀의 시집살이가 얼마나 고되고 험했으면 스스로 목숨을 끊었을까 하며 애달파 했다. 엄마에게 아버지의 전처는 어쩌면 방문을 비집고 들어오려고 애쓰는 매서운 겨울바람이었을 것이고 자식들에게는 말할 수 없는, 늘 가슴에 묻었다 꺼내 보는 비밀이었으며 아무리 마음을 닫아걸어도 아버지와의 사이에 틈이 생기면 들여다보게 되는 아픔이었을 것이다.

엄마는 아버지가 돌아가신 후에도 큰엄마의 제사에 신경을 쓰신다. 우리에겐 당신이 계시는 동안에는 지내지만 당신이 돌아가시면 그럴 필요가 없다고 하신다. 아버지가 돌아가신 후 엄마가 당신의 보물들을 하나씩 꺼내 정리했다. 내가 결혼하고 난 뒤 아버지가 사주신 반지를 꺼내며 이 반지를 이제 어디다 쓰겠냐며 투덜거렸다. 나는 엄마의 손에서 반지를 들어 엄마의 손에 끼웠다. 반지는 굽고 가는 엄마의 손가락에서 반짝

빛났다.

　가늘고 긴 손가락을 가진 우리 엄마는 류머티즘에 걸려 손가락이 굽었
다. 그 손으로 남편 전처의 제삿밥도 짓고 우리 네 남매를 애지중지 키웠
다. 요즘은 당신의 속옷을 빡빡 문지르며 젊었을 때는 참 예뻤던 손인데
지금은 어디 내놓기가 부끄럽다고 하신다.

　나는 엄마의 손을 보면 따뜻한 온기를 느낀다. 자신이 가진 아픔보다
더 아파하고 위로하는 마음을 가졌다는 걸 알기에. 역지사지, 측은지심.
사자성어를 보석처럼 박고 사는 우리 엄마.

　치자꽃처럼 바람에 휘어진 우리 엄마의 손. 어느 날 엄마가 내 손을 보
며 그 작은 손으로 참 부지런히도 산다며 혀를 끌끌 찼었다. 혀를 차면서
도 나에 대한 짠한 마음을 가라앉힌 엄마의 마음을 생각한다. 설거지하
거나 손빨래하다가도, 가끔 그네에 앉아 바다 빛의 파란 하늘을 볼 때도.
내 손 마디 어딘가에도 엄마처럼 따뜻한 마음이 넝쿨처럼 뻗어 있음을
느끼면서 나는 속삭인다. "엄마 손도 여전히 예뻐." 딸에게는 사랑 표현
에 서툰 우리 순자 씨, 치자꽃 같은 우리 엄마. 그래서 내가 우리 엄마에
게 짜증을 잘 부린다. 엄마 마음에서 품어져 나오는 치자 향이 스민 사랑
을 맡고 싶어서.

*

4

엄마는 나의 장사 소질을
아셨을까?

여름이면 아버지는 갈치를 낚으러 이른 아침이나 해 질 무렵 바다로 나가셨다. 크기라고 해봐야 어른 손가락 세 개 넓이의 갈치였지만 고소한 맛은 일품이었다. 회로 먹어도, 바싹 구워 먹어도 내 입맛에는 우리 아버지가 낚으신 갈치가 최고였다. 지금도 가끔 생각나는 그 맛이, 입맛을 돋우고 아버지를 그립게 한다. 아버지가 갈치를 많이 낚으신 날에는 엄마에게서 전화가 왔다.

"탁아, 깔치 팔 데 있나?"

전화기를 넘어오는 엄마 목소리는 바람에 뱅글뱅글 돌아가는 바람개비처럼 신났다. 엄마가 시장에 가서 팔면 될 것을 나한테 떠넘기는 건 아니냐고 내가 되물으면 엄마는 "어, 어~어~, 어데!" 하면서 당신 몸이 안 좋아서 그런다고 얼버무린다.

예전에 내가 살던 집에서 도보로 10분 거리에 경화시장이 있고 적은 양의 물건을 팔 수 있는 파시 자리가 있다. 그곳에서 엄마는 생선이나 바지락 등을 팔았다. 그날 내가 엄마를 찾았을 때 목에 두른 수건으로 흐르는 땀을 닦으며 생선을 팔고 있었다. 옆에 있는 장사치들에겐 손님이 왔다 가거나 거래가 있었지만 구석진 자리에 앉은 엄마에게는 손님은커녕 파리 새끼 한 마리도 보이지 않았다.

내가 엄마에게 다가가려고 할 때, 손님이 엄마의 생선 앞에서 잠시 머뭇댄 후 돌아서려고 했다. 엄마는 오늘 아침에 잡은 건데 한 마리 더 얹어주겠다고 했다. 손님은 고개를 젓더니 다른 장사치에게서 생선을 샀다. 엄마의 인상이 울상이 됐다. 곧 눈물이 터질 것 같았다. 내가 걸음을 옮기려고 할 때 다른 손님이 다가와 엄마에게서 생선을 샀다. 엄마의 표정이 환해지고 생선을 두어 마리 더 넣어주며 고맙다는 인사도 했다. 손님이 돌아서자 엄마는 받은 돈에 침을 퉤 뱉으며 머리에 문질렀다. 맞수였다. 그때 엄마와 나의 눈이 마주쳤고, 엄마는 아주 반가운 표정으로 나를 불렀다. 나는 이제 맞수를 했냐고 엄마에게 물었다.

"어, 어~어~ 어데! 맞수는 아까 했고. 아침 여덟 시에 왔는데, 자리가 요거밖에 없네."

하며 묻지도 않은 자리를 타령했다. 나도 어깨너머로 배운 짬이 있어서 조금 전의 행동이 맞수라는 것 정도는 안다. 하지만 엄마는 자존심이 상해서 그렇게 말하지 않았을 것이다. 찬찬히 엄마 주변을 둘러보았다.

그때 같이 왔다던 아주머니가 벌써 생선을 다 팔고 자리를 뜨고 있었다. 아주머니를 부러움이 섞인 짜증 난 시선으로 쫓아가는 엄마는 아침도 제대로 먹지 못하고 시장에 나왔다고 했다. 생물은 싱싱할 때 팔아야 제값을 받을 수 있으니 당연했을 것이다. 아침밥도 거르고 나온 엄마의 땀은 더운 것보다 허기 때문이었는지도 모른다. 곧 점심 때였다. 나는 한숨을 쉬며 지인들에게 연락했다. 엄마에게 남은 생선을 모두 담으라고 했다. 엄마는 왜 그러냐고 물었고 내가 모두 팔았다고 말했다.

이 일이 있은 뒤부터 엄마는 아버지가 낚시만 가시면 전화해서 갈치를, 엄마가 캔 바지락과 굴을 팔아달라고 했다. 그러면 나는 '원장님~' 또는 '샘~' 하면서 모든 지인에게 전화했다. 물건을 보여주지도 않고 구두계약하고 배달을 갔다. 엄마는 구매하는 집의 식구가 몇인지 묻고는 덤을 더 넣었다. 기왕이면 갈치는 한두 마리 더 넣고, 바지락과 굴은 한 종지를 더 넣었다. 남으면 냉장고에 넣었다가 두고두고 먹을 것이지만 인심과 단골은 남긴 만큼 줄어드는 법이라고 했다. 장사에는 소질이 없지만 인심은 넉넉한 엄마의 심성이 그대로 드러났다. 그래서인지 단골들은 맛난 계절이 되면, "샘~ 바지락 나올 때 됐지, 내 것도 챙겨줘요."라든가, "요즘 어머니는 굴 안 따시냐?"라며 계절 인사와 엄마의 안부를 묻는다. 그러면 나는 "요즘, 날씨가 좋지 않아서 바지락이랑 굴 양이 많지 않아요. 그래도 샘, 우리 엄마 인심이 막 퍼주는~, 어쩌고저쩌고, 이러쿵

저러쿵~ 그래요, 장만하면 배달할게요."

이렇게 밀물 같은 물결을 대화에 넣고 빼기를 하며 예약받고 엄마에게 전화한다. 그러면 전화기 너머의 우리 엄마 목소리가 꾀꼬리보다 더 낭랑하게 울려 퍼졌다.

우리 엄마는 바다에 나가 갯바위에서 굴을 따고 바지락을 캤지만, 솜씨가 좋지 않아 남들보다 양이 적었다. 오랜 세월을 바다 일로 굳은살이 박였을 텐데도 우리 엄마의 솜씨로는 도저히 예약 물량을 장담할 수가 없어서 굴은 엄마가, 바지락 손질은 내가 했다. 어쩌다 놀이방 일 때문에 많이 지친 날에는 잡은 갈치와 바지락과 굴을 지지고 볶아서 먹으면 될 것을 굳이 팔려고 한다고 짜증도 부렸었다. 그런 날에는 돌아앉은 아버지의 등 뒤에서 엄마가 때리는 시늉을 했다. 그렇게 말을 하고 나면 후회가 밀려와 내 마음이 더 뒤척였고 밤은 더 짙었다.

그러던 시절을 지나고 나니 아버지는 떠나셨고, 엄마는 갯벌일도 할 수 없는 나이가 되었다. 하늘은 더없이 높고 푸른데, 엄마의 하늘은 더 낮아지고 바다는 점점 더 멀어졌다. 나는 바람이 거센 날이면 갯바위에서 굴을 따던 엄마 생각에, 낚시하시던 아버지 생각에 식은땀을 흘린다. 그리고 육지 멀미를 심하게 앓는다. 이렇게 앓고 나면 생뚱맞게 엄마가 보고 싶다. 어릴 때는 그렇게 정이 안 가던 엄마였다. 나도 이제 늙어가는 걸까. 엄마가 해주는 밥도 먹고 싶고, 엄마 무릎을 베고 누워서 어리

광도 부리며 옛날얘기로 투정도 부리고 싶다. 그런 마음으로 울렁이는 날이면 엄마에게서 전화가 온다. 나는 뜬금없이 이렇게 말한다.

"엄마, 옛날에 아버지가 낚으시던 갈치가 참 맛있었는데, 엄마는 장사를 참 못했어. 어?"

"어, 어~어~ 어데! 니가 팔아주는 데 뭐할라꼬!"

나는 가끔 엄마의 "어, 어~어~, 어데!" 이 추임새를 들으면 이상하게 기운이 솟는다. 나를 당차고 용기 있는 사람으로 만드는 것 같다. 요즘 나는 내가 키운 농산물을 판다. 나도 엄마만큼 장사를 못하지만 엄마의 막 퍼주는 인심을 닮아서 막 퍼준다. 내가 이처럼 장사를 할 수 있는 건, 막 퍼주는 걸 배워서 그런 게 아닐까 싶다. 남기면 "똥 된다."라는 말을 입에 달고 살던 우리 엄마의 말은 진리다. 남겼다가 못 먹고 버리느니, 더 챙겨줘서 함께 먹을 수 있는 법을 배웠다. 그리고 나는 가끔, 엄마의 이 추임새를 써먹는다. 너무 지치고 짜증이 날 때, 뭔지 억울한 느낌이 들어 섭섭하고 서러운 마음이 들 때, 지하 몇십 층 아래로 떨어진 자존심을 곧추세우고 일어서야 할 때,

"어, 어~어~ 어데!"

5

엄마가 담고 살아야 할
가슴 아픈 손가락

코로나19가 끝나고 엄마가 내게 전화했다.

"니, 언제 시간 되노? 내 데리러 올래?"

진해가 너무 덥고 몸이 아파서 못 살겠다며 강원도 우리 집으로 오시겠단다. 마침 남편도 휴가를 얻은 때여서 엄마를 모시고 왔다.

우리 집으로 온 엄마는 일주일은 세상 살맛난다며 입에 침이 마르도록 너희 집에 오길 잘했다며 연신 노래를 부르다시피 했다. 아침마다 마당에 나가서 맑은 공기 마시며 풀도 뽑아주고, 차려주는 밥도 맛있게 잘 먹으며 웃음을 꽃가루처럼 흩날렸다. 게다가 증손자들 재롱을 보면서 세상할 일 모두 끝낸 사람처럼 하하, 호호 웃으며 세월 가는 줄을 모르는 것같았다. 그러면서 나에게는 "니는 좋겠다. 손주가 있어서." 하며 부러운 소리를 해댔다.

그렇게 며칠을 즐겁게 보낸 날이었다. 이 층에 사는 딸이 손녀를 데리고 왔다. 우연히 네 명의 여자가 모였다. 엄마, 나, 딸, 손녀. 모녀 4대가 강물 흘러가듯 졸졸 앉았다. 엄마의 표정이 밝아지고 아픈 팔로 증손녀를 안고는 연신 웃음을 흘렸다. 그리고 내가 어린 손녀를 안고 볼에 입을 맞출 때 엄마는, "나도 손자가 있으면 좋겠다."라고 말했다. 나는 생각 없이 "내 손자도 엄마 손자고, 증손자가 셋이나 되는데 뭔 소리냐"라고 했다. 그랬더니 엄마는 그 손자가 그 손자가 아니라며 한숨을 푹 쉬었다. 나는 아차! 싶었다. 그렇다. 엄마가 말한 손자는 이 손자가 아니다. 그 마음을 모르는 것도 아닌데 괜히 심술이 났다. 한마디를 걸쭉하게 해주고 싶었지만, 사실 엄마의 속이 속이겠는가. 엄마 세대는 자식들이 모두 결혼하고 손자를 봐야만 삶이 남긴 숙제를 끝내는 것이라고 여긴다. 그것이 조상들을 뵐 면목이 생기는 일이라 여기기 때문이다. 하긴, 그랬다. 짝 없이 홀로 앉은 남동생 셋이 줄줄이 앉은 모습은 누나인 내가 보기에도 속이 상했다. 그러니 엄마에겐 속에 천불이 나고도 남았을 터였다. 게다가 당신의 할 일을 아직도 끝내지 못했다는 자책감도 있을 거였다.

그렇게 말한 엄마는 날짜를 셌다. 내가 온 지 얼마나 되나부터 해서 진해의 아들들이 빨래는 잘하고 있는지, 밥은 안 굶고 회사에 다니는지 모르겠다는 둥 하면서. 나는 그 말을 듣고 소리를 냅다 질렀다. "무시라, 무시라! 어째 엄마는 내 속도 모르고 그렇게 아들, 아들 하는데? 여기 있는 큰아들도 그렇게 걱정되모 옆구리에 차고 데려가든가!"라는 내 말에 우리 엄마 눈을 슬쩍 흘기며 "별 시럽구로, 와 이라노?" 하며 가져왔던 가방을 만지작거렸다. 무심한 아들들은 누나 집에 와 있는 엄마한테 전화한 통도 없었다. 그러다가 엄마가 가방을 쌌다가 풀기를 삼 일이나 더 하고 난 뒤 막내아들이 전화해서 엄마의 안부를 물었다. 그러자 엄마는 기다렸다는 듯 곧 집에 내려간다며 통화를 끝냈다.

"엄마는 뭔 걱정이 그렇게도 많노? 낼 모레면 오십인 아들들이 지 밥도 못 챙겨묵을까 봐 걱정이요?"

"어, 어어~ 어데! 밥은 알아서 묵겠지. 반찬을 안 해 놓고 와서 그란다 아이가."

"반찬 없으면 사 묵겠지. 돈이 없나 손발이 없나? 한두 살 묵은 아~들도 아이고. 다 알아서 해묵는다. 그렇게 걱정할 일이 없으모 내 걱정 좀 해주든지."

이런 나에게 엄마는 내 걱정은 할 것이 없다고 말한다. 그렇게 걱정이 태산인 우리 엄마는 2주 만에 진해에 내려가셨다. 집에 도착해서는 또 표정이 얼마나 밝은지. 게다가 당신의 염려와는 상관없이 집이 너무 깨끗해서 당황하기까지 했다.

엄마는 치매 초기여서 생활지원사님의 관리를 받는 중이다. 우리 집에서 돌아왔다는 소식을 듣고 생활지원사님이 찾아왔다. 엄마가 화장실에 간 사이에 나에게 말했다.

"따님이 숨구멍이라카데예. 저를 볼 때마다 따님 생각하모 아들들 땜에 막힌 속이 뻥 뚫린다고, 딸이라도 없었으모 우짤 뻔 했노 하시더라고예."

우리 엄마의 아들들은 하나씩의 사연을 가지고 있다. 큰아들은 어릴 때 소아마비를 앓았고, 그때 제대로 병원에 데려가지 못한 것이 마음의 체기로 걸려서 소화되지 않고 있다. 게다가 한창 자랄 나이에 부엌에서 밥을 우적우적 먹다가 아버지에게 걸렸다. 그때 아버지가 큰 동생에게 없는 살림에 뭔 밥을 그리도 많이 먹느냐며 호되게 성질을 부리셨다. 이후로 큰 동생은 밥을 잘 먹지 않았고 세 명의 아들 중 제일 작다. 엄마는 늘 그게 마음에 걸려서 큰아들의 꽁무니만 쫓아다닌다. 둘째 아들은 오롯이 엄마의 손에서 자랐다. 큰아들에게 비하면 좀 당차고, 운동도 잘했다. 중학교 때는 마라톤에 소질을 보였고, 울산 체고에 갈 만큼 월등한 실력이었지만 이러저러한 사정으로 체고에 진학하지는 못했다. 하지만 일반 고등학교를 졸업하고 군에서도 그 실력을 인정받아 포상 휴가를 자주 나왔었다. 엄마의 막내아들은 먹고살기가 빠듯해서 늘 혼자 내버려 두듯 키웠다. 나이 차이가 있는 누나와 형들이 학교에 가고 없으니 유치원도, 학교도, 먹고 노는 일도 혼자 했다. 그랬던 막내아들은 외로움이 커져서 중학교도 중퇴하고 말았다. 이런 것들이 엄마의 가슴에 뭉쳐서 커다란 돌덩이가 됐다. 거기다 셋 다 짝 없이 지내고 있으니 엄마의 속은 터지고 뭉개졌다가 다시 뭉쳐지기를 몇 번이나 했을까.

　나는 여태 엄마의 모든 세포는 세 아들로 이루어져 있는 줄 알았다. 머리부터 발끝뿐만 아니라 오장육부까지도. 내가 엄마의 숨구멍이었다니! 마치 심해의 혹등고래가 숨을 쉬러 해면에 나오는 것처럼, 엄마는 결혼하지 않은 세 명의 아들이라는 깊은 심해에 살다가 숨을 쉬기 위해 나에게 전화하고 수다를 떨며, "너그 손자들은 잘 크냐?"라고 물었나 보다. 엄마는 가끔 휴우~!! 하고 가쁜 숨을 몰아쉬기도 했다. 마치 해녀가 깊은 바다에서 나와 쉬는 숨비소리처럼. 내게 전화를 자주 하는 게 엄마의 호흡법이고 사랑의 세레나데라니.

　드르륵, 드르르륵! 엄마의 전화다. "너그 손자들은 안 아프고 잘 크나?" 엄마의 안부는 혹등고래의 노래처럼 나를 뭉클하게 한다. 나는 뭉클한 감정을 꾸욱 누르며 아이들은 잘 크고 있노라 대답한다. 나의 대답에 이어 엄마는 말한다.

　"내 데러러 올래?"

　"안 갈끼다! 또 며칠 있다가 집에 갈 거라고 떼 부릴라꼬 올라카나? 여서 거까지 길이 얼만 줄 아나!"

　내가 꽥꽥거리며 소리를 질러도 우리 엄마의 추임새가 웃음을 끌고 온다.

　"어, 어~어~, 어데! 니 손자들 보고 싶어서 그란다. 하하, 하하."

　나는 엄마에게 김 서방 휴가 때 내려가겠노라고 말한다. 엄마가 좋아하는 김 서방의 휴가가 언제인지도 모르면서 마냥 즐거워하는 엄마는 나의 희망 고문에도 아랑곳하지 않는다. 내 말이 끝나기도 전에 엄마의 마음은 내게로 건너와 갯바위가 된다. 엄마의 목소리는 내 눈에서 파도가 되어 넘실거리며 출렁이다가 끝내 넘친다. 하늘을 날아다니는 갈매기처럼 우리 엄마의 목소리가 내 마음에서 끼룩끼룩 날아다닌다.

STORY

4

엄마를 꼭 빼닮은 나, 엄마가 세상에서 제일 좋은 나.

그런 나는 엄마 없는 아이가 되었고,

남들에게는 없는 더 많은 엄마를 갖게 되었다.

여러 명의 친정 엄마가
있어서 참 다행이다.

김희배

1

나에게만 엄마가 없었다

어느 날 거울을 보는데 그 속에서 엄마가 날 바라보고 있었다. 나에게는 엄마가 없는데, 내 앞의 거울 속에는 엄마가 있다. 그만큼 나는 엄마를 많이 닮았고 어려서부터 '엄마 닮았다'는 말을 많이 들었다. 엄마의 외모, 식성, 젓가락질, 성격까지 엄마를 쏙 빼닮았다고 했다. 20여 년 전, 외할머니가 편찮으시단 말을 듣고 병문안을 갔을 때였다. 외할머니가 현관 앞에서 나와 동생을 맞이해 주시고 도란도란 대화를 나누는데 "아까 문 열어줬을 때 정란이가 살아서 들어오는 줄 알았어."라고 하시며 나를 한참 동안 꼼꼼하게 쳐다보셨다. 죽은 딸이 살아서 들어오는 그 기분, 누가 알까? 외할머니와 함께 식사할 때는 "정란이랑 같이 밥 먹는 것 같아."라고 하셔서 밥을 먹는 내내 울음도 삼켜야 했다. 내가 성인이 되고 엄마의 마지막 나이가 되었을 때, 그리고 그보다 더 나이를 먹어갈수록 거울 속에서 엄마의 모습을 심심치 않게 본다. 서른여섯이라는 나이에 나를 떠난 엄마. 엄마가 40대였다면 나와 같은 모습일까? 엄마는 자식보다 나이가 많아야 하는데, 딸인 내가 나이가 더 많다는 것이 이상하면서도 가끔은 엄마가 나에게는 언제나 젊은 엄마로 남아 있다는 것이 좋기도 하다.

어릴 적 유치원에서 생일파티를 해줬을 때 많은 엄마가 한데 모였다. 그 엄마 중 유독 우리 엄마만 키가 컸고 다른 엄마처럼 꼬불꼬불 파마머리가 아니었으며, 하얀 피부에 날씬하고 이뻤다. 우리 엄마가 제일 이뻤고, 그런 엄마가 나는 너무 좋았다. '우리 엄마 이쁘지?'라고 자랑하듯이 "엄마, 엄마, 엄마." 나는 엄마를 줄기차게 부르며 쫓아다녔다. 우리 엄마라고, 이 사람이 내 엄마라고 알리듯이 말이다.

나는 유독 엄마를 좋아했는데 "엄마가 좋아, 아빠가 좋아?"라는 공식적인 질문에 나는 쉴 틈 없이 "엄마."라고 말했으며, 아빠가 물어봐도 언제나 엄마가 좋다고 말할 만큼 나는 엄마를 많이 좋아했다. 엄마는 그 시절에는 많지 않았던 워킹맘이었다. 신촌의 이대 앞 옷 가게에서 일하던 엄마는 주말에 쉴 수 없는 것은 물론이었으며, 주중이라고 하여 지금처럼 정기적으로 휴무일이 있지도 않았던 때였다. 그렇다 보니 엄마의 휴무일은 들쑥날쑥했고, 엄마가 쉬는 날이면 아파서 쉬는 것으로 생각했다. 지금 생각해 보면 아파서 쉬는 게 아니라, 쉴 기간이 되었기 때문에 쉬는 것이었고, 피곤했을 뿐이었는데 아홉 살의 내 눈에는 엄마가 아파서 쉬는 것으로 보였다. 아홉 살의 그날은 비가 많이 오던 날이었다. 하교 때가 되어 비가 내리기 시작했는데, 우산을 미리 준비하지 않았던 나와 친구는 그 비를 맞으며 천진난만하게 하교를 하고 있었다. 반쯤 도착했을까 저기 멀리에서 키가 크고 이쁜 옷을 입은 여자가 우산을 쓰고 걸어오고 있었다. 엄마였다. 단번에 엄마인 줄 알았다. 키 크고 날씬하고 이쁜 사람은 우리 엄마밖에 없으니까. 너무 신났다. 엄마가 출근하지 않았다는 것도 신났지만 엄마가 우산을 들고 나를 마중 나오고 있다는 것이 너무 좋았다. 그때의 기분을 지금 돌이켜보면 '좋다'는 표현보다는 '행복'이라는 표현이 맞지 않나 싶다.

평소에 엄마는 머리가 아프다는 말을 자주 했고 기침도 자주 했다. 1년에 한두 번 외할머니 집에 가면 외할머니는 엄마가 먹을 약을 한 소쿠리 준비해서는 "이 약은 머리 아플 때 먹는 약, 이 약은 기침 나올 때 먹는 약…."이라며 그 많은 약들을 설명해 주었다. 그 모습을 봤음에도 나는 엄마가 아픈 줄 몰랐다. 엄마가 아프면서 외할머니 집에서 지내며 떨어져 살았던 때에는 놀이터에 엄마와 아이가 같이 있는 모습만 봐도 엄마가 보고 싶어서 소리 내지도 못하고 눈물만 흘리며 울었다. 이렇게나 엄마를 좋아하는 나에게서 엄마가 없어졌다. 열한 살, 겨울이었다.

나는 엄마가 죽었다는 소식을 어른들이 알려주기도 전에 알았다. 엄마와 떨어져 살면서 나와 동생과 아빠는 친할머니와 지냈는데 그때 나와 동생은 할머니 방에서 함께 잠을 잤다. 그날도 여느 때와 다름없이 자려고 누웠으나 잠이 안 오는 나는 이불 속에서 눈을 꼭 감은 채 잠이 오기를 기다렸다. 그때 전화가 울렸다. 할머니는 걱정이 담긴 한숨을 내쉬며,

"우야꼬… 우야꼬…. 너 그 형은? 형은 괜찮니? 망내이야 형은 어때?"

잠들지 않은 나는 전화를 건 사람이 작은아빠인 것을 알 수 있었다. 그리고 아빠에게 큰일이 생겼다는 것도 알게 됐다. 할머니는 내가 자는 줄 알고 있으니, 이불을 걷어차고 일어날 수도 없었기에 가만히 누워서 아빠가 무사하게 해달라고 기도하며 빌고 또 빌었다. 할머니는 다시 전화를 걸었다. 할머니 친구였다.

"방금 망내이한테서 전화가 왔는데 희배 어멈이 죽었단다. 이걸 우야노."

나는 그렇게 엄마의 죽음을 알게 되었다. 어른들이 말해주기도 전에. 무방비 상태로 알게 되었다. 다음날 동생과 함께 등교하면서 어제저녁에 들은 것을 동생에게 말해줘야겠다고 생각했다.

"정배야 어제 할머니가 통화하는 거 들었는데, 엄마가 죽었대."

동생은 거짓말이라고 생각하는지 내 말에 대한 반응이 미적지근했다. 그날 아빠는 나와 동생을 조퇴시켰고 우리 둘에게 사람이 왜 죽는지에 대한 설명을 해줬다. 그런 후 "엄마가 아파서 죽었어."라고 말했고 그제야 나는 울 수 있었다.

엄마의 장례식날. 그날의 내 감정을 나는 지금도 기억한다. 엄마의 사진이 들어 있는 액자에는 검은색 리본이 메어져 있었고 아빠는 엄마한테 인사를 하라며 그 앞에 나와 동생을 세웠다. 그렇지만 나와 동생은 엄마에게 인사를 하지 못했다. 어떤 인사를 해야 하는지, 엄마 사진을 두고 인사를 하는 게 맞는지, 이 상황이 뭔지 전혀 이해되지 않았다. 그저 우리 둘은 서서 울기만 했고 아빠는 그런 우리를 괜찮다며 데리고 나왔다. 장례식 내내 어딘가에서 엄마가 숨어서 나를 보고 있는 것 같았다. '저 기둥 뒤에 있을까, 저 문 뒤에 숨어 있나, 차에 있나…' 말로 내뱉지 못하는 혼란스러움을 생각만 하면서 장례식장에 머물렀다.

지금 돌이켜보면 그것은 입관식이었는데, 엄마의 입관식이 끝나고 십자가의 천이 덮인 관 앞에서 가족들이 찬송가를 불렀다. 아빠와 나와 동생은 멀뚱히 서 있기만 했는데, 그때 나는 '이 나무 상자에 엄마가 누워 있다고? 못 일어나는 거야? 못 나와?'라는 생각을 하다가 결국에는 또 울고야 말았다. 나는 엄마의 어디가 어떻게 아픈 줄도 몰랐고, 엄마를 화장하여 어느 강가에 뿌려주는지도 몰랐다. 그저 강가에 엄마를 뿌려주면서 아빠가 "희배 정배도 엄마 뿌려줄래?" 했을 때 싫다고 고개를 내저었던 것만 기억난다. 엄마를 뿌려주지 않으려 했던 것은 '이상함' 때문이었을 것이다. 이 하얀 가루가 엄마라는 것이 이상했을 것이고, 그것을 손으로 만진다는 것이 낯설어서 그랬을 것이다. 그리고 그 상황이 진짜인지를 여전히 받아들일 수 없었기 때문이었다.

나는 매일 울었다. 낮에도 울고 밤에도 울고. 엄마를 잃은 우리 때문이었을까. 아빠는 나와 동생과 함께 잠을 잤다. 어느 날에는 아빠 팔을 베고 누웠는데 엄마 생각에 눈물이 주룩 흘렀다.

"희배 울어?"

나는 눈물 때문에 대답을 못 했다.

"아빠는 희배가 결혼하고 애기 낳을 때까지 오래오래 살 거야. 아빠는 80살까지 살 거야. 울지마."

그날 알았다. 내가 울면 아빠가 속상하다는 걸. 그래서 그 후에는 숨어서 울었다. 2층 방에서 울다가 울었던 티가 나는지 안 나는지 확인한 후에 1층으로 내려가는 일상을 반복했다. 그렇게 나는 엄마가 죽고 1년여를 줄곧 울었다.

1년이란 시간을 울면서 엄마가 없음을 받아들였던 것 같다. 더 이상 맡을 수 없는 엄마 냄새, 들을 수 없는 엄마 목소리, 안길 수 없는 엄마 품, 느낄 수 없는 엄마 손길. 그리고 더는 부를 수 없는 '엄마'라는 말. 친구들의 '엄마'라는 말을 부러워하며 듣기만 했던 나, 나만 엄마가 없다는 생각에 속상했던 날들.

그렇게 나는 그렇게 엄마 없는 아이가 되었다.

2

환갑이 넘어
엄마가 되어준 할머니

엄마의 부재는 나에게는 슬픔뿐이었지만 할머니와 아빠에게는 슬픔과 함께 부담감도 안겨주었을 것이다. 두 분은 우리 자매가 '엄마 없다'는 소리를 듣지 않도록 키워야 했을 것이고 주눅 들지 않는 밝은 아이들로 키워야겠다는 마음가짐 같은 것도 있었을 것이다. 특히 할머니는 "할머니가 키워서 저렇다는 소리 들으면 안 되잖니?"라는 말로 다짐을 하실 만큼 마음의 부담감이 크셨던 것 같다. 그리고 그 부담감은 열한 살의 나를 동생의 언니 겸 엄마로 임명하게 되었다.

"희배가 이제는 정배한테 언니이자 엄마야, 알았지?"

할머니가 이 말을 한 이유는 언니로서 말과 행동이 바르고 착해야 한다는 의무감과 동생에 대한 책임감을 느끼도록 하기 위해서였을 것이다. 하지만 나는 할머니의 이 말이 끝남과 동시에 '그럼 정배한테는 엄마가 있는 거고, 나는 엄마가 없는 거야?'라는 생각에 많이 서운했다.

당시 나는 열한 살이었다. 나의 열한 살은 어른 말은 다 맞는 줄 아는 나이이고, 어른이 시키면 해야 하는 나이였다. 내 의견을 피력할 줄 몰랐던 나는 그런 분위기에 당연히 그래야 하는 줄 알았다. 성인이 된 후 그때를 생각해 보면 할머니의 그 말은 열한 살에게는 너무나도 가혹한 말이다. 나도 열한 살밖에 안 된 애였는데, 애한테 일곱 살짜리 애의 엄마 겸 언니가 되라고 하다니 지금 생각해도 가혹하다.

생각해 보면 할머니의 그 말이 할머니만의 양육 방식이 아니었을까 싶다. 환갑이 넘어서 열한 살, 일곱 살 손녀 둘을 키워야 하는 그 부담감은 얼마나 컸을까. 장사도 크게 하셨던 분이라 바쁘기도 말할 수 없이 바쁜데 애 둘을 키워야 한다는 것은 할머니에게도 걱정이었을 것이다. 하지만 할머니는 안타까운 자기 아들을 위해 기꺼이 나와 동생을 키우셨으리라. '내가 아니면 누가 키우누?'라며 양육을 시작하셨을 것이다.

엄마가 있었다면 엄마가 골라준 이쁜 옷 입고 이쁘게 묶어준 머리를 하고 학교에 갔을 테지만 옷은 기능성 위주로 입고 머리는 내가 알아서 묶고 다녔다. 같은 옷을 몇 날 며칠을 입기도 했는데, 그럴 때마다 엄마 생각이 많이 났다. 이쁜 옷 입혀서 등교시켜 주던 엄마가 그립고, 이렇게 저렇게 머리를 이쁘게 묶어주려 했던 엄마가 보고 싶었다. 이렇게 나에게는 온통 엄마뿐인데 어떻게 할머니가 나에게 엄마가 될 수 있을까.

할머니가 엄마 죽고 난 후에 나에게 이런 말을 해준 적이 있다.

"엄마가 보고 싶으면 할머니를 봐. 할머니가 엄마야~."

난 이 말을 기억하고 엄마가 너무 보고 싶은 날 할머니 얼굴을 계속 바라봤다.

"희배 왜 그렇게 할머니를 빤히 봐?"

"할머니가 엄마 보고 싶으면 할머니 보랬잖아. 그래서 보고 있었어."

할머니도 울고 나도 울고. 할머니는 내가 안쓰럽고 불쌍해서 우셨겠지만, 나는 할머니 얼굴을 아무리 쳐다봐도 엄마가 아니어서 울었다. 내 엄마가 아니어서, 아무리 봐도 엄마를 볼 수 없어서.

엄마가 죽고 1년여를 내내 울어서 눈물이 말랐을까. 울보였던 내가 중고등학교 생활을 하면서 많이 바뀌었다. 눈물이 없는 아이로. 웬만한 슬픈 이야기들에서 슬픔이라는 감정을 느낄 수 없었다. 나에게는 엄마가 죽은 것이 내 인생 최고로 슬픈 일이기 때문에 그만큼의 일이 아니고서는 슬플 수 있는 일은 없었다. 그렇게 눈물이 메말랐던 내가 할머니의 영정 사진을 보며 하염없이 울었다.

할머니가 나에게 엄마였음을 알았던 것은 아마도 할머니가 치매 판정을 받았을 때부터였던 듯싶다. '이제는 내가 할머니를 돌봐야 해. 할머니가 키워줬으니깐 이건 당연한 거야.'라는 생각으로 7년간 할머니 병간호를 했다. 할머니가 초기 치매였을 때 이런 대화를 한 적이 있다.

"희배 정배, 할머니 믿어?"

"어, 믿지."

"그럼 됐어. 할머니는 너희 둘 믿고 살아."

그 당시에는 할머니가 왜 이런 말을 하는지 이해하지 못했는데, 이제 와서 생각해 보니 할머니가 많이 불안했던 게 아니었을까 싶다. 나에게 있어 할머니는 '강한 사람'이었다. 어쩌면 책임지고 지켜줘야 할 손녀가 둘이나 있기에 그 긴 세월 동안 더 강해지려고 했는데, 자신이 치매 판정을 받게 되면서 불안하셨던 것은 아닌지를 생각해 보게 된다.

할머니는 나와 동생을 부단히도 다부지게 키워주셨다. 초등학교 때, 매일 복통에 시달리는 나를 한의원에 데려가서는

"매일 배가 아프다고 해요. 배 안 아플 수 있는 약 좀 지어주시고 밥도 잘 먹고 키도 좀 클 수 있는 약으로 지어주세요."

라며, 한약을 지어주셨고 나는 그 한약을 2년간 먹었다. 먹기 싫어하는 그 약을 할머니는 때에 맞춰서 먹이셨다. 중고등학교를 다니던 6년 내내 손녀 도시락을 싸주며 매일 반찬 걱정을 했고, 두통을 달고 사는 손녀를 위해 역시나 한약을 2년 내내 도시락과 함께 챙겨 먹이셨다. 대학을 졸업하고 회사에 입사한 손녀를 자랑스러워했고, 대학원에 합격했을 때는 당사자인 손녀보다 자신이 더 기뻐서 우셨던 할머니에게 나와 동생은 딸이었다.

"애야, 나물 좋아하는 애야, 나물 먹어라."라며 나에게 나물 한 사발을 주시면 나는 그것을 간식처럼 먹기도 했고, "날씨 참 좋다! 이렇게 날씨

좋은데 왜 집에 있어? 나가. 나가 놀아. 나가서 실컷 놀아. 날씨 참 좋다, 참 좋아."라며 나가 놀라고 재촉하기도 했다.

"큰 거 키우는 거랑 작은 거 키우는 거랑 재미가 달라. 참 재밌어."라며 웃던 할머니의 목소리. 치매로 기억이 다 잊혀도 나와 동생을 "큰 거니? 작은 거니?"라며 기억해 줬던 내 할머니는 당신의 기도대로 자는 잠에 돌아가셨다.

매일 새벽 4시에 염주를 돌리시며 기도하시던 할머니는 항상 "자는 잠에 데려가 주세요."라고 기도하면서, "너희들 놀라지 않게 너희 자고 있을 때 할머니는 조용히 갈 거야."라고 말하고는 하셨는데 정말 그렇게 가셨다. 나는 할머니가 아파도 평생을 죽지 않고 내 곁에 있을 거라고 믿었던 것 같다. 할머니는 죽지 않을 줄 알았고 나에게 죽음이라는 시련이 또 올 것이라고는 생각도 하지 않았으며 믿고 싶지도 않았다.

할머니를 보내드리고 나서야 엄마를 또 잃었다는 걸 알았다. 더 이상 들을 수 없는 목소리, 만질 수 없는 얼굴, 잡을 수 없는 손, 맡을 수 없는 냄새. 엄마 때도 그랬는데, 나는 또다시 할머니를 보내며 그 모든 것을 그리워해야 했다. 할머니가 만들어 준 나물, 된장찌개, 같이 마시던 커피, 같이 갔던 카페, 같이 나누던 대화. 엄마와 보냈던 시간보다 더 많은 시간을 함께했던 할머니는 '엄마'였다. 할머니 자리는 엄마 자리였다.

할머니가 떠나고 난 후로는 엄마보다 할머니가 더 그립고 더 보고 싶다. 나에겐 엄마가 없던 게 아니다. 엄마가 곁에 있었는데 내가 알아차리기까지 시간이 오래 걸렸던 것뿐이다. 나한테는 할머니가 엄마였고, 할머니에게 나는 손녀가 아니라 딸이었다. 나는 할머니의 딸이었고, 할머니는 나의 엄마였다.

3

아빠이면서 엄마이면서

어렸을 적 아빠는 나와 잘 놀아주었다. 아빠가 씻고 있을 때도 굳이 쫓아가서 놀아달라고 했고 일요일이면 늦잠 자는 아빠를 기어코 흔들어 깨우는 것도 나였다. 초등학교 1, 2학년 때 학교 가라며 깨우는 엄마의 말을 듣지 않은 채 계속 누워있는 나를 중간에서 보호해 주는 사람도 아빠였다. 마치 엄마를 놀리듯이. 엄마 약 오르라고 아빠는 나를 품에 꼭 안았었다.

그렇게 잘 놀아주고 잘 웃는 아빠가 엄마의 죽음을 나와 동생에게 말해주던 날, 나는 처음으로 아빠의 눈물을 봤다. 아빠가 엄마의 죽음을 말해주기 전, 이미 나는 할머니의 전화 통화를 통해 엄마의 죽음을 알았지만 실감하지 못하고 있었다. 그 상태로 아빠의 빨갛게 충혈된 눈과 눈물을 보면서 셋이 함께 있었고 아빠의 눈물을 통해 엄마가 진짜로 죽었다는 것을 확인한 그제야 나도 울 수 있었다.

아빠는 엄마의 영정사진을 들고 영구차 앞자리에 앉았을 때도 눈물을 훔쳤고, 화장한 엄마를 어느 강가에 뿌려줄 때도 목이 멘 소리로 "희배정배도 엄마 뿌려줄래?"라고 말했다. 그 후로 아빠의 눈물을 본 것은 할머니가 돌아가셨을 때였다.

애들 엄마 없이 자신의 어머니와 함께 두 딸을 키워야 하는 상황을 마주한 아빠의 심정이 어땠을지에 대한 생각을 몇 년 전에 처음 해봤다. 그전에는 전혀 생각하지 못했다.

'아빠니까. 강한 사람이니까.'

이 생각이 아빠도 울 수 있다는 것을 잊게 했던 것 같다. 아빠도 울 수 있는데, 그것을 망각한 채 내 입장만 생각했다. 나는 엄마가 없는 아이, 엄마 없는 불쌍한 아이. 그렇지만 그렇지 않은 척 살아야 하는 아이. 오로지 나만 생각했다. 아빠의 입장은 전혀 생각하지 않았다.

아빠는 애들 엄마 없이 딸 둘을 키워야 한다는 것을 '당연히 내가 키워야지. 엄마가 없는 건 어쩔 수 없지.'라며 받아들였을 것 같다. 아빠는 책임감도 강하지만, '어쩌겠어, 해야지.'라는 마인드가 강한 사람이라 닥쳐진 일을 회피하지 않는다. 오히려 그러한 일을 해내고야 마는 사람이기 때문에 엄마를 잃은 우리 자매를 대하는 것도 그랬을 것이다. '앞으로 어떻게 키워야 하지?'라는 걱정보다는 '키우면 되지.'라는 마음이 강했을 것이고, 혼자 하는 것이 아니라 할머니도 함께하므로 부담감을 한시름 놓았을 수도 있지 않았을까.

아빠는 '엄마 없이, 아빠가 키워서 저렇다'는 말을 듣지 않게 하려고 더 많이 애쓰고 사랑해 주면서 우리 둘을 키웠다. 내가 이것을 눈치 챈 건 고등학생 때쯤인 듯싶다. 어느 날 문득 생각해 보니 아빠의 훈육 방식이 바뀌었던 걸 알았다. 훈육을 매로 다스렸던 아빠의 행동이 변한 것이다. 엄마의 죽음 후 매라는 것은 없었다. "아빠가 벼르고 있어."라는 협박성 말도 없었다. 오로지 대화를 통해 어르고 달래고 타이르며 키웠다. 모든 결정은 상의를 통해서 이루어졌고 아빠도 우리도 서로에게 일방적인 것은 없었다.

아빠는 나와 동생의 선택에 대해서 적극적인 반대를 한 적이 없다. 우리의 선택을 언제나 존중해 주면서 "해봐."라고 해주고, 반대 의사를 보일 때는 "아빠 생각에는 안 하는 게 좋을 거 같아."라고 했다. 나는 이 두 의견을 긍정으로 받아들였다. "해봐서 되면 되는 거고, 안 되면 안 되는 거지. 뭐 별거 있어."라며 살아온 아빠처럼.

아빠는 나와 동생의 결혼에도 반대 의사를 내비치지 않았다. 동생이 나보다 먼저 결혼했는데 그때도 아빠의 눈물을 봤다. 할머니가 돌아가신 후에 동생이 결혼하면서 함께 양육했던 할머니 생각도 났을 것이고, 엄마 생각도 났을 듯싶다. 그로부터 2년 뒤에 내가 결혼을 하면서 아빠는 칠십 평생에 처음으로 독립을 하게 됐다.

나는 바쁘게 결혼을 준비하면서도 '아빠 혼자 어떻게 지내지?'라는 걱정이 많았다. 어려서는 아빠가 하나부터 열까지 우리를 위해서 다 해줬지만, 성인이 되면서 우리가 하나부터 열까지 다 해드렸기 때문에 걱정이 이만저만이 아니었다. 그래서 내가 결혼한 후에도 아빠 혼자 편하게 지낼 수 있도록 동생과 함께 살림살이를 재정비해야 했다. 인덕션용 프라이팬 표시하기, 식사하기 편하도록 간편식 채워두기, 반찬 만들기, 에어프라이어 사용법 알려주기, 세탁기 사용법 알려주기, 프린트 사용법 알려주기, 강아지와 고양이 케어방법 알려주기 등.

결혼을 하고 나서도 아빠가 걱정되었는데, 정작 아빠는 평화로웠다. 나와 동생이 만들어 놓은 세팅은 온데간데없고 당신이 편한 대로 다시 바꿔났다. 고등학생 때 내 도시락 준비를 위해 밥솥에 쌀을 안치던 아빠의 모습, 반찬을 만들어 주던 아빠의 모습을 결혼 후 다시 보게 될 줄이야.

어느 날엔가 아빠가 집에 있을 때 친정에 놀러 갔는데 내가 있는데도 아빠는 세탁기에 빨래를 돌리고, 다 된 빨래를 꺼내서 건조대에 널고 있었다. 당신이 만든 밥이 맛있으니 먹어보라며 자랑도 했고, 얼마 전에는 반찬 만들었다고 가져가라고도 했다.

'우리 아빠, 엄마네?'

생각해 보면 아빠는 엄마 몫을 많이 했다. 아니, 다 했다. 할머니가 살아계셨을 때는 할머니에게 엄마의 몫을 많이 맡겼을 테지만, 할머니가 돌아가시고 두 딸이 결혼한다고 했을 때는 친정 아빠이자 엄마의 몫을 다 감당해 내셨다. 결혼 후에는 시집간 딸내미를 챙기는 엄마처럼, "집에 있는 콜라비 가져가."라고 전화하기도 하고, 명절이면 사돈댁을 챙기기도 한다. 아빠 집에 놀러 가서 거실 바닥에 그냥 드러누우면 "그냥 누우면 고양이 털 다 붙어."라며 청소기를 직접 돌리고 나더러는 들어가서 자라고 한다.

남들은 결혼하고 나서야 친정엄마에 대한 고마움과 그 삶의 고단함을 알게 되었다고 하지 않나. 나는 그런 감정보다는 두 딸을 엄마 없이 키웠음에도 엄마 없이 자랐다는 소리 듣지 않도록 키워주어서 고맙고, 그렇게 키우기 위해 수많은 고단함도 묵묵히 받아들여 준 아빠에게 감사한 마음이 크다.

20대가 되었을 때 할머니가 이런 말을 한 적이 있다.

"희배, 이제 스무 살 넘었으니까, 애비한테 아빠라고 하지 말고 아버지라고 불러라."

"할머니 나는 시집가서도 아빠라고 부를 거야. 나한테 아빠는 계속 아빠야. 아버지는 싫어."

"에이그."

이렇게 할머니랑 대화하며 한바탕 웃었는데, 지금도 변함없다. 내 나이가 육십이 되고 칠십이 되어도 아빠는 아빠다. 어버이날과 내 생일에 나는 아빠한테 똑같은 문자를 보낸다.

"아빠 키워줘서 고마워. 앞으로도 잘 부탁해."

아빠, 엄마 몫까지 하느라 고생했어. 여전히, 잘 부탁해.

4

나의 분신,
나의 엄마

    나의 분신. 내 인생 최고의 친구. 내 삶의 이유. 나한테 동생이 어떤 존재냐고 물으면 바로 튀어나오는 말들이다. 성인이 되고 난 후부터는 나보다 더 언니 같기도 한 내 동생. 할머니는 동생과 내가 옥신각신 장난치거나 대화하는 모습을 보면 "큰 애는 작은 애 같고, 작은 애는 큰 애 같누?" 라며 빙그레 웃고는 하셨다. 4살 아래인 동생은 나를 '야! 너! 김희배!'라고 부르고 나는 그런 호칭이 싫지 않다. 오히려 '언니'라는 호칭보다 좋아한다. 우리 둘의 친근함을 내세우는 느낌이어서.

    나는 엄마가 죽고 난 후에 할머니한테서 "이제는 희배가 동생한테 언니이면서 엄마야!"라는 말을 줄기차게 들었다. 고작 열한 살 인데 언니이자 엄마라니. 어른 말이라면 잘 들었던 나는 그 말대로 동생을 보살폈다. 그 보살핌에 무언가 특별한 것이 있었던 것은 아니다. 그저 내 동생 내가 잘 챙기려는 것밖에는 없었다. 열한 살, 열두 살 나이에 뭘 어떻게 해

STORY 4 여러 명의 친정 엄마가 있어서 참 다행이다   **125**

야 했을까. 그때 할 수 있는 거라고는 동생 손 꼭 잡고 다니는 것밖에 없었다. 초등학교는 같이 다닐 수 있었지만, 중고등학교는 그럴 수 없었기 때문에 동생의 등하교를 더 신경 썼다. 나보다 일찍 끝난 동생이 집에 조심히 갔는지를 걱정했고, 학교에서 괴롭히는 애들이 없는지를 걱정했다. 동생이 밖에 나가면 위험한 일이 생기지 않을까 노심초사했고, 성인이 되어서는 늦게 들어오는 동생에게 전화를 걸어 집에 들어올 것을 재촉하고는 했다. 마치, 엄마가 딸 걱정에 나무라듯이 말이다. 이런 동생에 대한 나의 걱정과 불안은 내가 운전을 하게 되면서 사라졌다. 동생이 내 전화 독촉에 불편해하며 놀기보다는 마음 편히 놀기를 바랐고, 나는 그런 동생을 데리러 감으로써 걱정을 안 하게 되어 서로가 편해진 것이다.

내 불안감만을 줄이고자 동생 픽업을 다닌 것은 아니다. 할머니가 치매로 편찮으시게 되면서 내가 할머니의 병간호와 살림을 맡고 아빠와 동생은 경제적인 부분을 맡으면서 7년이라는 시간을 보냈다. 그렇게 7년을 지내면서 유독 동생에게 미안한 마음이 많았다. 회사에서 퇴근하고 돌아오면 "할머니 기저귀 내가 갈아줄게, 할머니 약 내가 챙길게."라고 말한다. 자기가 회사에 있는 시간 동안 나는 할머니 돌봤으니 쉬라는 거다. 그리고 나도 힘든지라 동생 말에 냅다 쉬고는 했다. 이렇게 되면 정작 동생은 쉴 시간이 없게 된다. 회사에서 일하랴 집에 와서 할머니 돌보랴. 주말은 주말대로 토요일 일요일로 나눠서 각자의 시간을 보냈으나 집에 남겨진 서로를 걱정하느라 긴 시간을 누리지도 못했다. 그러다 한두 달에 한 번씩 동생이 콘서트를 다녀오고는 했는데, 콘서트가 자정이 넘어서까지 이어지기도 했기에 이때부터 동생을 데리러 다니기 시작했다. 평일은 평일대로 못 쉬는 데 놀 때라도 신나게 놀기를 바랐고 나를 쉬게 하느라 더 쉬지도 못했는데 스트레스라도 실컷 풀고 오기를 바랐다. 귀가 걱정 없이, 뭘 타고 집에 가야 하나, 몇 시에 타러 나가야 하나라는 걱정 없이 마음 편히 놀기를 바랐다. 그리고 동생이 놀 만큼 놀고 나에게 전화하면 그때 동생을 데리러 갔다. 동생을 데리러 가면서 한 번도 귀찮다는 생각을 해본 적 없이 언제나 즐거운 마음으로 갔다. 운전하면서 나 혼자만의 시간을 가질 수 있어서 좋고, 동생을 내가 직접 데리고 오니깐 내 불안감이 줄어서 좋고, 동생은 편해서 좋고.

할머니가 돌아가시고 방 하나가 비었음에도 나와 동생은 같이 방을 썼다.

"우리는 꼭 붙어 있어야 해."

이게 이유였다. 어려서부터 동생이 먼저 결혼하기 전까지 우리는 각자의 방을 가져본 적이 없다. 언제나 함께 방을 썼고, 이불도 같이 덮었다. 그게 우리 둘의 재밋거리 중 하나였다. 같이 붙어 있기, 꼭 붙어 있기. 나란히 침대에 누워 수다를 떨다가 끝내 하는 말이라고는 "내일 이어서 얘기하자, 자자." 또는 나란히 옆에 누워서 인스타그램의 재미있는 영상을 서로에게 디엠으로 보내며 박장대소를 하다가 잠들기도 했다. 한집에 살면서 전화 통화는 하루에 3회 이상 했으며, 카톡은 쉴 틈 없이 이어졌다. 자매들의 흔한 싸움인 옷, 가방 쟁탈전도 우리는 해본 적이 없다.

　동생이 먼저 결혼하면서 우리 둘 생애 처음으로 떨어져 지내기 시작했고, 동생에게는 친정이라는 것이 생겼다. 동생이 집에 오면 내가 이것저것 챙겨주고 싶었는데 오히려 동생이 나와 아빠를 챙겼다. 자기 집에서 반찬을 잔뜩 만들어서 챙겨 오기도 하고, 집으로 먹을 것들을 보내기도 했다. 마치 여행 다녀온 엄마가 집안을 챙기는 것처럼. 그러면 나는 아기 새처럼 받아먹었다. 그런 동생은 내가 결혼하게 되었을 때 결혼 준비에 필요한 것들을 챙겨주었다. 동생이 결혼을 준비할 때 내가 해줘야 했던 것들인데 나는 해주지도 못하고 받기만 하자니 미안하고 고마운 만감이 교차했다.

　'나한테 엄마는 너였네…. 네가 나한테 동생이면서 엄마이기도 했어.'

　나는 내가 어려서부터 동생을 챙기기만 했다고 생각했는데 아니었다. 그때마다 나는 동생에게 의지하고 있었다. 나만 엄마가 없는 게 아니라, 동생에게도 엄마가 없는 거라고. 우리는 같이 엄마가 없는 거니깐 혼자가 아니며, 둘이기 때문에 괜찮다고 생각했다. 뭐든지 같이 하면 되기 때문에 겁나지 않았다. 우리가 이렇게 자랄 수 있었던 것은 아빠의 공이 가장 크다. 내가 언니라서 더 많이 받은 것은 없다. 언제나 우리 둘에게 공평하게 대해주고 항상 같이 다니게끔, 무엇이든지 함께하게끔 키우셨다.

동생에게는 "언니 따라가."라고 하고, 나에게는 "동생 데려가."라고 하는 식으로 무엇이든지 함께 그리고 같이하도록 말이다. 그리고 그런 말이 우리 둘은 싫지 않았다. 우리 아빠는 아직도 저렇게 말씀하신다. "둘이 같이 해."

언젠가 성당에서 신부님과 함께 나눔모임을 할 때 내가 이런 말을 했다.

"저는 여동생이 있는데요. 동생은 저에게 분신 같은 존재이고 가장 친한 친구이기도 해요. 얘가 없었으면 나는 어떻게 살았을까 싶을 만큼 저에게 소중한 존재인데요. 이런 동생을 낳아준 엄마 아빠께 감사드려요."

가끔, '엄마는 죽음 앞에서 무슨 생각을 했을까?'라는 생각을 해본다. 죽음 앞에서 엄마는 우리 걱정을 하지 않았을까? 어린 두 딸을 생각하느라 죽음이 더 힘겹지는 않았을까? 고작 열한 살, 일곱 살밖에 안 되었는데 이렇게 어린 딸들을 두고 어떻게 눈을 감을 수 있었을까. 엄마는 할머니와 아빠가 우리 둘을 잘 키울 것이라 믿었겠지만, 우리 둘이 서로에게 힘이 되어주면서 잘 자라주기를 더 바랐을 것 같다. 하나가 아닌 둘이어서 다행이라는 생각과 함께 말이다.

엄마의 바람이 그랬다면, 우리 둘은 엄마의 바람대로 그렇게 잘 자랐다. 지금도 둘이어서 다행이라는 말을 할 만큼 끈끈하고, 엄마 없는 긴 시간을 서로에게 엄마가 되어주며 함께 힘든 시간을 보낼 수 있어서 다행이라 생각한다. 나한테는 없으면 안 되는 존재. 내 동생.

엄마, 나에게 동생을 만들어 주어서 고마워.

사람들은 우리 자매가 어려서 엄마를 여의었다고 하면 안쓰럽고 딱하다는 탄식을 한다. 특히 어려서부터 우리를 봐온 친척들은 엄마 없이도 밝게 잘 자라주어서 고맙다고 하시는데 나는 이런 말을 들을 때마다 '난 괜찮은데….'라는 생각을 하며 미소 짓는 것으로 대답을 대신한다.

신은 공평하다. 어려서는 나에게만 엄마가 없다는 생각에 불공평하다고 생각했지만, 신은 나에게서 하나뿐인 엄마를 데려간 대신 남들에게는 없는 더 많은 엄마를 내게 보내주셨다. 할머니, 아빠, 동생. 그뿐일까 친정엄마 못지않은 친구들, 언니들, 대모님. 엄마가 없었던 어린 시절, 그로 인해 슬펐던 시간을 보상이라도 받듯이 많은 엄마가 내게 있으므로 나는 괜찮다. 지금도 괜찮고 앞으로도 괜찮을 것이다. 나의 친정엄마들 덕분에.

STORY

5

·

가족 바보 엄마를 향한, 별난 딸내미의

서툰 사랑을 이제야 고백합니다.

꽃 같은 우리 엄마는
가족 바보였다.

민강미

엄마는 꽃길만 걸을 줄 알았는데

우리 엄마 박 여사님은 경상북도 포항의 부유한 집안에서 태어나셨다. 3남 1녀 중 장녀로 태어나 공주처럼 자라신 엄마는 인물도 좋으셨다. 외할아버지께 진한 눈썹과 시원시원한 이목구비를 물려받아 미인이라는 소리를 늘 들으셨다. 심지어 성격까지 좋으셨던 엄마는 주변에 친구들도 많았고, 학교 선생님에게도 사랑받는 학생이었다. 그렇게 남부러운 것 없는 엄마가 혼기가 되었을 때는 좋은 곳에서 중매도 많이 들어 왔다고 한다. 그중에서 엄마는 아빠를 선택하셨다.

엄마가 아빠를 처음 만난 것은 10:10 미팅에서였다. 여고 졸업 후, 난생처음 해보는 미팅에 얼마나 설렜을까. 미팅에 나온 남자들은 포스코 신입사원들이었다. 그날, 포항 시내의 어느 큰 빵집은 스무 명의 설레는 청춘남녀들로 가득했다. 커플 성사 방식은 '복불복'이었다. 여자들이 쪽지에 이름을 써내면 남자들이 쪽지를 뽑아 커플이 성사되는 방식. 엄마는 '옥자'라는 이름이 부끄러웠다. 결국, 엄마는 멋진 사람과의 만남을 기대하며 자신과 어울릴 만한 예쁜 이름을 지어냈다.

"강… 희정 씨?"

엄마가 써낸 예쁜 이름, 강희정 씨를 뽑은 건 안경잡이에 빼빼 마른 볼품없는 한 사내였다. 엄마의 기대는 실망으로 바뀌었다. 반면 아빠는 엄마에게 한눈에 반해 그 후로 끊임없는 애정 공세를 했다. 지성이면 감천이던가. 얼마 후, 엄마는 볼품없는 사내의 데이트 신청을 받아줬고, 두 분은 8년의 긴 연애 끝에 결혼까지 골인하셨다.

아빠는 회사에서 인정받는 똑똑하고 성실하신 분이셨다. 딸인 내가 봐도 멋지고 존경스러운 부분이 많으셔서 나는 아빠를 '존경하는 사람 3명' 중 한 명에 꼭 끼워 넣곤 했다. 늘 이성적이고 체계적이며, 빈틈없는 모습인 아빠는 모든 걸 다 잘하는 사람처럼 보였다. 하지만 경상도 시골에서 태어나 무뚝뚝한 성격에, 애정 표현만큼은 전혀 할 줄 모르는 분이시기도 했다.

반면, 엄마는 아빠처럼 철두철미한 사람은 아니었다. 그렇지만 우리 집은 항상 깨끗했고, 엄마는 늘 자녀들을 위해 간식을 준비해 놓으셨다. 나의 기억에 우리 집은 안전한 곳, 따뜻한 곳이었다. 특별히, 엄마는 건강을 최고로 생각하셔서 매번 조미료 없는 건강식으로 식단을 차리시곤 했다. 그렇게 오직 가족만 생각하며 최선을 다한 엄마였지만, 사람인지라 부족함은 있기 마련이었다.

아빠는 엄마의 부족한 점들이 보일 때마다 부드럽게 알려주기보다는 매섭게 지적하곤 하셨다. 아빠의 그런 모습은 어린 나의 눈살을 찌푸리게 했다. '사랑하는 사람한테 왜 그럴까? 그게 그렇게 뭐라 할 일일까.' 아빠가 아무리 책임감 있는 성실한 가장이라고 해도 그건 용납하기 힘든 부분이었다. 더욱 이해되지 않는 것은, 그렇게 서럽게 하는 사람과 엄마는 왜 결혼하셨느냐는 거였다. 아빠의 어디가 좋아서 결혼했는지 묻는 내게 돌아온 엄마의 답변은 "말이 없는 모습이 멋있어서."였다.

그렇다. 엄마는 그냥 콩깍지가 씌었던 거다. 안타까운 것은, 말이 없어 멋있었던 아빠는 결혼 후에도 말이 없었다. 또, 엄마 뒤꽁무니만 쫓아다니던 아빠의 모습은 온데간데없었다. 다정한 소통을 원했던 엄마에게 돌아온 건 서러운 호통이었다. 게다가, 그렇게 서러운 와중에 아빠가 받아온 첫 월급은 처녀 시절 엄마의 옷 한 벌 값이었다고 한다. 엎친 데 덮친 격이었다. 부잣집 외동딸 시절은 막을 내렸다. 엄마의 꽃길은 낯설고 굽은, 막막한 길로 바뀐 듯했다.

이런저런 서러움에 복받쳐 얼마나 울었을까? 엄마는 울음 끝에, 예쁜 손에 발랐던 매니큐어를 모두 지우셨다. 그건, 작은 '의식'이었다. 앞으로 헤쳐 나갈 삶에 대한 다짐과 각오가 담긴. 엄마는 아빠의 월급에 맞추어 살기 위해 지난 시절의 소비 방식을 버리고, 가계를 알뜰히 꾸려나가기 시작했다. 분명, 쉽지 않은 일이었을 거다.

한번은 아빠의 호통에 내가 반기를 든 적이 있었다. 내가 초등학교도 들어가기 전의 일이었다. 그날은 아빠 회사 동료들과 함께한 가족 야유회였는데, 엄마가 어떤 준비물을 빠뜨리고 온 모양이었다. 당황하고 있는 엄마에게 아빠가 호통을 치기 시작하셨다. 어린 나는 아빠의 처사가 너무하다는 생각이 들었다. 더욱 분통이 터지는 것은 엄마는 아무런 대꾸나 변명도 없이 "예~ 예~ 제가 잘못 했습니더~."라고만 하신다는 거였다. 그 모습을 지켜보던 나는 엄마를 조용한 데로 불러냈다.

"엄마는 왜 아빠한테 안 따져? 엄마도 싸워야지!"

"엄마가 잘못한 게 있으니까, 아빠가 얘기해 주는 거야."

엄마의 대답은 나를 더욱 분이 나게 했다.

"잘못 할 수도 있지! 그렇다고 그렇게 뭐라고 하는 건 아빠도 잘못하는 거잖아!"

"아빠가 말을 그렇게밖에 못 해서 그러는 거지 본심은 착한 사람이야."

"아니야! 이건 아빠가 고쳐야 해! 엄마도 아빠처럼 지적해야 한다고! 바보처럼 그렇게 있지 말라고!"

나의 강력한 항의에 엄마가 차분한 목소리로 말씀하셨다.

"서로 그러면 싸움만 된다. 지는 게 이기는 거야."

조용하지만 확신에 찬 엄마의 대답은 따발총을 날리던 내 입에 재갈을 물렸다. 내가 입을 다문 것은 설득이 되어서가 아니었다. 단지, 더 이상 엄마를 설득할 수 없을 것 같았기 때문이었다. '지는 건, 지는 거지. 뭐가 이기는 거야.' 나는 속으로 생각했다. 차라리 수학 문제가 쉽지 '지는 게 이기는 거'라는 말은 도저히 이해할 수 없었다.

신기한 것은, 엄마의 '예~ 예~ 당신이 옳습니다.' 방식은 호랑이 같은 아빠의 화를 잠재우는 데 꽤 효과가 있었다는 것이다. 그럴 때마다 나는 놀랐다. 바보 같아 보이기만 했던 '지는 게 이기는 것'이란 말이 어쩌면 진짜일 수도 있겠다는 생각이 들었다. 넉넉히 져주면서 승리하는 삶. 그렇지만 아무나 흉내 낼 수 없는 고수의 삶이었다.

어린 시절 나의 기억 속 엄마는 '착한 엄마'였다. '바보 엄마'였다. 엄마는 내가 크는 동안 단 한 번도 아빠에 대해 나쁜 말씀을 한 적이 없으셨다. 오히려 엄마는 항상 아빠를 감싸셨고 이해하려 노력하셨다. 또, 자신의 삶에 대해 불평하고 한탄하신 적도 없으셨다. 삶의 고비마다 그저 나름의 직관과 지혜를 동원하여 묵묵히 가정을 지켜 오셨다. 마치 이 가정을 지키기 위해 태어난 사람처럼 말이다.

꽃길만 걷던 엄마가 이토록 다른 삶을 살아낼 수 있었던 힘은 무엇이었을까. 아마도 엄마는, 마주했던 그 막막함 속에서 새로운 소망을 발견하셨던 것 같다. 엄마가 걸어왔던 꽃길을 이제 우리에게 주고자 하는 소망 말이다. 그 소망 하나로 모든 어려움을 다 이겨내셨던 게 아닐까.

엄마는, 엄마가 선택한 한 남자와 두 자녀, 이들에게 꽃길을 주시려고 기꺼이 바보가 되셨다.

2

걱정 대장 우리 엄마,
박 여사님

어린 시절, 친구들과 함께 놀고 있는 나를 엄마가 큰 소리로 부르셨다. 나는 뛰어와 아파트 화단에서 고개를 들었다.

"엄마, 왜 불렀어?"

"딸기 사놨다. 먹으러 와, 딸~!"

엄마가 속삭이며 말했다. 엄마의 속삭임을 알아들은 나는 곧장 집으로 뛰어 올라가서 문을 벌컥 열며 엄마에게 말했다.

"엄마! 맛있는 게 있으면 친구들이랑 함께 나눠 먹는 거라고 배웠는데, 나 혼자만 먹으라고 그러면 어떡해? 엄마는 가족밖에 몰라?"

나는 엄마에게 '가족 이기주의'라는 등 어디서 주워들은 못된 말들을 쏟아냈다. 참 철없는 소리였다. 그 당시 딸기는 자주 사 먹기 힘든 비싼 과일이었고, 알뜰살뜰 가계를 꾸려가는 엄마에게는 큰마음을 먹은 지출이었다. 그것도 모르고 세상에서 제일 똑똑한 것처럼 엄마를 가르치려

했다니. 그 시절 내게 돌아가 꿀밤을 한 대 쥐어박아 주고 싶다.

유년 시절, 빠듯한 살림에도 먹을 것만큼은 부족함 없이 해주셨던 엄마였다. 그 때문일까. 나는 우리 집이 친구들과 딸기 파티를 해도 될 만큼 꽤 부자인 줄 알았나 보다. 적은 월급에 알뜰살뜰 살아가려는 엄마의 노력을 나는 알지 못했다. 새끼 입에 귀한 음식 하나라도 더 넣으려는 엄마의 심정 또한 헤아릴 수 없었다. 세상 사는 것이 만만치 않다는 것을 알게 된 지금에서야, 그때 엄마의 마음을 조금 짐작 해 볼 뿐이다.

나는 배우고 싶은 것이 참 많았던 아이였다. 태권도 보내 달라, 바이올린 시켜 달라, 발레 시켜 달라 엄마를 종종 졸라댔지만, 그런 나의 부탁은 번번이 거절당하기 일쑤였다. 아마도 재정이 넉넉한 집이었다면, 태권도, 바이올린은 물론 우주로도 보내주셨을 엄마였다. 하지만 모든 걸 다 해줄 수는 없는 현실 속에서 엄마가 자녀들을 위해 선택한 것은 '건강'이었다. 엄마는 건강을 잃으면 다 잃는 거라고 입이 닳도록 말씀하셨다. 부모 밑에 있는 동안만큼은, 최선을 다해 자녀들을 건강하게 키우는 것. 그것이 우리 엄마 박 여사님의 목표였다.

첫째도 건강, 둘째도 건강, 셋째도 건강. 그렇다 보니 엄마와의 통화는 단골 레퍼토리가 정해져 있었다.

"밥은 제때 제때 잘 챙겨 먹고 다니나, 과자 부스러기 먹고 다니는 거 아니냐. 밀가루, 기름진 음식 먹지 마라, 아침은 꼭 먹어야 한다."

"엄마, 엄마, 알아, 다 알아. 내가 다 알아서 할게. 나중에 통화해."

나는 엄마의 말이 다 끝나기도 전에 귀가 따가워졌다. 그렇게 다 알아서 한다던 잘난 나는, 불규칙한 식습관과 온갖 인스턴트로 해마다 인생 몸무게를 갱신하고 있다.

옛날 사람의 잔소리라고만 여겼던 엄마의 말씀은 웰빙(well-being)을 외치는 요즘 세상의 인기 주제가 되었다. 놀랍게도, 몇 십만 조회 수를 찍는 건강 콘텐츠 대부분은 오래전부터 귀에 박히도록 엄마에게 들어왔던 내용들이었다. 그럴 때면, 평범한 주부인 우리 엄마가 유명 크리에이터들보다 더 대단하게 느껴진다. 본인이 옳다고 믿는 삶을 살아내셨고, 그렇게 평생 가족을 보살피셨다는 건 보통 일이 아니니까. 대충 햄 같은 인스턴트로 끼니를 때울 때도 있을 법한데, 우리 집은 그 흔한 라면도 일 년에 몇 번 먹는 날이 없었으니 말이다.

건강 전도사 우리 엄마, 박 여사님의 내조는 내가 고향을 떠난 뒤에도 이어졌다.

"우와! 황금마차 왔다. 황금마차!"

여자 기숙사가 떠들썩하다. 엄마가 나에게 보내온 택배 상자가 도착한 것이다. 타지로 대학을 간 나를 위해 엄마는 보름에 한 번씩 택배 상자를 보내 주셨다. 상자 안에는 내가 좋아하는 과일과 각종 영양 가득한 먹을거리가 가득했다. 엄마의 택배 상자가 오는 날은 기숙사 친구들과 함께 잔치를 벌이는 날이었다. 내가 다닌 대학은 안성 외곽 논밭 위에 세워져 있었다. 그렇다 보니, 도시에서 흔하게 먹던 음식들도 우리에겐 마치 산해진미처럼 느껴졌다. 엄마의 택배 상자는 크기도 꽤 컸다. 친구들과 나눠 먹을 것을 짐작하시고는 내 입에 하나라도 더 들어가기를 바라는 마음으로 넉넉하게 보내신 거였다. 고교 시절까지, 나는 모든 엄마가 다 그런 줄 알았다. 하지만 대학 기숙사에 와보니 그게 아니었다. 늘 당연하게만 받던 엄마의 정성은, 사실 아주 특별한 것이었다.

내가 대학을 졸업한 뒤, 박 여사님에게는 다른 걱정들이 시작되었다. 서울에서 혼자 자취를 시작한 딸이 박 여사님의 밤을 종종 불안하게 만든 것이다. 흉흉한 소식이 넘쳐나는 뉴스들이 더 이상 남 일처럼 여겨지지 않았다. 어두운 소식을 접할 때마다 딸에 대한 염려는 커져만 갔다. 특히, 내가 전화를 받지 않을 때면 엄마의 걱정은 점점 증폭되었다. 엄마는 상당한 횟수의 부재중 통화를 남겼고, 그것은 예민한 나의 신경을 폭발시키게 했다. 나는 부재중 통화를 보자마자 엄마에게 씩씩거리며 전화를 걸었다.

"엄마! 내가 전화를 안 받으면 '아, 뭔가 하고 있구나.' 생각하면 되지 왜 그렇게 전화를 몇 통씩이나 하고 그래!"

"아이고 뭐 하고 있었구나. 요즘 세상이 하도 흉흉해가 엄마가 걱정이 돼서 그랬다, 미안하다."

부르르 화를 냈던 나는 엄마의 즉각적인 사과로 인해 멋쩍어지고 말았다.

"아 몰라, 바쁘니까 나중에 통화해."

나는 황급히 전화를 끊어버렸다. 엄마를 향해 아직 가시지 않은 짜증과, 엄마에게 화를 낸 나에 대한 짜증이 뒤범벅되어 있었다. 그렇게 엄마에게 화를 내고 나면 언제나 그렇듯 후회가 막심했다. 왜 나는 걱정했을 엄마를 이해하며 다정하게 다독거리지 못했을까. 이를테면,

"엄마, 걱정했구나. 내가 뭐 하고 있느라 전화를 못 받았네. 그런데~ 이렇게 전화를 많이 하면 내가 더 걱정되니까 다음부터는 조금 기다려 주면 좋을 것 같아."

이렇게 말할 수도 있지 않은가! 애석하게도, 이런 상냥한 말은 상상 속에서나 되뇔 뿐 현실에선 단 한 번도 성공해 본 적이 없다. 어린 시절, 엄마에게 호통을 치는 아빠를 비난했던 나는, 아빠보다 더한 사람으로 커버린 것만 같았다.

가족밖에 모르는 우리 엄마, 박 여사님. 그러다 보니 가끔 걱정이 지나칠 때가 있으신 박 여사님. 박 여사님은 마흔이 다 된 나를 아직도 걱정하신다. 나도 여전히 박 여사님에게 짜증을 낸다. 엄마의 잔소리도 나의 짜증도 세월이 흐르며 조금씩은 약해지고 있지만, 우리는 비교적 변함이 없다. 엄마에게 다정한 딸이 되는 건 아직 내게 큰 숙제다. 그저, 삶에서 얻어지는 작은 깨달음들과 쑥스러운 도전들이 조금씩 쌓이길 바라본다. 그러다 보면, 언젠간 나도 다정한 딸이 되어 있을지 모른다. 걱정 대

장 박 여사님이 내게 그런 것처럼 말이다.

3

엄마에게 걱정만 남겨서 미안해

엄마의 환한 미소와 양팔 벌린 환대, 끝없는 지지를 받고 자란 나. 그리고 내가 엄마에게 큰 기쁨이 된다는 것을 느끼며 살았던 나. 나는 엄마에게 그런 사람이었다. 그런 내가, 엄마의 눈에서 눈물을 쏟게 했다. 그리고 오랜 시간 몹시 아프게 하였다.

대학 졸업 후, 나는 전공을 살려 나갔다. 음악 분야에서 일을 하였고, 프리랜서다 보니 꽤 불규칙한 생활이 이어졌다. 그런 나를 위해 엄마는 한 달에 한 번씩 양손 가득 음식을 싸 들고 서울로 오시곤 했다. 엄마 덕분에 나는 그나마 건강을 챙길 수 있었고, 젊고 가난한 음악가 친구들도 우리 엄마의 따뜻한 밥을 종종 얻어먹곤 했다.

엄마는 내가 하는 일을 좋아하셨다. 나의 일은 광고, 애니메이션, 영화에 나오는 노래들을 부르는 것이었는데, 라디오나 TV에서 내 목소리가 흘러나올 때마다 엄마는 너무 기뻐하셨다. 특히 유명 가수들 코러스를 하면서 방송국, 지방, 해외로 공연하러 다닐 때면, 엄마는 마치 내가 유명한 가수라도 된 것처럼 뿌듯해하셨다.

지금도 엄마와 이야기를 나눠보면 그 시절이 가장 행복했다고 하신다. 그렇게 과거형이 되어 버린 엄마의 행복한 시절 이야기에 내 마음은 착잡해 진다. 자격지심인가. "그때 정말 행복했는데….."라는 엄마의 말이, 내가 이제는 더 이상 엄마에게 기쁨을 주는 딸이 아니라는 말처럼 들려 왔기 때문이다.

엄마의 행복한 시절이 과거가 되어 버린 건, 내가 시골로 들어가면서 부터였다. 한창 나이인 26세 무렵, 나는 모든 음악 활동을 접고 시골로 들어갔다. 이 사건은 내 주위 사람들부터 우리 부모님에게까지 큰 충격이 아닐 수 없었다. 활달한 성격에 친구들도 많았고 하던 일도 잘해 나가고 있던 나였다. 뭐가 그렇게 힘들고 아쉬워서 시골로 들어갔단 말인가. 모두가 이해할 수 없었다.

나는 또래의 친구들보다 일찍이 잘 풀린 케이스였지만, 마음 한구석에는 어떠한 공허함이 늘 자리 잡고 있었다. 남들보다 조금 화려해 보이는 직업이어서일까. 화려함 이상의 그늘이 나를 조금씩 누르고 있었다. 내면의 방황들은 나를 여행, 명상, 유명 예술가들과의 만남으로 이끌었다. 그렇게 여기저기 기웃대 보았지만 내가 원하는 평안과 자유는 찾을 수 없었다. 그러던 어느 날, 한 친구의 소개로 시골의 작은 교회에 놀러가게 되었고, 그날로 나는 오랜 방황의 마침표를 찍었다.

아침에 일어나고 저녁에 잠드는 삶, 아무 걱정 없이 땀 흘리는 단순한 삶, 하루하루 느끼는 감사와 순전한 기쁨. 이 모든 경험은 삶에 대한 내 생각을 조금씩 바꾸어 놓았다. 그렇게 2박3일 계획했던 나의 시골 여행은 일주일, 한 달로 늘어났고, 결국 나는 하던 일을 모두 그만두고 시골 정착을 결심했다.

나의 결심은 엄마에겐 하늘이 무너지는 소식이었다. 손에 물 한번 안 묻히고 귀하게 키운 딸이었다. 주위에서 '지극정성이다.' 할 정도로 가족에게 온 힘을 쏟았던 엄마. 딸을 곱게 키워야 커서도 팔자가 곱다는 믿음을 가지고 있던 엄마. 그렇게 곱게, 공주 대접받으며 살기 바랐던 딸이, 땅을 파며 살겠다니. 보통, 부모들에게 '귀농'은 아들에게도 권하기 쉬운 직업이 아니었다. 특히나, 여자는 마냥 귀하고 곱게 사는 것이 최대 행복이라고 믿는 우리 엄마에게, 나의 선택은 극심한 고통을 안겨주었다.

그 시절 내가 엄마에게 흘리게 한 눈물을 모으면 한 트럭이 넘을 것이다. 인생의 해답을 찾아 훨훨 날아다녔던 나와는 달리 엄마의 인생은 갑자기 컴컴한 어둠이 되었다. 상상치 못한 딸의 기행에 엄마는 시름시름 앓게 되었다.

시골 생활의 장점을 여러 말로 설득하고, 설명을 해봐도 우리의 대화는 평행선을 달릴 뿐이었다. 엄마는 시골에 있는 한, 나의 인생은 끝난

거로 생각하셨다. 나의 고집도 대단했다. 나는 끊임없이 엄마의 지지를 원했다. 내가 선택한 새로운 삶을 응원해 주길, 나의 기쁨을 엄마도 함께 기뻐해 주길. 어쩌면 그건 무자비한 나의 욕심이었을지도 모른다. 엄마는 내가 약속한 2년이 어서 지나가고, 원래 살던 인생을 다시 살기만을 눈물로 기다리실 뿐이었다.

그 당시, 사이비 교주들의 악행이 워낙 TV에 많이 나올 때라, 안 그래도 걱정이 많은 엄마는 나의 갑작스러운 시골행에 갖은 의문과 근심을 더 할 수밖에 없었다. 엄마는 자주 나를 방문하셨다. 내가 잘 지내고 있는 것을 확인하고, 엄마가 생각한 이상한 곳이 아니라는 것을 확인했음에도, 나를 두고 돌아가는 걸음은 늘 무거웠고 눈물바다를 이루었다. 시골로 들어오는 길에 고개는 얼마나 많은지. 구불구불 험한 산 고개를 2~3개나 넘어올 때면, 엄마는 마치 딸이 닿을 수 없는 머나먼 섬에 있는 것처럼 느끼셨다. 엄마에겐 딸이 죽지 않은 것만이 유일한 위로가 될 뿐이었다. 나는 내가 살기 위해 시골을 선택했지만, 엄마의 마음은 병들고 있었다. 나는, 불효녀였다.

2년 후, 부모님과의 약속을 지키기 위해 나는 서울로 올라왔다. 하지만 나의 마음은 콩밭에 가 있었다. 더 이상 음악은 하고 싶지 않았다. 나는 공부를 더 하고 싶어 편입하였고, 학업을 하며 친구들과 함께 또 농사를 짓기 시작했다. 농촌 생활에 진심인 나의 마음을 엄마는 바꿀 수가 없었다. 엄마는 기가 막히셨을 거다.

집에 갈 때마다 검게 그을린 나의 얼굴은 엄마의 마음을 더욱 아프게 했다. 나를 보는 순간, 엄마는 내 얼굴 이곳저곳을 살피시며 한숨을 지으셨다. 예전처럼 환한 얼굴로 맞이해 주는 엄마를 기대했던 나는, 엄마의 표정에 마음이 어두워지며 현관을 들어섰다. 그 당시, 내가 조금만 철이 들었더라면, 그런 엄마를 위해 적어도 선크림 정도는 바르며 생활할 수도 있었을 텐데. 나 하고 싶은 대로 다 하면서 이전 같은 대접을 원하다니. 나도 참 지독하게 내 생각뿐이었다. 햇살, 바람, 흙과 숲에 담긴 나의 행복은 엄마에겐 철없는 감상일 뿐이었을 것이다. 나의 행복은 엄마의 행복에 닿을 수 없었고, 엄마가 바라는 행복 또한, 내게는 더는 가고 싶지 않은 삶이었다.

엄마의 마음은 긴 시간 동안 닳고 닳아 더 흘릴 눈물조차 남아 있지 않았다. 어느 날 엄마가 내게 말씀하셨다. 자식에게 더 이상 기대하지 않는 법을 배웠다고. 엄마에겐 불가능할 그 말에 나의 마음은 쓰리기만 했다. 그럼에도 '엄마가 원하는 삶은 기어코 살지 못하는 나'였다. 엄마가 나로 인해 흘렸던 눈물을 생각하면 나는 참으로 할 말이 없다.

그럴 때면 그저, 시인과 촌장의 〈좋은 나라〉라는 노래를 나지막하게 읊조려 볼 뿐이다.

'당신과 내가 좋은 나라에서, 그곳에서 만난다면, 슬프던 지난 서로의 모습들은 까맣게 잊고 다시 인사할지도 몰라요. 당신과 내가 좋은 나라에서, 그 푸른 강가에서 만난다면, 서로 하고프던 말 한마디 하지 못하고 그냥 마주 보고 좋아서 웃기만 할 거예요. 그 고운 무지개 속 물방울들처럼 행복한 거기로 들어가, 아무 눈물 없이 슬픈 헤아림도 없이 그렇게 만날 수 있다면, 있다면…'

*

4

엄마가 내 엄마여서

내가 시골에 들어오고 몇 년 후, 오빠는 결혼하였다. 오빠의 소식은 우리 가족 모두에게 경사였다. 나로 인해 몇 년간 눈물로 지내신 부모님에게는 물론이요, 내게도 희소식이 아닐 수 없었다. 불효에 늘 마음이 무거웠던 나는, 오빠라도 부모님을 기쁘게 해주니 다행이라는 생각이 들었다. 그로 인해 나의 죄스러움도 조금은 덜어지는 것 같았다.

오빠의 결혼식에서 나는 축가를 불렀다. 내 걱정으로 힘들었을 가족들에게 그나마 뭔가 갚을 기회였다. 미안한 마음을 담아 정성스레 축가를 마치고 가족석으로 돌아와 앉으니, 엄마의 뒷모습이 보였다. 귀농한 후로 내가 노래하는 모습을 본 적 없으셨던 엄마였다. 나는 축가를 괜히 불렀나 하는 생각이 들었다. 나의 노래가 괜히 엄마에게 그리운 추억만 생각나게 만드는 건 아닐까?

노래하던 시절, 나는 스스로에 대한 평가에 냉정했고 좀처럼 만족하지 못하는 편이었다. 그리고 엄마는 누구보다도 열렬한 나의 팬이었다. 내 노래가 맘에 들지 않아 짜증과 예민함으로 가득 차 있던 내게, 엄마가 환한 얼굴로 말씀하셨다.

"너무 좋다! 네 목소리는 이 세상에서 하나뿐이야. 네 목소리가 얼마나 개성 있고 특별한지 모르지. 세상에 노래 잘하는 사람들이 아무리 많아도 너처럼 할 수 있는 사람은 너뿐이야. 엄마는 우리 딸 목소리가 제일 좋고, 제일 잘하는 것 같다."

지금 생각해도 너무 기분 좋고 힘이 나는 이 말을, 나는 엄마에게 수백 번 수만 번 들어왔다. 그럼에도 당시에는 그 말이 전혀 와닿지 않았다. 엄마의 칭찬이 그저 엄마이기 때문에 하는 '듣기 좋은 말' 같았기 때문이다.

'그때 내게 엄마의 칭찬을 조금이라도 받아들일 수 있는 귀가 있었다면 어땠을까?' 하는 생각을 해본다. 아마 노래를 그만두지 않았을지도 모른다. 자신에게 엄청 높은 기준과 잣대를 두고 거기에 도달하려고 발버둥 치던 내게, 엄마의 말은 사실 가장 필요한 처방이었다. 엄마의 말대로, 나의 부족함만 바라보는 것이 아니라 내가 갖고 있는 장점도 볼 수 있는 여유가 있었다면 나는 지치지 않았을지도 모른다. 오히려 그것은, 부족한 부분들을 꾸준히 개선해 나갈 수 있는 원동력이 되었을 것이다.

그렇게 나를 알아주고 지지해 주던 엄마가 내 노래를 수년 만에 다시 들으셨다. 축가를 부르고 나서 바라본 엄마의 뒷모습에 많은 생각이 오고 갔다. 한복을 곱게 차려입은 엄마의 모습은 우아하고 고왔다. 나라는 사람의 유일함을 알아주고, 특별하고 귀하게 바라보시던 엄마의 고운 시선처럼 말이다.

신랑·신부가 부모님께 허리 숙여 감사의 인사를 하는 시간이 되었다. 신랑·신부를 안아주기 위해 부모님이 자리에서 일어나셨다. 그 뒷모습을 보는 순간, 나는 울어버리고 말았다. 그간 자식을 위해 해왔을 온갖 고생과 근심, 걱정과 씨름들이 부모님의 등 뒤에 쌓여 있었다. 순간 나의 마음은 죄송함과 존경과 감사로 뒤범벅이 되었다. 오빠의 결혼식장에서 나는 거의 오열하였다. 얼마나 울었냐면, 오빠 결혼식에 동생이 이렇게 우는 건 처음 봤다고 주변에서 얘기할 정도였다. 상황이 조금 부끄럽긴 하지만, 오랫동안 묵혀있던 감정들이 터져 나온 것 같아 마음만은 한결 시원했다.

몇 년 후, 우리 집은 다시 한번 경사를 맞이했다. 오빠 내외가 아이를 낳은 것이다. 그것도 쌍둥이. 할머니가 된 엄마는 아기 돌보미를 자처하셨다. 오빠 내외는 맞벌이였고, 사돈 어르신은 연세가 많으심에도 여러 가지 활동들로 바쁘셨다. 아기 돌봄 서비스를 받는다 해도 쌍둥이 돌봄은 역부족이었다. 엄마가 도와주어야 하는 상황은 충분히 마련되었다. 만약, 오빠 내외가 24시간 도우미를 쓸 수 있는 상황이었어도 엄마는 아이들을 돌본다고 하셨을 것 같다. 왜냐면 엄마는 가족을 돌보는 게 취미이자 특기이며, 기쁨인 사람이기 때문이다. 하지만 나는 엄마가 고생하게 되는 것 같아 조금 속상했다.

"본인들이 알아서 하라 그래, 왜 엄마가 나서서 고생이야."

엄마를 죽도록 고생시킨 내가 할 말은 아니었지만, 딸이기 때문에 할 수 있는 말이기도 했다.

"야야, 우리 집에 돈이 많아가 자들을 지원해 줄 수가 있나, 오빠가 돈을 잘 벌어가 새언니가 집에서 살림만 할 수가 있나. 그러니 내가 도와줘야지."

엄마는 오빠 내외가 맞벌이를 하는 것 때문에 새언니에게 미안함을 갖고 있었다. 돈 많은 남자를 만나서 가사도우미를 고용하여 편안하게 사는 것이 여자의 가장 큰 성공이라 생각하는 엄마에게 새언니는 감사와 미안함의 대상이었던 것이다.

"아니, 자기들이 선택한 결혼인데 엄마가 왜 미안해? 결혼할 때 집 사줬으면 충분한 거 아니야?"

나는 미운 시누이 코스프레를 했지만, 속으론 '저런 정신을 기본으로 장착한 시어머니를 만나야 된다'고 생각하며 흐뭇했다.

엄마는 열성적으로 손주들을 돌보셨고, 얼마 후 팔에 인대가 늘어나셨다. 나는 또다시, 뭐 대단한 효녀라도 된 양 엄마에게 말했다.

"아, 엄마 고만 좀 해. 할 만큼 했어."

엄마가 내 말을 들을 거라고 기대도 안 했지만, 양쪽 귀를 틀어막은 엄마의 대쪽 같은 모습을 보니 나의 고집은 엄마로부터 온 거라는 확신이 들었다.

그렇게 엄마 손에서 큰 쌍둥이들이 벌써 초등학생이 되었다. 요즘도 오빠 부부가 바쁠 때면 가끔 엄마에게 맡겨지곤 한다. 녀석들이 할머니를 얼마나 좋아하는지, 나중에 크면 큰 집을 지어서 할머니랑 같이 살겠단다. 밥 먹을 때는 서로 할머니 옆에 앉으려고 하고, 잘 때는 서로 할머니를 안고 자려고 한다. 또, 내가 엄마에게 성질이라도 낼 때면, 아이들은 엄마에게 가서 조용히 반창고를 붙여 준다. 언젠가, 애들 돌보는 거 어지간히 하라는 나의 잔소리에 엄마가 말씀하셨다.

"저 아이들이 나에게 얼마나 큰 웃음을 주는지 아니? 천사들이 따로 없다."

아이들의 행동을 보면 그 말이 정말 이해가 갔다. 엄마가 아이들을 사랑으로 보살피는 만큼 아이들도 엄마를 넘치도록 사랑하고 있었다. 엄마는 우리 집에서 누리지 못한 다정한 웃음과 부드러운 사랑을 손주들을 통해 받고 계셨다. 그 모습을 바라보는 내 마음에는 엄마를 향한 미안한 마음이 한 스푼 더 쌓여갔다.

쌍둥이들을 돌보시는 엄마를 보며 나의 어린 시절을 떠올려 보았다. 한없는 사랑으로 나를 돌보시는 엄마가 내 눈앞에 그려졌다. 엄마에게 받은 사랑이 참으로 컸다. 엄마는 늘 내 편이었고, 내가 맘껏 살아갈 수 있었던 든든한 울타리였다. 엄마는, 엄마가 잘못 키워서 내가 시골에 들어가 땅을 파게 되었다고 하셨지만, 사실은 그 반대였다. 엄마가 내 엄마여서 이렇게 몸도 마음도 건강한 내가 될 수 있었으니까. 엄마가 내 엄마라서… 나는 감사하다.

5

우리 엄마는
늙지 않을 줄 알았는데

중학생 시절, 처음으로 학교에 엄마를 호출하게 되었다. 자습 시간에 친구와 연습장에 낙서를 돌리다 선생님께 걸리고 만 것이다. 나는 엄마를 모셔 오라는 담임선생님의 불호령에 머릿속이 하얘졌다. 나를 혼내면 그만이지 왜 엄마까지 모셔 오라는 걸까. 학교에 불려 와 죄인처럼 머리를 조아릴 엄마를 생각하니 마음이 심란했다. 그날 나의 하굣길은, 어떻게 말을 꺼내야 엄마가 충격을 덜 받을까 하는 고민으로 가득 찼다. 그렇게 집에 도착한 나는, 대뜸 엄마에게 말했다.

"엄마, 담임선생님이 엄마 모셔 오래. 완전 이상해 담임. 별로 잘못한 것도 없는데. 가서 절대로 사과하지 마. 알겠지?"

엄마에게 미안한 마음이 앞서, 어이없게도 아주 뻔뻔한 태도를 보인 나였다. 엄마는 딱히 큰 반응이 없었다. 잘못한 게 없다는 나의 말의 진상을 엄마는 이미 파악하셨을 테다. 집에서 별난 딸이 학교에서는 안 별

나겠는가. 나를 낳은 엄마가 그걸 모를 리가 없었다.

그렇게 엄마는 학교를 방문하셨다. 엄마는 교무실 전체가 먹을 수 있는 양의 간식거리를 한가득 사 들고 오셨다. 보지는 않았지만, 선생님께 죄송하다는 말씀도 연거푸 하셨을 게 분명 했다. 모자란 자식새끼 예쁘게 봐주길 바라는 마음에 엄마는 본인의 능력을 총동원하셨다. 나는 엄마에게 너무 미안했다.

담임선생님은 우리 엄마에게 친엄마가 맞는지부터 물어보셨다. 왜냐하면 엄마는 나와 정반대로 생겼기 때문이다. 아빠를 닮아 눈이 작은 나와 달리 엄마는 눈이 크고 눈썹도 진했다. 거기에, 왈가닥에 선머슴아 같은 나와 다르게 엄마는 세련되고 여성스러운 분위기를 갖고 계셨다. 선생님이 우리 엄마를 새엄마일 거라 추측할 만도 했다. 혼나는 중이었지만, 나는 왜인지 엄마로 인해 어깨가 으쓱 올라갔다. 좋은 일로 오셨다면 완벽히 좋은 날이 되었을 텐데 안타까웠다. 이유야 어찌 됐든 멋쟁이 엄마가 학교에 찾아오는 것은 꽤 자랑스러운 일이었다. 친구들에게 "우와~ 너희 엄마 너랑 하나도 안 닮았어!"라는 말을 들었지만, 그것조차 상관이 없을 만큼 기분이 좋았다.

또 다행이었던 것은, 학교에 찾아온 엄마의 모습이 나의 걱정처럼 비굴하거나 초라하지 않았다는 것이다. 오히려 집 밖에서 본 엄마의 모습은 멋있었다. 특유의 여성스러움과 부드러움을 잃지 않으면서도 호탕하고 시원시원한 모습. 엄마는 비록 자식의 잘못으로 학교에 불려 왔지만, 오히려 선생님들에게 좋은 인상을 남기며 나의 이미지까지 올려주고는 귀가하셨다. 그날, 엄마를 향한 나의 마음은 뿌듯함과 미안함 사이에서 맴맴 맴돌고 있었다.

얼마 전 엄마와 영상통화를 할 때였다. 그날따라 유독, 나이가 들어버린 엄마의 얼굴이 눈에 들어왔다. 나는 대뜸 엄마에게 말했다.

"엄마 뭐야, 왜 이렇게 늙었어?"

엄마의 노화 원인 중 큰 몫을 차지하고 있는 내가 할 말은 아니었지만, 너무 놀라 말이 툭 하고 튀어나왔다.

"야야, 엄마가 인제 70이 다 돼간다. 늙지, 그럼 안 늙나."

나는 순간 충격을 받았다. '우리 엄마가 70이 다 되어 간다고?' 멋쟁이 엄마가 학교에 찾아오셨을 때가 엊그제 같은데, 세월이 정말이지 화살같이 흘러갔다. 내 마음속의 우리 엄마는 늘 40대인 것만 같은데, 그 나이는 어느새 내 나이가 되어버렸다. 엄마의 얼굴에는 내가 만든 주름 하나, 평생 가족을 위해 애쓰다 생긴 주름 하나, 그리고 세월이 만든 주름들이 드문드문 놓여 있었다. 누가 뭐래도 최선을 다해 살아온 인생의 흔적들이었다.

아빠의 퇴직 후, 엄마는 인생의 또 다른 전환점을 맞이하셨다. 매달 들어오는 월급이 없어지자, 엄마는 지출을 줄일 수밖에 없었다. 연금이나 다른 자산들이 있다고 해도 수입이 없는 상태에서 이전처럼 소비하기란 쉬운 일이 아니었다. 결국 엄마는 용돈을 벌기 위해 시니어 일자리에 지원하셨다.

"야야, 엄마가 인제는 나가서 돈을 벌어야 한다."

엄마가 나에게 전화하셔서 하소연하듯 말씀하셨다. 살면서 엄마의 하소연을 별로 들어본 적이 없는 나였기에 이런 상황이 조금 낯설게 느껴졌다.

"응, 잘했어. 집에 있는 것보단 일하는 게 건강해."

전혀 위로가 되지 않는 나의 대답에 엄마는 덧붙여 설명하기 시작하셨다.

"친구들이랑 만나는 횟수도 줄였고, 이제는 해외여행도 못 간다. 철마다 옷 사 입는 것도 이제는 못 한다. 반찬도 요즘 김치만 먹는다."

"엄마, 굶는 사람들도 있어. 그 정도 살면 잘 사는 거야. 도시에 있어서 그래. 시골 들어와, 돈 쓸 일 없어."

"은제~ 은제~ 나는 암에 걸려도 명동 한복판에 가야 낫지, 시골은 안 간다."

멋대가리 없는 내 말이 끝나기 무섭게 엄마가 손사래를 치셨다. 나의 말에 질색 팔색을 하는 엄마를 보니, 엄마가 아직은 힘이 있으시구나 싶어 조금은 안심이 되었다.

얼마 후, 알바를 계속 나가시던 엄마는 손목이 아프다고 하셨다. 양손 무겁게 음식을 싸 들고 서울로 상경하시던 엄마의 손목도 이제는 세월의 풍파에 노쇠해지고 있었다.

"엄마, 힘들면 굳이 하지 마. 내가 돈 많이 벌어서 호강시켜 줄게."

어느 세월에 이루어질 일인지는 모르겠지만, 아프다는 엄마에게 내가 할 수 있는 말은 그것뿐이었다. 그런데, 그 허풍도 꽤 힘이 있어서 허풍 떠는 내내 엄마에게 웃음은 줄 수 있었다.

올해 초, 안타깝게도 그간 해오던 시니어 일자리 모집에서 엄마는 낙방하고 말았다. 꽤 실망한 엄마에게 내가 말했다.

"엄마, 시골에 와. 나 일하는 동안 집안일 해주면 내가 용돈 줄게."

"얼마 줄 거고? 올해는 거기에 가야겠다."

의외의 대답이었다. 불과 몇 년 전만 해도 시골은 죽어도 안 올 것처럼 하시더니. 내 마음에 살며시 웃음꽃이 피어올랐다. 엄마가 원하는 삶을 살지 못해 늘 불효녀 같았던 내가, 이제 조금은 엄마에게 도움이 되는 딸이 된 것처럼 느껴졌기 때문이다.

엄마의 변화는 이것만이 아니었다. 내가 농사지은 건 눈물 나서 못 먹는다고 보내지 말라 시던 엄마가, 요즘엔 "수박 갖고 언제 오노?" 하신다. 나는 신이 나서 한술 더 떴다.

"채소랑 야채들도 유기농으로 재배해서 보내줄게."

엄마의 신난 모습을 보니 나는 더욱 신이 났다. 그러면서도 마음 한편이 숙연해져 왔다. 마냥 젊고 쌩쌩할 것 같았던 엄마였는데…. 일생을 다 바쳐 가족들을 지키고 보살펴셨던 엄마는 이제, 자신이 돌봄이 필요한 계절을 맞이하고 있었다.

오랜만에 엄마 집에 와서 먼저 잠드신 엄마의 뒷모습을 바라보았다. 우리 엄마는 늙지 않을 줄 알았는데…. 엄마에게 청춘을 돌려 드릴 수는 없어도 가끔 웃음은 드려야겠다는 생각을 해본다. 밤이 깊어져 간다.

STORY

6

엄마로서만 살았던 억척스러웠던 삶.

엄마에게는 절대 돌아가고 싶지 않은 세월이었지만,

딸에게는 엄마를 이야기하게 했다.

엄마의 억척스러움엔
가족을 위한
헌신이 있었다.

한경아

1

비오는 날이 좋았던
시절이 있었는데

"나는 이 찬송가를 들으면 기분이 좋아져요."

예배 중에 환갑을 넘기신 목사님이 이렇게 말씀하셨다. 목사님은 어려서 교회 근처에 사셨단다. 어머니는 주일이면 교회에 가셨고, 이 노래가 끝나면 바로 집으로 오셨단다. 그분에게 이 찬송가는 어머니가 오시는 소리였던 것이다. 내게 엄마를 부르는 것은 비였다. 농사일로 바쁘셨던 엄마, 아빠는 평소에는 어둑어둑해지면 집에 들어오셨다. 하교해서 집에 들어가도 조용했던 집이, 비 오는 날이면 북적였다. 그런 날이면 난 학교 수업이 끝나자마자 집으로 뛰어갔다. 대문을 열면서 "엄마!"라고 목청껏 불렀다.

엄마가 하교 시간에, 집에 계셨던 시절도 있긴 했다. 내가 초등학교 1학년이 막 되던 때였다. 4남매의 맏이인 난 엄마의 기대에, 나의 부푼 마음을 얹어 학교에 들어갔다. 학교생활은 즐거웠지만 어느 순간부터 시험보던 받아쓰기는 나를 힘들게 했다. 엄마는 내게 받아쓰기 예습을 시켰다. 가족이 저녁을 먹은 후 엄마가 설거지를 끝내고 방으로 들어오시면 시작이었다. 나는 그 공부가 하기 싫어 일부러 자는 척을 해 보았지만, 엄마는 속지 않았다. 그렇게 연습을 해 가도 100점을 맞지 못하면 선생님께 매를 맞았고 학교에 남기도 했다. 신기하게도 엄마는 내가 몇 점을 맞았는지 정확히 아셨다. 집에 오면 엄마에게도 틀린 개수만큼 손바닥을 맞아야 했다.

엄마는 언제부터인지 바빠지셨다. 학교에서 집에 가면 텅 빈 집이 날 반겼다. 가끔 마루에 엄마가 쓴 편지가 놓여 있었다. 지나간 달력 뒤에 글씨가 크게 쓰여 있었다. 받침은 엉망이고 소리 나는 대로 적혀있었지만 무슨 말인지는 정확히 알 수 있었다. 나는 엄마 편지가 웃기고 좋아서 몇 번이나 읽었다. 이렇게 빈집이었던 곳이 비가 오면 엄마와 아빠가 지키고 있는 집이 되었다. 비는 내게 반가운 소식이었다.

엄마는 집에 계셨지만 해야 할 일은 여전히 많았다. 비기 오면 토방 바로 앞마당에 큰 빨간 대야가 놓였다. 그 대야는 빗물이 지붕에서 아래로 떨어지는 곳에 놓였고, 빗물을 받았다. 대야에 빗물이 가득 차서 넘치게 되고 엄마는 그 물로 빨래하셨다. 펌프 물인 지하수보다 빗물이 때가 잘 진다고 하셨다. 엄마는 빨랫감에 비누칠하고 한 손은 빨래를 잡고 다른 손은 그 빨래를 잡고 비볐다. 납작한 방망이로 빨래를 내리치기도 했다.

방망이에서 나는 소리는 시멘트 바닥인 토방과 빨래에 감기면서 둔탁했지만 박자가 있었다. 엄마는 주황색 바가지로 물을 뿌려가며 거의 보이지 않는 비누 거품을 없앴다. 이 모든 엄마의 행동들이 빗소리와 함께 흥에 겨웠다. 신나는 음악을 들으며 춤을 추는 것처럼 리듬이 있고 활기찼다. 쏟아지는 빗소리에 맞춰 추는 춤처럼. 난 엄마의 빨래하는 모습을 보며 마루에 앉아 있거나 누워 있었다.

그 모여진 빗물로 엄마는 그을린 솥단지들을 닦으시기도 했다. 커다란 무쇠솥을 아궁이에서 꺼내오고 작은 냄비들도 그 옆에 자리를 차지했다. 파는 수세미가 따로 없던 시절이었다. 지푸라기를 돌돌 말아서 만든 수세미를 가는 모래에 묻혀 싹싹 사정없이 닦으셨다. 거뭇거뭇했던 솥단지들이 엄마의 힘센 손동작에 반짝반짝 윤이 난 듯했다. 수세미로 한동안 열심히 닦아내면 마당 한쪽에는 깨끗해진 큰 솥과 냄비들이 줄지어 놓였다.

엄마는 간식도 만들어주셨다. 엄마는 쌀을 씻는 은색 그릇에 밀가루와 물을 적당량 붓고 손으로 치댔다. 반죽이 된 밀가루 뭉치를 적당한 크기로 잘랐다. 잘린 도막 한 개를 도마 위에 놓고 음료수 병으로 이리저리 굴려 밀면 얇은 동그란 원이 만들어졌다. 그 옆으로 키가 다른 네 명의 아이들이 모여 앉아 있었다. 다들 신기해서 옆에서 따라 해 봤지만 잘되지 않았다. 엄마는 다 밀어진 반죽을 서로 엉기지 않도록 밀가루를 얇게 뿌려 겹쳐놓았다. 그 반죽을 적당한 크기로 돌돌 말아 칼로 일정하게 잘랐다. 펼치면 꼬불꼬불한 면으로 엄마는 칼국수나 팥죽(팥칼국수)을 만들어 주셨다.

　장마철에는 방이나 마루를 빨간 고추들이 차지했다. 여름 뙤약볕에서 힘들게 땄던 고추는 그대로 두면 썩을 참이었다. 고추를 잘 말리기 위해 불을 넣은 방은 따뜻했고, 선풍기가 고추를 향해 돌아가고 있었다. 고추 틈 사이에 앉은 엄마는 고추를 이리저리 굴려 보며 살피고 썩은 부분을 잘라냈다. 시원해야 할 선풍기의 바람은 매큼하고 따뜻했다. 그 매큼한 냄새와 방의 뜨거운 열기 속에서 엄마는 일을 하고, 우리는 그 옆에서 놀았다. 장마철은 더운데 뜨거운 방, 썩은 고추 냄새 그리고 후텁지근한 선풍기 바람이 있었다. 좋을 것 없는 그런 날이 내게는 며칠 동안 엄마가 집에 있어서 좋은 날이었다.

　이렇게 비가 오는 날은 내게는 즐거운 날이었다. 엄마에게도 즐거운 날이었을까? 난 엄마가 집에서 일하시던 모습만 기억했다. 그런 내겐 엄마의 모습이 즐거워 보였다. 하지만 아니었다. 그것은 바쁜 엄마의 서두름이 만들어 낸 리듬이었다. 이 일을 빨리 끝내고 다음 일을 하기 위한 행동. 난 이것을 내가 엄마가 돼서 알았다. 아이들을 키울 때 서둘러야 했던 많은 일 때문에, 난 빨리 움직여야 했다. 아이들이 유치원에서 돌아오기 전에, 잠들었던 아이가 깨기 전에 해야 했던 일은 손놀림도 발걸음도 빨라지게 했다. 자꾸 시계를 쳐다보았고, 가끔은 발을 동동 굴려야 했다. 그런 내게서 엄마의 많은 행동들이 스쳐갔다. 엄마의 다음 일을 위한 서두른 행동들이 어떻게 즐거움으로 보였을까?

엄마는 했던 일들이 즐겁지 않았을 수도 있다. 하지만 엄마에게도 비 오는 날은 좋은 날이었을 거라고 믿고 싶다. 바빴지만 자식들의 재잘거림을 가까이에서 들을 수 있었다. 엄마가 곁에 있어 더욱 신난 자식들의 모습을 잠깐이나마 멍하니 볼 수 있는 시간도 주어졌다. 내가 아이들을 보고 이게 행복이지 생각했던 것처럼, 엄마도 우리의 모습을 보면서 미소를 지었기를 바란다. 날이 좋으면 해야 할 밀린 일들이 잠깐은 걱정이었을 수도 있다. 그럼에도 아이들이 있는 그 공간이 행복이었다고 추억할 수 있는 시간이었기를 바란다.

여름. 남편과 카페에 갔다가 쏟아지는 비를 보며 현관 앞에서 잠시 남편 차를 기다려야 했다. 처마에서 쏟아져 내리는 물줄기가 장식으로 놓아둔 동그란 물통에 담겼다. 난 타닥거리며 통에 담기는 빗소리와 시멘트 바닥에 내리 꽂히는 비를 멍하니 쳐다보았다. 토방, 빨간 대야, 방망이를 두드리는 엄마와 방망이 소리, 대야에 쏟아지는 빗소리가 선명하다. 마루에서 빈둥거리는 내 모습도 보였다. 육십이 훨씬 넘으신 목사님이 그 찬송가를 들으면 어머니를 생각하시듯 나는 칠십이 넘어도 비가 오는 날이면 엄마를 생각할 것 같다.

2

나는 우리 엄마처럼 못 살아

요즘은 미라클 모닝이 유행이다. 미라클 모닝은 아침에 일찍 일어나 그 시간을 활용해서 운동하거나 공부하는 등 자기계발을 하는 것을 말한다. 아침을 일찍 시작해서 하루를 알차게 보내라는 말일 테다. 난 이 말을 처음 들었을 때 엄마를 생각했다.

내가 기억하는 엄마의 하루 시작은 몇 시부터였는지 알 수가 없다. 어린 시절 화장실에 가기 위해 내가 깨었던 시간은 깜깜했다. 부엌 옆 샘에서 불빛과 물소리를 듣고 엄마에게 갔었다. 엄마는 몇 시인지도 모를 그 시간에 전등불에 의지하면서 식구들의 옷을 빨았다. 가서 자라는 엄마의 말. 나중에 성인이 된 내가 엄마에게 물었다. 대체 왜 그 시간에 빨래를 했냐고.

"멍충아, 그때 빨래해야 낮에 한갓지지."

이렇든 한창 바쁜 농번기에는 엄마의 아침은 일찍 시작되었다. 난 샘에서 들리는 드드득, 드드득 소리를 들으며 잠이 깨기도 했다. 엄마가 돌확에 무언가를 갈고 계셨다. 그 돌확에는 여러 가지 곡식이 갈렸다. 냉장고가 없던 시절에 엄마는 아침마다 김치를 담아야 했다. 고추에 밥을 넣고 돌확에 갈았다. 간 고추에 밭에서 솎아온 배추나 열무를 넣어 담은 김치는 식구들과 일꾼들의 반찬이 되었다.

어떤 날은 엄마가 우리를 부르는 소리에 잠이 깼다. 학교에 갈 시간이라며 엄마는 소리로만(바빠서 방으로 들어올 시간이 없으셨다.) 우리를 깨웠다. 우리는 그때 일어나 씻고 밥 먹고 학교에 갔다. 학교로 가는 길에 엄마가 아침에 했던 일을 보게 되었다. 어제 바구니에 담아놓았던 고추는 비닐이나 얇은 망 위에 깔아져 있었다. 햇볕에 말리기 위해서이다. 밭에서 가져온 참깨 나무도 파란색 포장대 위에 삼각대처럼 세워져 있었다. 그 옆에 한 개의 긴 막대기는 아침에 엄마가 참깨를 털었다는 것을 알게 했다. 가을이면 넓은 건조장이나 도로가에 벼가 널려 있었다. 건조장에는 우리 집뿐 아니라 다른 집 벼들도 널려 있어 가을의 뜨거운 햇볕을 받을 준비를 하고 있었다.

고구마 줄기가 땅에서 올라오기 시작하면 엄마는 고구마 줄기를 이용한 반찬을 만들었다. 아주 어린잎은 이파리와 함께 된장에 무쳐서 먹었다. 더 자라면 그 줄기를 먹었는데 그게 손이 많이 갔다. 엄마가 저녁에 집에 오시면서 고구마 줄기를 큰 바구니에 한가득 담아오셨다. 시간이 없던 엄마는 줄기째 뜯어서 가져오셨다. 그 고구마 줄기는 저녁밥을 먹고 나면 식구들이 모여 앉아 껍질을 벗겼다. 잎 부분을 꺾어 줄기 쪽으로 쭈욱 벗기면 되었다. 잘 벗겨지지 않고 줄기가 자꾸 끊어지기도 했다. 처음은 동그랗게 앉아 시작했던 일을, 나중에 엄마 혼자 했다. 가족들은 다 잠이 들었다. 그렇게 벗겨진 줄기는 다음 날 아침이면 커다란 솥에 데쳐져서 김치가 되었다. 나중에 커서 그 날을 생각하면 이런 의문이 든다. 그날 엄마는 잠을 자기는 했을까?

엄마의 밤을 새우게 하는 것에는 이 외에도 더 있었다. 메주를 쑤기 위해 콩을 고르는 일도 그 중 하나였다. 난 엄마를 도와 콩을 고른 적이 있었다. 벌레 먹은 콩과 깨끗한 콩을 골라 그릇에 담으면 되는 일이었다. 콩은 많았고 해도 해도 줄지 않았다. 결국 난 중간에 잠이 들었고 엄마는 또 혼자 일을 했다. 명절도 엄마의 하루를 길게 했다. 설이 되기 전, 대보름이 되기 전, 아니면 추석이 되기 전 항상 쌀과 나물거리가 물에 담겨 있었다. 그 쌀을 씻어서 물을 뺀 후 정미소에 맡기면 쌀가루를 만들어 왔다. 그 쌀가루로 떡을 만들고 송편을 만들었다. 설날에는 가래떡을 빼기 위해 정미소에 밤늦게까지 줄을 서기도 했다. 빼 온 떡을 이틀 말려서 떡국을 먹기 위해 길쭉한 타원 모양으로 밤새 써는 것도 엄마였다. 난 콩을 고르던 날도, 송편을 만들던 날도, 엄마가 밤새 떡을 묵묵히 썰던 날에도 엄마 혼자 그 일을 하는 모습을 보면서 잠이 들었다. 이렇게 모두가 잠든 밤에도 엄마의 일은 끝이 없었다. 그렇게 엄마는 잠이 없는 사람이 되어 갔다.

어느 대보름날. 방은 뜨거워지고 밤은 깊어져 가는데 아직 엄마는 부엌으로 샘으로 오가며 무언가를 하고 계셨다. 나와 동생들은 뜨거운 바닥에 놓인 이불위에 누워 놀고 있었다. 다음 날 가장 먼저 일어나 더위를 어떻게 팔지 고민도 했다. 어른들이 대보름날 자면 눈썹이 하얗게 된다고 해서 난 자지 않겠다고 했다. 나는 노력을 했지만 잠을 이기지 못했고, 결국 잠이 들기 직전이었을까? 어렴풋이 들리는 엄마의 움직이는 소리에, 문득 이런 생각이 스쳤다.

'난 절대 엄마는 될 수 없을 거야.'

아니면 하지 않을 거야라고 했을 수도 있다. 내가 생각하는 엄마라는 사람은 너무 많은 것을 해야 했다. 잠을 줄여서 새벽에 빨래하고, 김치를 담고, 명절 준비를 해야 했다. 낮에도 밭에 나가 일하고, 철 따라 풍속에 따라 메주를 쑤고 장을 담고 김장했다. 바쁜 농사일에 일꾼들을 챙기는 것도 엄마들의 몫이었다. 아픈 아이 옆에 있어야 한 사람도, 있어 주지 못해 가슴 아픈 사람도 엄마였다. 무엇보다 잠을 제대로 잘 수 없는 날이 많았다. 같이 잠이 들어도 다음날 이른 아침이면 일어나야 하는 그런 삶을 난 살수 없을 것 같았다. 그러니 나는 절대 엄마는 될 수 없을 거고, 하지 않겠다고 했다.

장해주 작가의 책 『엄마도 엄마를 사랑했으면 좋겠어』를 읽었다. '엄마도 엄마가 되는 게 꿈은 아니었다'는 부분을 읽는데 엄마가 생각이 났다. 그렇구나. 엄마들도 꿈꾸던 시절이 있었겠다고 그때 깨달았다. 그래. 엄마도 소녀 시절이 있었지. 엄마의 20대 시절, 엄마는 무엇을 꿈꿨을까? 엄마도 어린 시절에 외할머니를 보면서 엄마가 되지 못할 것이라는 생각했을 수도 있다. 그렇지만 엄마는 엄마로서의 인생만 살았다. 엄마를 하지 않겠다던 나는 어느덧 세 아이의 엄마가 되었다. 이렇게 내게도 소중한 자식들이 있지만 엄마처럼 살지 못한다. 그만큼 내 인생도 소중하니까. 아마도 난 평생을 살아도 절대 엄마처럼 살지는 못할 것이다.

3

거친 삶이
엄마에게 남긴 것

"지나야. 그날 말이야. 엄마가 체해서 아팠던 날."

내 말을 듣던 동생이 그날이 언제인지 금방 알아들었다.

"언니가 아주머니를 데리고 오는 소리에 내가 깼어."

나와 동생은 기억이 조금 다른 그날의 이야기를 이어갔다. 엄마는 밤새 아프셨던 모양이다. 그렇게 끙끙 앓던 엄마는 나를 깨워 진성 아주머니를 모셔오라고 했다. 밖은 아직 깜깜했고 난 무서웠다. 깜깜해서 무서웠는지 처음 본 엄마의 아파하는 모습이 무서웠는지 모르겠다. 난 아주머니 댁 대문을 세차게 두드렸고, 아주머니를 모시고 왔다. 방에 들어오신 아주머니는 곡식을 담을 때 쓰던 주황색 바가지에 쌀을 담으셨다. 그 바가지를 보자기에 싸서 엄마의 배를 지그시 누르면서 문질렀다.

"무슨 말인지 모를 말을 계속 중얼거리셨어."

동생이 그렇게 말했다. 아주머니의 손놀림은 '엄마 손은 약손 아기 배는 똥배.' 하는 것 같았다. 그렇게 몇 번 하신 후 엄마를 앉혀놓고 등을 쓸어내리시다가 가볍게 치다가 하셨다. 그렇게 한참을 하는데 어느 순간 엄마가 왈칵 토하셨다. 나와 동생은 놀랐는데 아주머니는 동작을 멈추지 않으셨다. 계속 엄마 등을 쓸어내리시면서, 속에 있는 것 다 토해 내야 한다고 했다. 엄마는 아주머니가 원하는 데로 몇 번을 더 토하셨다. 아주머니가 말했다.

"이런 게 얹혀 있으니 되게 체했지."

엄마가 조금 편해지시자 아주머니는 집으로 가셨고, 동생은 엄마가 혼잣말을 하셨다고 했다. 난 듣지 못한 말을 동생은 들었고 그 말을 평생 잊지 못한다고 했다.

"아무리 어린 자식이지만 아파서 끙끙 앓아도 모르고 자더라고 말했어. 아마도 밤새 아팠는데 내가 모르고 계속 잤나 봐."

동생은 이 말을 하고는 한동안 말이 없었다. 엄마가 막내딸을 원망한 것일까? 나 역시 이 말을 듣고는 잠깐 말문이 막혔다. 한참 후에 동생은 말을 이었다.

"그때 엄마는 자주 취하셨어. 토하신 것도 몇 번 있었고."

나도 알고 있었다. 엄마가 아빠 돌아가신 후 술을 자주 드셨다. 내가 왜 자꾸 술을 먹느냐고 잔소리하면 엄마는 일이 고되고 힘드니 술 힘으로 일을 한다고 하셨다.

"그러니까, 그 일을 누가 다 하래?"

"시끄럽다!"

취하신 엄마는 내 잔소리에 화를 내셨다. 아빠가 계실 때도 힘들었던 농사를 엄마 혼자 지으셨으니 고될 만했다. 자식들에게 돈이 많이 들어갈 때니 힘들어도 일을 해야 했다. 난 이 상황을 알았지만, 엄마를 모두 이해할 만큼 철이 들지는 않았다. 엄마에게 자식들은 남편이 없어 힘에 부치지만, 농사를 줄이지 못하는 이유였다. 이제 엄마는 밤에 플래시를 들고 논에 나가시는 날도 많아졌다.

엄마는 일하실 때 노란 장화를 신으셨다. 거의 매일 신으셨다. 고무장갑을 발에 신었다고 생각하면 될 정도의 얇은 장화였다. 난 그 장화가 흙에 미끄러질 것 같아 위험해 보여 싫었지만, 엄마에게는 필수품이었다. 무릎까지 온 장화는 엄마가 물이 있는 논에 들어가기 편하게 했다. 엄마가 대문을 열고 들어오실 때 가장 먼저 눈에 띄는 건 그 노란 장화였다. 엄마는 천천히 걸은 적이 없었다. 그 노란 장화는 집으로 들어오면 창고로 마당으로 샘으로 휘젓고 다니다가 어느 순간 대문으로 나갔다. 늦은 밤 집에 돌아오면 마루 밑에 노란 장화가 놓여 있었다. 반으로 접혀 한쪽에 놓여 있기도 했고, 빨랫줄에 거꾸로 매달려 있기도 했었다. 엄마가 그 장화를 벗을 때는 물이 찬 고무장갑을 벗을 때처럼 앉아서 발끝을 잡아당기셨다. 엄마는 끙 소리를 절로 하셨다. 노란 장화 안에서 물을 잔뜩 먹어 쭈글쭈글한 발이 나오기도 했다.

난 엄마가 아빠 없이 해야 했던 그 일을 부모니까 당연하다고 생각했었나 보다. 엄마의 삶을 옆에서 보면서 아무 생각 없이 세월을 보냈다. 그런 내게 남편이 생겼다. 내게 남편의 존재는 가정의 경제를 책임지는 사람이었다. 그보다 더 중요한 것은 자식에 대한 일에는 언제나 같이 의논할 수 있는 사람이었다.

이제 난 엄마가 혼자가 되었던 때보다 더 나이를 먹었다. 지금의 내게는, 그때의 나보다 더 나이가 많은 자식들이 있다. 살다 보니 그 자식들을 키우는 게 돈이 전부가 아니라는 것을 알았다. 자식들은 끊임없이 걱정을 만들어 냈다. 그 중에 하나가 아들의 대학 진학이었다. 일이 잘 풀리지 않아 추가합격을 기다려야 했다. 추가합격자 발표 마지막 날, 마감 시간이 다가오는데 합격 소식이 없었다. 나는 아무것도 하지 못하고 소파에 앉아 추가합격 전화만 기다려야 했다. 한숨을 쉬면 들어오던 복도 달아날까봐, 나오는 한숨도 막아야 했다. 그때 서로 말은 없었지만, 남편이 옆에 있었다. 남편의 존재는 같은 근심을 한다는 이유로 그냥 위안이 되었다.

엄마에게도 착하지만 걱정을 만들어 내는 자식이 넷이나 있었다. 엄마도 자식들을 키우는 데 돈이 중요했다. 그만큼이나 자식들 일에 의논할 사람도 필요했을 것이다. 내가 옆에 앉아 있을 뿐인 남편이 위안이 되었던 것처럼 엄마도 그랬을 것이다. 아들이 잘 다니던 직장을 그만두었을 때도, 그런 적 없던 둘째 아들이 엄마에게 크게 화를 내었을 때도, 딸이 데려온 배우자감이 마음에 들지 않았을 때도 엄마는 혼자였다. 그 모든 순간을 엄마는 혼자 앓았다. 머리 싸매고 누운 엄마 옆에 그놈들 인생이니 그냥 두자고, 이만하면 괜찮은 사람이라고 다독여 줄 사람이 엄마 옆에는 없었다. 이렇게 자식들 일에 누구에게도 말하지 못하고 가슴을 친 일이 얼마나 많았을까? 그때의 엄마를 생각하면 너무 짠해졌다.

내가 언젠가 엄마에게 물은 적이 있다.
"엄마, 10년만 젊어지면 뭐 하고 싶어?"
엄마는 단 일초의 망설임도 없이 그때로 돌아가고 싶지 않다고 했다. 자식들을 위해 일을 해야 했지만 행복했다고 말하기도 힘든 세월, 엄마는 몸이 고돼서 술을 마신다고 했지만 난 마음의 고됨도 있었을 거라고 생각한다. 그 몸과 마음의 고됨으로 엄마는 심하게 체했을 것이다. 아무리 어린 자식이지만 모르고 자더라는 말도 자식에 대한 원망이 아니었다. 깨울 남편이 없는 엄마의 팔자를 탓한 말이었을 것이다. 이젠 엄마는 노란 장화를 신지 않으신다. 고된 일이 없어져서인지 엄마는 술이라면 질색하신다. 한참 일에 미쳐 사셨던, 아침인지 밤인지 새벽인지 모르고 일을 하셨던 엄마, 그 노란 장화에 흙이 잔뜩 묻혀 다녔던 그 시절의 엄마. 그렇게 일한 대가가 엄마의 꼬부랑 허리와 굽은 손가락 마디와 아픈 무릎이다. 절대 돌아보고 싶지 않다는 추억이 된 엄마의 슬픈 역사이다. 엄마의 고마움을 아는 자식들 역시 엄마가 일한 대가이다. 그 자식들이 말한다.

"엄마. 백 살까지만 삽시다. 아프지 말고 건강하게…."

4

골방에 꺼지지 않는
촛불처럼

우리 집은 여섯 식구였다. 아빠와 엄마 그리고 4남매. 맏이인 내 밑으로 연달아 두 명의 남동생이 있었고, 내가 초3때 태어난 여동생이 있다. 엄마는 다른 집 아이들은 어렸을 때 남매끼리 싸운다는 데 우리는 싸운 것을 못 봤다고 했다. 그런 엄마에게 우리는 이구동성으로 말한다.

"엄마. 우리가 안 싸운 게 아니라, 말 그대로 엄마가 싸운 것을 못 봤겠지요. 바빠서."

웃자고 하는 말이었지만 엄마에게는 가슴 아픈 말이었다. 아빠는 이 4명의 자식들을 끝까지 책임지지 못하셨고 엄마에게 잘 부탁한다는 말도 못하시고 떠나셨다.

아빠가 돌아가시고 몇 년 후부터 엄마는 매년 두 명의 자식의 대학 등록금을 내야 했다. 국가 장학금도 없었던 시절에 대학 등록금은 가계 지출에 큰 부분을 차지했다.

"성훈이는 등록금만 주면 나머지 용돈은 벌어서 썼어. 기훈이는 용돈은 줬지만, 장학금을 자주 받았지. 그러니 둘이 보냈어도 하나 다닌 거나 똑같았어."

엄마는 항상 이렇게 말씀하셨다. 착한 자식들은 엄마에게는 자랑이었다. 우리는 엄마의 수고를 알았고 그래서 각자 최선을 다해 살았다. 내가 결혼한 후 여동생은 수능을 보고 대학생이 되었다. 고등학교 때 교복을 입었던 동생은 대학생이 되니 입을 만한 옷도 없었다. 엄마는 이 사정을 모르고 용돈을 주셨고, 엄마가 주는 용돈은 교통비와 점심을 먹기도 빠듯했다. 여동생은 엄마한테 말하지 않고, 방학과 주말이면 아르바이트했다. 그렇게 번 돈으로 옷도 사고 가끔 엄마가 좋아하는 통닭과 맥주 한 캔을 사 들고 집에 갔다.

대학 졸업을 앞둔 작은 동생은 고시 공부를 시작했다. 공부하는 것은 싫지만 아무리 생각해도 자신이 할 일은 이것뿐인 것 같다고 했다. 1차 합격하고 2차를 준비할 때 동생은 엄마에게 부탁을 했다. 서울에 있는 고시 학생들이 많은 곳에서 시험 준비를 하고 싶다고 했다. 집안 사정을 알고 있으니 1년만 하겠다고 했다. 공부는 당사자가 하면 되겠지만 생활비며 방세가 문제였다. 엄마는 허락하셨다. 공부 뒷바라지는 엄마와 큰 동생이 같이 했다. 고시공부에 들어가는 돈을 농사꾼인 엄마는 다 줄 수가 없었다. 하지만 이제 막 사업을 시작한 아들의 도움도 마음이 편한 건 아니었다. 그러니 엄마도 공부하는 동생도, 1년 안에 끝내야 하는 일이었다.

동생은 최선을 다했다. 분초를 다투면서, 화장실 가는 시간과 밥 먹는 시간 외에는 공부만 했다. 화장실 가는 시간을 줄이기 위해 물도 거의 마시지 않았다고 했다. 작은 동생은 서울에 올라가고 1년이 조금 지난 후에 2차 시험을 보고 내려왔다. 얼마 후 합격했다고 큰 동생이 내게 알려줬다. 가족들이 다 모였다. 아니 온 동네 사람들이 다 모였다. 동네 입구에 동생의 합격을 축하하는 플래카드도 걸렸다. 우리 집 마당은 사람들로 북적였다. 동생은 엄마를 업고 집 마당을 돌았다. 동네 어른들의 축하한다는 말 속에 엄마는 그동안 고생은 잊었을 것이다. 사람들이 다 간 후큰 동생은 작은 동생에게 말했다.

"넌 정말 열심히 공부했을 거야. 하지만 합격의 반은 어머니 때문일 것이다. 골방에 촛불을 켜고 꺼뜨리지 않고 지성을 드렸거든."

나도 처음 듣는 말이었다. 다른 동생들도 모르고 있었다. 그해 난 막내를 낳고 엄마 집에서 몸조리했는데도 몰랐다. 큰 동생은 엄마의 비밀을 알았지만 얼마나 오랫동안 그런 지성을 드렸는지는 모른다고 했다. 엄마는 아무도 모르게 하고 있다가 큰아들한테 들킨 듯했다.

엄마는 중요한 날은 꼭 기일을 잡아 오셨다. 이사하는 날이나, 자식들의 결혼 날짜. 결혼할 때 궁합도 보셨다. 큰 동생이 사업할 때 개업식 날

짜도 그리고 사업을 어느 쪽에서 해야 하는지도 중요했다. 이사하는 집은 동쪽으로 가냐 남쪽으로 가느냐도 중요했다. 그런 엄마에게 작은 동생의 합격을 위해 절을 찾은 건 당연했다. 엄마가 할 수 있는 것은 이제 부처님께 비는 것뿐이었다. 스님이 그러셨단다. 절에서는 스님이 기도드릴 테니 엄마는 따로 집에서 정성을 드리라고. 정성을 드리는 사람이 많으면 많을수록 좋다고 하셨다. 그렇게 촛불이 골방에 켜졌다.

엄마 집에서 골방은 가장 끝에 있었다. 안방에서 화장실 가는 쪽 문을 열면 있었다. 겨울에는 추웠고 여름에는 더웠다. 이 방은 창고처럼 쓰는 방이라 화장실 갈 때 거쳐서 가기 위해 아니면 무언가를 꺼내기 위해서만 들어갔다. 엄마는 그곳에 촛불을 켰다. 자주 드나들지 않았던 방에, 이젠 시간만 나면 들어갔다. 엄마는 아들을 옆에서 돌보지 않았지만, 그 마음으로 촛불을 지켜봤다. 꺼지지 않는 촛불은 엄마의 지극정성이었다. 촛불을 꺼뜨리지 않으려면 자다가 일어나야 했고, 밖에서 뛰어와야 했다. 그럴 시간도 없었지만, 여행을 다녀올 수도 없었다. 언제쯤에 초를 갈아야 하는지 신경을 쓰고 있어야 했다.

모든 일이 그렇지는 않지만, 세상에 많은 일은 자신이 원하고 노력하면 이루어진다. 되는 일인데도 자신의 노력이 부족하면 안 된다. 또, 노력했지만 목표한 바를 이루는 시간은 모두 같은 건 아니다. 때로는 열심히 했음에도 불구하고 이루어지는 속도가 더딜 수도 있다. 그럴 때는 같이 원하고 바라주는 사람이 필요하다고 엄마는 믿는다. 누군가가 같이 원하면 더 빨리 이루어진다고 믿으셨다. 간절하게 아주 간절하게 바라고 원하는 사람이 혼자일 때보다 둘이, 둘일 때보다 셋일 때 더욱 힘을 얻을 수 있다. 동생에게는 그런 엄마가 있었다. 공부하는 곳에서 멀리 떨어져 있지만 엄마의 마음이 공부하는 아들과 항상 함께 있었다. 촛불을 볼 때마다 공부하는 아들이 건강하기를 바랐고 합격하기를 바랐다.

엄마에게 언제부터 촛불을 켰냐고 물었는데 기억이 나지 않는다고 하셨다. 처음에는 왜 생각이 나지 않을까 이해할 수 없었다. 그러다가 문득 깨달았다. 그 촛불이 작은 동생의 합격을 기원할 때만 켠 게 아니었을 수도 있다. 말은 하지 않으셨지만, 사업을 시작한 큰아들의 사업이 번창하기를 빌었을 것이다. 술을 좋아하는 남편 때문에 마음고생이 심한 딸을 위해서, 아픈 손자를 위해서도 빌었을 것이다. 엄마는 세상의 어느 엄마들이 다 그렇다고 했다. 자식 위해 못할 일이 뭐가 있겠냐고 했다. 엄마의 정성이 자식을 키운다고 했다. 정화수를 떠놓고 자식들의 안녕을 빌었던 옛날의 엄마들처럼. 이젠 엄마의 골방에는 촛불이 없다. 그 촛불을 꺼뜨리지 않을 만큼 엄마의 체력도 없다. 하지만, 엄마는 이젠 마음속에 촛불을 감췄다. 아무도 모르게 골방에 촛불을 켰던 것처럼 아무도 모르게 마음에 켰다. 그리고 항상 바라고 바라고 또 바란다. 자식들의 건강과 행복을. 그렇게 우리는 엄마의 기도 덕분에 잘 살고 있다.

5

다 퍼주시는 엄마에게
감사함은 어떻게 전할까?

"일요일에 뭐 하냐?"

날씨가 추워졌다. 김장철이다. 엄마는 언제 김장을 할 것이니, 김치를 담을 김치통을 준비해서 일찍 오라고 전화하셨다. 언제나 그렇듯 김장하는 날에도 엄마는 일찍 일어나신다. 엄마는 마당 화로에 솥단지를 얹고, 그 전날에 준비했던 멸치젓갈을 끓인다. 토방에는 빨간 통에 갖은 양념과 고춧가루를 넣고 배추를 무칠 양념을 만든다. 1m 정도 되는 기다란 주걱으로 저어야만 가능한 양의 양념이다. 양념에 들어갈 갖은 채소는 며칠 전부터 준비하셨다. 배추에 양념을 무칠 어른들이 고무장갑을 들고 대문을 들어선다. 마당에는 지름이 1m가 넘는 동그란 빨간 대야 뚜껑이 바닥에서 20cm 정도 높이로 놓여 있다. 이 곳에 양념과 배추를 놓고 비빌 것이다. 그 주위에 동네 어른들이 자리를 잡고 앉으신다.

나는 이때쯤 등장한다. 반찬통 바리바리 싸 들고 들어가서 마루에 탑처럼 쌓아 놓는다. 양념은 만들어졌고, 마당에 놓인 큰 솥에는 젓갈대신 물이 끓고 있다. 가스레인지 위에는 돼지고기와 갖은양념이 담긴 큰 냄비가 놓여 있다. 내가 할 일은 절인 배추, 양념, 김치를 넣을 통을 제때 어른들에게 제공하는 일을 한다. 이제 만들어진 양념에 절인 배추 한쪽을 버무려 간을 본다. 난 배추김치 한 입을 먹어보면서 엄마가 젓고 있는 주걱을 받아 들고 힘껏 젓는다. 이제 장독대 평상 위에 낮고 넓은 산처럼 차곡차곡 쌓인 배추가 보인다.

"오메, 엄마! 배추가 산이네. 저걸 누가 다 먹어요. 언제 다 담고. 대체 몇 폭이여?"

"쬐끔만 했는디. 올해 배추가 폭이 꽉 차서 그래."

거짓말. 매년 김장 조금만 하라고 해도 120폭을 넘긴다. 엄마는 큰 동생과 함께 밭에 있던 배추를 따와서 손질하고 간해서 씻으셨다. 김장을 해 본 사람이 말한다. 배추를 씻어서 물기를 제거하는 것이 가장 힘들다고 한다. 엄마는 이걸 매년 자식들의 도움 없이 혼자 하신다. 가끔 지나가던 동네 어른들이 도와주신다고 하신다. 허리가 아파 제대로 펴지도 못하는 할머니가 다 된 엄마. 난 도와주러 와야지 했지만 항상 마음뿐이었다. 한 번도 배추를 씻은 적이 없다.

산처럼 쌓인 배추를 보면 엄마의 고단한 삶이 쌓인 것 같다. '힘들다, 힘들다.' 하시면서도 내 자식들 입에 들어갈 것인데 뭐 힘들게 있냐고 하신다. 자식들 입은 항상 무섭다. 그 입에 들어갈 것 때문에 아직도 엄마는 밭에 이것저것 자꾸 무언가 심으신다. 덕분에 엄마 허리는 더 아프고 더 굽었다. 이번에 담은 배추 120폭 중 엄마 몫은 몇 폭이나 될까?

엄마는 김장해서 우리 4남매 집에 보낸다. 큰엄마가 돌아가신 사촌 오빠네도, 막내 이모에게도, 동네에 사시는 분 중 김장을 하지 않으신 분에게도 보낸다. 엄마에게 김장은 그냥 배추김치가 아니다. 다른 사람에게 베풂이다. 고마운 사람들에게 전하는 고마움의 표시이다. 그동안 줄 게 없었는데, 자신이 수확한 채소들로 만든 최고의 보답을 하신다. 어디 김치뿐인가. 자식들에게는 시도 때도 없이 주신다.

"경아야. 동치미 담아놨으니 가져가."

"양파 가져가라. 사 먹지 말고 집에 들러서 가져가. 양파즙도 해놨으니 가져가, 고혈압에 좋단다."

"마늘 가져가라. 알이 잔 것은 장아찌 해 먹고."

"참기름이랑 들기름 담아놨으니 가져가. 고추장은 있냐?"

가끔 음식을 요리해서 먹으라고 밭에서 딴 채소를 주신다. 그러면 난 해 먹기 귀찮으니 안 가져가겠다고 했다가 엄마한테 또 한 소리를 듣는다.

"식구들 먹일 걸 하는 데 뭐가 힘들어? 쪼물쪼물 하면 금방 할 것을."

'난 힘들어, 하기도 싫고.'라고 말하고 싶은데 그만둔다. 엄마는 진짜 힘들지 않았을까 궁금해진 탓이다. 해가 넘어가 세상이 어두워질 때 들어와 부랴부랴 밥을 해야 했던 젊은 시절의 엄마는 힘들지 않았을까? 작은아들 온다고 김치 담고 오리탕 끓이고 반찬을 만드는 70대 엄마는 안 힘들까? 막내 딸내미가 온다면서 급하게 고구마 줄기 끊어다가 김치를 담으면서 정말 힘들지 않으셨을까? 엄마는 항상 식구들 먹일 것 하는데 뭐가 힘드냐고 하셨다. 요리하는 게 좋다고 하신 적은 없다. 좋아하지는 않지만, 식구들이 먹을 거라 힘드신 줄 모르고 하셨을 것이다.

엄마에게 자식은 어떤 존재일까? 부모에게 자식은 전생의 빚쟁이란 말이 있다. 엄마를 보면 그 말이 맞는 것 같기도 하다. 엄마는 자식에게 얼마나 빚을 졌기에 줄 수 있는 것은 그냥 주고 없는 것은 구해다 줄까?

사업을 시작했던 동생은 엄마를 닮은 듯했다. 쉬는 날도 쉬지 않았고, 이른 퇴근은 꿈도 꾸지 않으면서 일을 했다. 그렇게 10년 이상을 열심히 사업을 했건만, 사업을 접어야만 했다. 한순간에 많은 것을 잃은 동생에게 난 어떻게 도움을 줘야 할지 몰랐다. 동생은 집을 팔아 빚을 갚고 월세로 갔다. 나도 속상했지만, 엄마의 한숨은 나보다 더 깊었다. 하지만 엄마는 그 한숨을 길게 쉬지는 않았다. 동생을 불러 그동안 모은 돈이 들어 있는 통장을 내놓았다. 동생은 아이 셋의 아빠였고, 한 아내의 남편이었다. 아이들 학교도 보내야 했고 먹고살아야 한다. 동생은 받고 싶어 하지 않았지만 어쩔 수 없었다. 그렇게 엄마는 아들이 가장 필요한 것을 내놓으셨다. 그 돈은 엄마의 힘이고 당당함이었고 할머니 노릇을 하기 위한 무기였다. 엄마는 통장이 없어지자 조금은 의기소침해졌지만 이렇게 말씀하셨다.

"나 그 돈 하나도 안 아깝다. 생때같은 내 새끼 살렸는데 뭐가 아까울 게 있겠냐?"

엄마의 그 통장은 동생이 믿고 일어설 자리였다. 덕분에 동생은 빨리 자신의 자리를 찾아갔다.

큰 동생에게 엄마에 대해 글을 써보겠다고 말했다. 동생은 그 말을 듣자마자 말했다.

"누나, 엄마에 대해 무슨 글을 길게 쓸 필요가 있어요? 엄마 느낌표… 하면 끝나요. 그 안에 하고 싶은 말이 다 들어 있어요."

그렇구나! 너에게 엄마는 그런 존재였구나 하는 생각이 들었다. 엄마 느낌표…. 그 안에 들어 있는 동생의 마음이 뭔지 알 것 같다. 우리에겐 엄마는 그런 존재이다. 느낌표로 설명이 되는 존재. 엄마가 자식들에게 빚쟁이라면, 자식들에게 엄마는 그 빚을 줘서라도 은혜를 갚아야 할 존재였다. '엄마'라는 말속에는 가슴속에 올라오는 찡함과 함께 웃음이 있다. 코끝을 맹맹하게 하는 찡함은 감동이라고 말하고 싶다. 엄마는 고마움을, 엄마가 정성껏 가꾼 채소로 담은 김치를 가득 담아 전했다. 나는 무엇으로 엄마에게 고마움을 전해야 할까?

"언니, 난 엄마가 돌아가시면 통곡할 것 같아."

아빠의 부재를 가장 어렸을 때 겪었던 여동생이, 어느 날 이렇게 말했다. 나도 엄마가 없는 세상은 생각해 보지 않았다. 엄마는 항상 우리 곁에 있을 것 같지만, 아닐 수도 있다. 돌아가신 후 감사함을 전할 길이 없다. 이젠 어떻게 전해야 하나 고민을 하고 있을 시간이 없다. 열 개의 감사함을 전하지 못하면 5개만이라도 전하는 게 맞는 것 같다. 어떻게 전해야 할까? 우선 이렇게라도 전한다. 엄마. 그동안 너무 고생하셨고, 너무 감사합니다.

STORY

7

•

사랑하는 우리 엄마, 꽃 같이 어여쁜 엄마.

갑자기 길을 잃은 우리에게 따뜻한 사랑과 보살핌을 준 엄마.

당신이 나의 하나뿐인 엄마입니다.

새엄마지만,
내게는 세상에 하나뿐인
엄마

황소영

1

스물셋 그녀,
두 아이의 엄마가 되다

나에게는 엄마가 둘이다. '날 버린 엄마, 그리고 날 키워준 엄마.' 난 어른이 되면서 날 버린 엄마에 대해 생각해 본적이 별로 없다. 아니 기억하고 싶지 않았다는 게 더 맞는 표현일 것이다. 버려졌다는 유쾌하지 못한 기억을 상담을 공부하면서 마주하게 되었다.

서른아홉 즈음, 사진 치료 집단 상담을 할 때였다. 상담이 진행되는 동안 난 나의 생모와 헤어지는 순간을 마주하게 되었다. 안간힘을 쓰며 눈물을 꾹 참았다. '난 괜찮아. 그동안 잘 살았잖아.' 스스로에게 말하면서. 상담을 마치고 나온 나를 교수님이 불러 세웠다.

"괜찮니?"

"그럼요, 저 괜찮아요."

"아홉 살, 그 어린 소영이는 힘들었을 거야."라고 하시면서 나를 안아주셨다. 그 순간 참았던 눈물이 쏟아졌다. 나는 그 기억을 잊고 있었던 게 아니라, 너무 아파 나도 모르게 나의 무의식으로 밀어두었던 것이다.

내가 아홉 살 되던 무렵 유난히 파란 하늘이 예뻤던 날. 아무것도 모르고 신나서 학교를 다녀오던 길, 골목길 우리 집 대문 앞에 파란색 트럭이 세워져 있었다. 나는 한달음에 달려갔다.

"엄마 우리 이사 가는 거야? 엄마 어디 가는 건데? 나도 가는 거지?"라는 나의 물음에 나의 생모는 "나중에 보러올게."라는 한마디만을 남긴 채 떠났다.

부모님이 이혼이란 걸 하셨던 거다. 동생과 나는 갈 곳이 없었다. 우린 어쩔 수 없이 할머니 댁에서 살아야만 했다. 그때의 일 년은 나에게는 악몽과도 같은 시간이었다. 할머니는 생전 먹어보지도 못했던 김치죽 같은 걸 끓여주셨다. 못 먹겠다고 하니, 음식을 쏟아버리며 나에게 악다구니를 쓰셨다. 학교에 필요한 준비물을 사달라고 하면 돈이 없다고 사주지 않으셨고, 생모에 대한 입에 담지도 못할 욕을 하루도 빠짐없이 했다. 그때 나는 차라리 고아원에 가는 것이 더 낫겠다는 생각이 들었다.

하루하루 정말 지옥 같은 날을 보고 있던 어느 날 아버지가 어떤 여자와 우리를 만나러 왔다. 처음에 나는 그녀를 '언니'라고 불렀다. 언니는 수수하고 착해보였다. 언니를 만나는 시간이 마냥 좋았다. 맛있는 것도 사주고, 내 이야기도 들어주고, 그렇게 시간이 흐르다 나는 그 언니와 같이 살게 되었다.

언니가 나의 새엄마가 된 것이다. 엄마(이제부터는 새엄마가 아니라 엄마다. 나는 엄마가 한 명이니까)는 서울에 사는 이모 집에서 있으면서 야간 고등학교를 졸업하고, 출판사에서 교정하는 일을 했었다고 한다. 그러다 출판사를 하는 아버지를 만나게 되었다고 한다.

왜 아버지를 선택했는지 잘 모르겠다. 난 한 번도 엄마에게 '왜 아버지랑 살게 되었는지?' 물어본 적이 없다. 엄마가 얼마나 힘들게 살아내고 있는지를 보면서 내가 물어보면 혹시나 엄마가 떠날까 봐 두려워서였던 것 같다.

우리의 첫 시작은 서울의 한 변두리 달동네였다. 그 때 나에게 열 살 차이 나는 아기 동생이 생겼다. 대문도 제대로 없는 집에서 살았지만 나는 좋았다. 아기 냄새도 좋았고, 엄마의 살 냄새도 좋았다. 가끔 동생을 보면서 몰래 입속에 털어 넣었던 분유도 기가 막히게 맛이 있었다.

어느 겨울날, 엄마는 찬물에 손빨래를 하고 있었다. 그때 어디선가 두 명의 여자가 찾아왔다. 그 둘은 엄마를 향해 잔뜩 화난 얼굴로 말했다.

"너 여기서 뭐 하고 있는 거야? 집에 가자."

이모들이었다. 당장에 엄마가 하던 빨랫대야를 집어던질 듯한 기세였다. 나는 엄마가 이모들을 따라 집으로 갈까 봐 덜컥 겁이 났지만 아무것도 할 수 없었다. 돌이켜보면 그때 이모들은 얼마나 기가 막혔을까? 스물셋 나이 어린 동생이 아무도 모르게 애 둘 딸린 나이 많은 남자와 혼인

신고를 하고, 아이까지 낳고 살고 있다니.

스물셋의 나를 떠올려본다. 대학을 갓 졸업하고, 학원 강사를 하며 친구들을 만나고, 함께 책을 보고, 영화를 보고, 여행을 다닌다. 워홀을 가보겠다고 출근 전 새벽 영어학원을 다닌다. 참 꿈이 많았던 때였다. 그리고 이제 갓 스물넷이 된 내 딸을 본다. 대학을 졸업하고, 인턴을 하며, 이제 세상 밖으로 한 걸음씩 나아가려고 한다. 만약 내 딸이 지금의 엄마와 같은 선택을 한다면 나는 어떻게 할까? 당연히 이모들처럼 했을 것이다.

엄마의 스물셋, 나의 스물셋, 그리고 딸의 스물셋. 우리는 각기 다른 스물셋을 살았다. 엄마의 스물셋 청춘은 아버지를 만나고, 아이를 낳고 열 살, 여덟 살, 세 아이의 엄마가 되면서 더 이상 엄마는 꿈도, 자신의 시간도 없이 시들어 갔다. 그때는 엄마의 삶이 시들어가는 줄도 몰랐다.

아버지와 엄마는 밤낮없이 열심히 사셨다. 그 덕에 우리의 형편은 조금씩 나아졌다. 그 사이 나는 전학을 여러 번 다녔고, 새 학교에 갈 때마다 적응하는 게 쉽지 않았다. 5학년 때의 일이다. 무리 지어 다니던 친구들 중 한 명이 나에게 말했다.

"야, 너 새엄마랑 산다며?"

난 한마디 대꾸도 하지 못한 채, 신발주머니만 들고 집으로 왔다. 냅다 방으로 들어가 펑펑 울었다. '내가 새엄마랑 사는 게 어때서?' 우리 엄마는 동화 속의 콩쥐팥쥐나 신데렐라의 계모가 아닌데, 왜 난 새엄마라는 그 말에 아무 말도 못 하고 집으로 왔을까?

이혼하기 전 매일 싸우기만 했던 부모님, 그리고 할머니와 살면서 느꼈던 부당함과 온갖 구박, 어른에 대한 불신의 마음을 가졌던 나에게 믿을 수 있는 어른이 있다는 걸 알려주고, 내 편이 되어준 사람이 엄마인데. 왜 그때는 말하지 못했을까? 이제는 당당히 말할 수 있다. '그래, 우리 엄마는 새엄마야. 하지만 누구보다 나를 사랑하는 엄마라고.'

엄마는 울고 있는 나를 다독여 주셨고, 나에게 그런 말을 했던 친구를 데리고 오라고 하셨다. 별다른 말없이 떡볶이를 만들어 주시면서 우리가 시간을 보낼 수 있도록 해 주셨다. 엄마 덕분에 나는 그 친구와 제일 친한 친구가 되어 즐거운 기억으로 초등학교를 졸업할 수 있었다.

내가 울면서 학교를 안 가겠다고 했을 때, 엄마는 얼마나 당황스러웠을까? 스물셋 꽃다운 그녀는 어쩌다 세 아이의 엄마가 되어 울퉁불퉁한 흙길 같은 '엄마의 길'을 걷게 되었을까? 그 길에는 이정표도 없고, 지름길도 없다는 걸 알았을까?

2

엄마의 일기장

엄마랑 함께 살기 시작하면서 나는 좋은 일만 있을 줄 알았다. 형편은 조금 나아지는 듯했으나 아버지의 사업 실패로 우리는 또다시 내리막을 겪어야했다. 아직도 생생히 기억나는 건 어딘가 한편에 쌓여 있던 『ET』 책이다. 아버지는 당시 인기가 많았던 영화 〈ET〉를 모티브로 어린이용 책을 출판하셨다. 하지만 책은 잘 팔리지 않았고, 출판사는 문을 닫아야 했다. 아버지는 사업 실패의 좌절감을 있는 그대로 엄마에게 어린 우리에게 푸셨다.

술을 드시고 온 날이면 어김없이 심한 욕설을 하셨고, 살림살이들이 부서져 나갔다. 아무도 아버지를 말릴 수 없었다. 우리는 아버지가 잠들기만을 기다리는 수밖에 없었다. 하루하루가 힘들었다. 왜 우리는 아버지의 힘든 삶으로 인해 고통받아야 하는 걸까? 아버지에 대한 원망은 날이 갈수록 점점 커져만 갔다.

어느 날 커다란 서랍장 정리된 옷들 속에서 우연히 엄마의 일기장 비슷한 것을 발견했다. 정확히 어떤 내용이었는지 전부 기억나진 않지만, 보면서 울었던 기억은 선명하게 남아 있다. 혼자서 감당해 내야 하는 엄마의 삶의 기록들. 세 아이를 키우면서 어찌 해야 할지 몰랐던 답답함, 아내를 생각하지 못하는 가부장적인 남편에 대한 원망, 나이 드신 노모를 봉양하며 맏며느리 역할까지 해야 하는 처지들….

학교에 일기장을 내면 선생님이 도장을 찍어 주시면서 칭찬과 위로의 글을 적어주는 것처럼 나도 엄마의 일기장에 쓰고 싶었다.

'엄마, 힘들지, 그래도 어떻게 해? 난 엄마가 좋은데. 엄마에게 100점을 주고 싶어. 엄마는 100점 만점에 100점도 넘는 엄마야.'

일기장을 본 후 그리고 조금씩 철이 들면서 엄마가 안쓰럽기 시작했다. 엄마가 엄마의 새 삶을 찾아가도 되지 않을까란 생각이 들기도 했다. 나는 아버지 자식이니까 어쩔 수 없지만, 불쌍한 엄마를 이곳에서 벗어나게 해 주고 싶었다.

"엄마, 그냥 도망가! 내가 막내 돌볼게. 여기서 이러고 살지 말고 그냥 가."

"내가 어떻게 너희들을 두고 가니…."

"엄마, 우린 괜찮으니까 그냥 가."

엄마는 더 이상 아무 말도 하지 않고 울기만 했다. 그 뒤로 나는 엄마의 눈물을 본 기억이 별로 없다. 아마도 어린 자식들에게 자신의 '힘듦'을 내색하지 않으려고 애쓰셨던 것 같다. 엄마의 일기장은 그 누구에게도 말할 수 없는 고통의 기록이었던 것 같다. 난 아직도 일기장을 떠올리면 아프고 힘들었던 엄마의 삶이 고스란히 느껴지는 것 같아 마음이 아프다.

나이 어린 엄마는 그렇게 마흔이 되었고, 나는 결혼을 하게 되었다. 결혼식을 준비하던 중 남편이 나에게 이렇게 말한 적이 있다.

"새엄마인데 어떻게 그렇게 친해?"

"새엄마가 뭐야? 난 엄마가 한 명뿐이라고…."

난 남편의 질문에 발끈했다. 난 엄마의 사랑을 듬뿍 받은 딸이니까. 그냥 엄마랑 딸이다. 더 이상 무슨 말이 필요할까?

결혼식을 준비하면서 한 가지 걸리는 게 있었다. 엄마는 그때까지 결혼식을 올리지 못했던 것이다. 딸 결혼식을 핑계 삼아 엄마의 결혼식을 먼저 했다. 하얀 웨딩드레스를 입은 엄마 옆에는 스물일곱, 스물다섯, 그리고 열일곱 살의 삼 남매가 나란히 서 있다. 나지막이 엄마에게 마음을 전한다. '엄마 고생 많았어요. 고마워요. 이제는 꽃길만 걸어요.' 결혼식은 엄마의 힘들었던 삶에 작은 쉼표였다.

나의 결혼식 전 엄마는 남편에게 당부했다.

"이 서방, 소영이는 공부를 더하고 싶어 했는데 하지 못했어. 나중에 형편이 되면 공부할 수 있게 좀 도와주게."

어려운 형편으로 하고 싶었던 공부를 맘껏 할 수 없었던 딸에 대한 미안한 마음을 담은 것이었다. 엄마에 대한 고마운 마음을 나는 결혼식 전날 밤 아버지에게 대신 전했다.

"아버지, 어디 가서 아버지가 천사 같은 엄마를 만날 수 있겠어요? 우리가 이만큼 사는 것도 다 엄마 때문인 거 아시죠? 그러니까 엄마한테 진짜 잘하셔야 해요."

열 살짜리 꼬맹이를 만나 스물일곱 시집보낼 때까지 우여곡절도 많았지만, 엄마는 도망가지 않았다. 엄마라고 왜 떠나고 싶은 마음이 없었을까 싶지만, 묵묵히 자리를 지켜내셨다. 엄마는 삶의 의미를 자신에게서 찾지 않고, 엄마의 모든 것을 내어주며 우리를 키워 주셨다. 그런데도 딸에게 해준 것보다 못해준 것을 더 생각하셨다. 딸이 원하는 것을 조금이라도 더 할 수 있기를 바라는 마음으로 끝까지 사위에게 당부를 하셨던 것이다.

결혼을 하고 엄마가 되어보니 엄마가 얼마나 대단했는지를 새삼 알 것 같았다. 연년생 두 아이를 키우며 엄마에게 '엄마 아이 키우는 거 정말 장난이 아니야. 차라리 직장을 다니는 게 더 낫겠어.'라고 말한 적도 있다. 나보다 더 어렸던 스물셋 우리 엄마의 삶은 얼마나 버거웠을까?

이제는 엄마가 더 이상 힘들지 않았으면 좋겠다. 그 옛날 엄마의 일기장에 기록된 무수한 슬픔의 기억들이 더 이상 눈물로 남지 않았으면 좋겠다.

3

우울증이라는
마음의 병

둘째 동생이 결혼하던 날이었다. 화장실에서 올케 쪽 손님들이 이런 말을 했다.

'신랑 엄마가 너무 젊다. 본 엄마가 아닌가 봐.'

'그래요. 신랑 엄마 새엄마예요. 그게 뭐 어때서요?' 앞에 나서서 말하고 싶었지만, 꾹 참았다. 좋은 날이니까. 본 엄마가 뭐야, 엄마면 그냥 엄마지. 난 새 엄마라는 말이 참 싫다.

하지만 대한민국이라는 나라는 서류상 나의 엄마로 새엄마를 진짜 엄마로 인정해 주지 않는다. 가족관계증명서가 필요해서 서류를 뗀 적이 있었는데, 거기에 떡하니 나의 엄마 자리에 생모 이름이 올라가 있었다. 아버지를 기준으로 서류를 떼면 거기에는 아버지와 새엄마 그리고 막냇동생이 가족으로 나온다. 마음 한구석이 따끔거렸다. 그 서류 한 장으로 마음 밑바닥에 밀어 두었던 슬픔이 다시 올라왔다. 참 많이 미웠다. 아이를 낳고 키워보니 더 미웠다.

'어떻게 아이들을 버리고 갈 수가 있지? 그러고도 잘 살면 안 되는 거지?'

불쑥 올라온 원망의 마음을 떨치지 못하던 어느 날, 우연히 생모의 전화번호를 알게 되었다. 며칠을 망설이다 딱 한 번 생모에게 전화를 한 적이 있다.

"여보세요. ○○○씨 맞으시죠?"

"네, 누구신데요?"

"저 소영이에요."

"어떻게 전화했니?"

생모의 첫 마디는 '어떻게 지냈니? 잘 지냈니? 미안하다'는 그런 말이 아니었다. '어떻게 전화했니?'였다. 자식을 버리고 이십 년도 더 지나서 통화를 하는데 첫 마디가 '어떻게 전화했니?'라니…. 그러면서 아버지에 대한 날 선 원망의 말을 나에게 쏟아부었다.

그렇게 나는 생모에게 두 번 버려졌다. 아홉 살 내 눈앞에서 사라질 때, 그리고 그날. 그 후로 십 수 년의 시간이 다시 지났지만, 생모는 나에게 다시 연락하지도, 용서를 구하지도 않았다. 그날의 일은 또다시 나에게 상처로 남았다.

나의 이런 상처들을 보듬어 준 사람이 엄마다. 엄마는 우리를 버리지 않았고, 우리 삼 남매가 각자 사람 구실하면서 가정을 이루고 살도록 해

주셨다. 엄마는 늘 조용히 우리를 챙기셨고, 자식들이 아버지와 갈등이 생길 때면 중간에서 든든한 방패막이 역할을 하셨다.

　그런 엄마가 무너졌다. 막내가 결혼하고 얼마 되지 않아 엄마가 우울증에 걸렸다는 소식이 들려왔다. 한달음에 달려갔다.

　"엄마, 가자. 맛있는 거 먹으러 가자. 바람도 좀 쐬자."

　"아무것도 먹고 싶지 않아, 나가는 것도 싫고."

　"엄마 왜 그래? 자식 셋 다 잘 키워 놓고…."

　엄마는 그렇게 아무것도 하지 않으려고 하셨다. 억지로 엄마와 잠시 외출했지만, 엄마는 마음의 문을 열지 않으셨고, 우리는 긴 대화를 하지 못한 채 헤어졌다. 난 엄마 곁에서 별다른 도움 되지 못했다. 멀리서 산다는 핑계로 친정을 자주 가지도 못했고, 막 초등학교에 입학한 아이들을 두고 친정에 오래 머무를 수도 없었다.

　엄마는 막내의 결혼을 끝으로 힘들었던 시간의 마침표를 찍고 싶었는지도 모르겠다. 어쩌다 보니 세 아이의 엄마가 되어, 자식을 잘 키워야 한다는 일념으로 치열하게 살아온 엄마의 삶을. 아이 셋을 키우면서 흐린 날만 있지는 않았을 테지만, 엄마의 삶은 꽃길보다 가시밭길이 더 많았을 거고, 맘 편히 웃는 시간보다 남몰래 돌아서서 우는 시간이 더 많았을 것이다.

　언젠가 엄마가 우울증에 대해 이렇게 말한 적이 있다.

"우울증이면 어떤 줄 알아? 딱 죽고 싶은 마음이야, 아침에 눈 뜨는 게 지옥이거든. 밥을 먹어도 꼭 모래알을 씹는 것 같다니까."

엄마의 그 말에 나는 마음이 아팠다. 얼마나 힘들었을까? 내색하지도 못하고, 누구에게 말하지도 못하고….

두고두고 미안한 마음이 들어 그다음 해에 나는 엄마와 함께 온천여행을 계획했다.

"엄마, 우리 여행 가자. 아버지랑 이 서방 두고, 둘만 가자."

"네 아빠 때문에 어떻게 혼자 가니?"

"아니야, 이번엔 가족 여행 말고 모녀여행으로 가자. 친한 언니네 친정 엄마랑 같이 가기로 벌써 예약했어."

엄마는 여권을 만들었고, 우리는 일본으로 첫 해외여행을 떠났다. 가는 내내 혼자 계신 아버지 걱정을 하는 엄마를 보며, '엄마는 엄마의 시간, 엄마의 삶이 있기는 했던 걸까?'라는 생각이 들었다. 아버지를 생각하면 모든 것을 맞추어 주는 여자랑 살고 있으니 얼마나 다행인가 싶다가도, 엄마를 생각하면 남편 뒷바라지, 자식 뒷바라지, 거기에 시어머니 봉양까지 하며, 자신의 시간은 조금도 허락지 않은 삶이 안쓰러울 뿐이다. 여행하며 나는 그동안 궁금했던 말을 꺼냈다.

"엄마는 아빠랑 왜 살아?"

"내가 안 챙겨서 너희들한테 가면 어떻게 해, 그러니까 내가 끝까지 책임져야지."

참 엄마답다. 자식 셋 다 시집 장가보내고도 할 일이 남아 있다니. 난 엄마처럼은 못 살 것 같다. 하지만 엄마가 우리에게 주셨던 헌신과 사랑을 기억하면서 나도 반쯤은 엄마처럼 살아갈 수 있을 것 같다. 왜냐고? 나는 엄마 딸이니까.

엄마랑 나는 2박 3일 동안 집에 연락하지 않기, 우리만 생각하기로 약속을 하고 여행을 즐겼다. 첫날 묵었던 스기노이 호텔에서 우리는 잠자는 시간도 아까워 밤에 루프탑 수영장에 올라가 수영하며 야경을 즐겼다. 여행 다니는 내내 팔짱을 끼고 꼭 붙어서 다녔다. 같이 여행 온 일행들이 딸이 데리고 와서 좋겠다며 칭찬을 했다. 엄마의 어깨가 조금은 으쓱하지 않았을까? 그날만큼은 엄마에게 좀 기특한 딸이 되고 싶었다. 둘째 날은 스머프들이 사는 것 같은 아소팜 빌리지에서 작은 온천들을 구석구석 찾아다니며 즐겼다. 꼭 친구들이랑 여행 온 것처럼 즐거운 시간을 보냈다. 시간이 어찌나 빨리 가던지 아쉬움 가득이었다.

소녀처럼 눈을 반짝이며 꽃을 보고, 화산을 보고, 경치를 보고 감탄하는 엄마를 보면서 좀 더 빨리 가자고 할 걸 후회의 마음이 들었다. 여행을 마치고 돌아오는 길 난 참 많은 생각이 들었다.

열 살에 엄마를 만나 스물일곱 결혼할 때까지 그 많은 시간동안 엄마의 사랑을 받으며, 엄마의 눈물 속에서 자랐는데, 결혼 후 살뜰히 엄마의 안부를 챙기지도 못했던 나쁜 딸이었다. 미안한 마음이 밀려왔다. 쉽지 않은 삼 남매를 오롯이 혼자 키워내며, 얼마나 마음 아프고 힘든 시간들이 많았을까? 누구에게 말도 못 하고 홀로 지켜낸 엄마의 삶이 새삼 안쓰럽고 고맙다.

4

엄마와 한 걸음 멀어지다

며칠 전 친한 친구에게 전화가 왔다. 근데 그날따라 친구의 목소리에 에너지가 넘친다.

"뭐야? 무슨 좋은 일 있어? 목소리 좋은데?"

"나 휴가 다녀왔지! 친정엄마랑 언니들이랑 맛있는 거도 먹고, 친정엄마한테 에너지 충전해 왔지. 난 엄마 보고 오면 힘이 난다니까."

친구의 이야기를 들으며 나도 엄마와 가까웠던 시간들이 떠올랐다.

엄마에게 사랑받는다는 걸 무엇으로 알 수 있을까? 나도 한때는 엄마를 사랑한다고 생각했다. 하지만 다른 한편으로 생각해 보면 나는 엄마의 사랑을 받기 위해 무던히도 애쓰는 삶을 살았던 것 같다. 엄마와 소원해진 지 몇 해가 흘렀다. 자주 하던 전화도 안 한 지 오래되었다. 지난 몇 해 동안 추석이나 설 명절조차도 문자로 안부를 대신하기도 했다.

"소영아 인천(시댁이 인천이라) 왔니?"

"아니요. 이번 명절은 이 서방이 좀 바빠서 못 갔어요."

"소영아 인천 왔니?"

"저희 안 갔어요. 새해 복 많이 받으셔요."

"그래 너도 복 많이 받아라."

조잘조잘 한 시간씩도 통화를 하던 나는 왜 이렇게 되었을까? 한 통의 전화도 없이 그저 무미건조하게 문자로 안부를 나누게 되었을까? 엄마와의 서먹함의 시작은 몇 해 전 내가 엄마에게 돈을 빌려달라고 했던 그때부터였던 것 같다.

"엄마 나 돈이 좀 필요한데, 당분간만 빌려주면 안 돼요?"

"내가 돈이 어디 있어? 조금 가지고 있는 건 막내가 이번에 사업에 문제가 생겼다고 해서 거기에 써야 할 것 같아."

난 그간 엄마에게, 아버지에게 무엇인가를 요구한 적이 별로 없었다. 대학에 다닐 때도 학비를 벌면서 학교를 다녔고, 결혼도 내가 가진 것으로 했으니까. 결혼식을 올려주신 것만으로도 감사했다. 그때는 형편이 넉넉하지 않았기에 나는 이해할 수 있었다. 하지만 이번엔 상황이 달랐다. 서운한 감정이 올라왔고, 이런 생각까지 들었다.

'맞다. 막내는 엄마 아들이니까. 그렇지? 난 아니잖아.'

엄마를 엄마로 받아들인 그 긴 세월이 날아가 버린 듯했다. 한번 이런 생각이 올라오니 그간 서운했던 작은 일들이 물밀 듯처럼 밀려왔다. 친정집에 있는 막냇동생의 아이들 사진, 물고 빨고 조카들을 예뻐했던 아버지와 엄마의 모습. 내가 첫아이를 출산했을 때 '너 때문에 내가 이렇게 빨리 할아버지가 되었다.'라고 말씀하셨던 아버지의 모습. 난 그렇게 엄마에게 내 마음의 문을 닫았다.

내가 출산했을 땐 고작 하루 다녀가신 게 다였다. 엄마에게 연년생 두 아이가 버겁다고 해도 엄마는 한번 다녀가신 이후로 오지 않으셨다. 하지만 막냇동생이 아이들 낳고 나니 달라졌다. 엄마의 모든 스케줄은 막냇동생 내외와 함께였다. 그래서인지 우리 아이들도 외할머니, 외할아버지에 대한 정이 별로 없다. 아이들이 서먹해하는 모습을 보이면 나는 마음이 아프다. 그러나 막냇동생의 아이들은 달랐다. 늘 할머니 할아버지와 함께 있으니 사랑받은 티가 많이 났다.

세상에 나는 다시 혼자가 된 기분이었다. 아니 나이 마흔도 넘어서 이게 무슨 일이람? 한 해 두 해 시간이 흐르면서 엄마에 대한 애틋함은 서운함으로 바뀌었다. 더 이상 서로에게 안부를 묻는 애틋한 모녀는 없었다.

그렇게 한참 시간이 흐른 뒤 용기를 낸 적이 있다. 엄마에게 마치 아무 일도 없었던 것처럼 전화를 했다.

"엄마 나 주말에 서울 갈 일 있는데 잠시 들를게요."

"그래 알았다. 오면 연락해라."

그리고 나는 주말 서울에 갔고, 남편과 볼일을 마친 후 과일을 사들고 친정에 갔다. 엄마는 집에 안 계셨다. 다시 전화를 했다.

"엄마, 어디야? 우리 왔는데요."

"응, 오늘 막내 쉬는 날인데, 푹 좀 쉬어야 할 것 같아서 애들 좀 봐주고 데려다주러 왔어."

"네, 알았어요." 하며 딸깍 전화를 끊었다.

딸이 몇 해 만에 모처럼 오겠다고 하는데 좀 기다리면 안 되나? 서운함이 또 올라왔다. 그 길로 과일 상자를 아파트 현관문 앞에 두고 집으로 출발했다. 집으로 가는 도중 엄마에게 전화가 왔지만 나는 바빠서 그냥 내려간다고만 했다.

난 그날 엄마가 무슨 사정이 있었는지, 무슨 생각을 했는지 모른다. 아니 정확히 말하면 알고 싶지 않았는지도 모르겠다. 그냥 나는 엄마에게 '엄마 나 좀 봐주면 안 돼? 나 좀 사랑해 주면 안 돼?'라고 말하고 싶었는지도 모르겠다. 모처럼 내가 낸 용기는 이렇게 사라졌다.

나는 스물네 살인 딸과 친구처럼 지낸다. 서로 성향이 너무 다른 우리는 가끔 사소한 일로 잘 다투기도 한다. 딸을 키우면서 얘가 왜 이러지? 이해가 안 되는 순간도 많다. 딸도 나에게 가끔 엄마 정말 이해가 안 된다고 하기도 한다. 하지만 우리는 싸우고 나면 서로의 미안함의 정도에 따라 많이 잘못했다고 생각되는 사람이 먼저 사과하거나 사과하라고 한다. 그래서 오래 갈 수가 없다.

'나쁜 기집애, 엄마한테 잘못했지?'라는 나의 말에 딸은 '엄마, 미안하지? 그럼 사과해, 내가 받아 줄 테니까.'로 응수한다. 눈을 흘기며 이야기하는 내 딸이 나는 한없이 예쁘다. 대학을 졸업하고 인턴을 하면서 고생하는 모습을 보면 한없이 안쓰럽기도 하고, 때로는 '얼른 독립시켜야지.'하는 생각이 들다가도 내가 좀 더 해줘야 할 것들이 뭐가 있을까 생각하게 된다. 나는 그냥 내 딸이 내 딸이라서 예쁘고 사랑스럽다. 딸을 사랑하는데 여기에 무슨 이유가 더 있을 수 있을까?

오늘 책모임에서 나누웠던 『마흔에게』 중에서 이 문장이 떠오른다.

"지금의 내가 할 수 있는 일을 하면서 어떤 상태든 거기에 있는 것만으로, 살아 있는 것만으로 타자에게 공헌할 수 있다."

세상의 모든 엄마에게 당신의 자녀를 사랑하느냐고 묻는다면 모두 '예.'라고 대답할 것이다. 그리고 왜 사랑하느냐고 다시 묻는다면 그냥 '내 아이니까.'라고 대답할 것이다. 내 자식을 사랑할 이유가 자식이라는 존재 말고 거기에 무엇이 더 필요할까?

난 엄마의 딸이다. 그것도 엄마가 가장 의지했던 딸이었다. 나의 부탁을 거절했던 엄마가 나는 나를 사랑하지 않아서가 아니라고 믿는다. 한 번도 이때의 일을 엄마에게 말하지 못했다. 왜 나는 그러지 못했을까? 우리 딸이 나에게 하는 것처럼, 나도 엄마에게 그렇게 투정 부리고 싶지만, 나는 그럴 수가 없었다. 왜냐고 묻는다면 나도 잘 모르겠다.

언젠가 엄마에게 '엄마는 딸이 잘하던 전화도 갑자기 하지 않고, 집에 잘 오지도 않고 그러는데 왜 아무 말도 안 하셨어요?'라고 물은 적이 있다.

엄마는 그제야 속내를 말하셨다. '내가 어떻게 그래? 서운하고 마음 아파서 배신감도 들었지만, 말할 수가 없었지. 그래서 그냥 기다렸던 거야. 너희들이 내 맘을 알아줄 때까지.'

엄마와 나의 마음이 서로 다르지 않았다는 걸 알게 된 순간이었다. 맞다. 엄마도 나도 서로에게 서운한 감정을 표현하는 데는 익숙하지 않았던 것이다. 나도 우리 딸처럼 엄마에게 투정도 부리고, 애정도 마음껏 표현하고 싶다. 나는 이제 엄마에게 한 걸음 더 다가가려고 노력 중이다.

'엄마, 기왕 기다린 거 조금만 더 기다려줘요. 엄마는 누가 뭐래도 내 엄마니까.'

＊

5

엄마가 내 엄마라서
고마워요

엄마를 마음에서 밀어낸 지 꽤 오랜 시간이 흐른 것 같다. 이제는 엄마에 대한 내 감정이 정확히 어떤 건지도 잘 모르겠다. 그러던 차에 상담하면서 부모의 이혼으로 상처를 받고, 결국 엄마와도 결별을 선택한 내담자를 만났다. 나는 상담가라 다양한 사람을 만난다. 그 내담자는 남편의 사랑을 오롯이 받아들이지도 못했고, 결혼 생활도 순탄치 못했다. 상담하는 내내 나의 마음 한편이 아렸다, 엄마가 생각났다.

엄마가 생각났지만, 난 엄마에게 먼저 손을 내밀지 못하고 망설였다. 그런데 어느 날 엄마에게서 아버지가 주말에 동창회에 가서서 모처럼 혼자 있을 수 있는 시간이 생겨서 날 보러오겠다는 전화가 왔다.

'엄마가 나를 보러 온다.' 마음이 설레었다. '어디 가서 저녁을 먹을까? 엄마랑 뭐 하면 좋을까?' 이런 저런 생각이 들었다. 엄마를 기다리는 일주일 동안 엄마에 대한 나의 무수히 많은 감정들을 돌아보게 되었다. 그

중 가장 큰 감정 중 하나가 '그리움'이란 걸 알게 되었다.

　오랜만에 만난 엄마는 조금 어색했다. 반가운 엄마를 한번 안아보고 싶었지만 마음뿐이었다. 엄마와 저녁을 먹고, 단둘이 저녁 산책을 하고, 엄마와 나란히 침대에 누웠다. 먼 시간을 돌아 우리는 그날 늦은 밤까지 예전처럼 많은 이야기를 하다가 잠이 들었다.

　다음 날 아침 엄마가 봉투 하나를 주셨다. 봉투엔 '딸 고생했다. 너의 새로운 시작을 엄마가 응원한다'는 글이 적혀 있었고, 꽤 많은 돈이 들어 있었다. 순간 감사한 마음보다 미안한 마음이 더 들었다. 왜 내 망할 놈의 기억회로는 그동안에 좋았던 감정보다 서운했던 감정들을 더 오래 기억하게 했을까?

　엄마를 배웅하고 돌아오는 길 며칠 전 딸아이가 했던 말이 생각났다.

　'엄마, 엄마는 나한테 질 수밖에 없어. 왠지 알아? 엄마가 날 더 사랑하기 때문이야.' 난 그 말에 아니라고 부정할 수가 없었다. 난 무조건 우리 딸 편이니까. 엄마도 그러지 않았을까? 내가 엄마 딸이니까 내 편이지 않았을까?

　엄마랑 헤어지고 한 달 뒤 인사동에서 워크숍이 있었다. 워크숍보다 인사동 나들이가 더 기대되는 출장이었다. 서울 출장을 자주 다녀도 엄마에게 연락을 하지 않았지만, 이제는 한결 편하게 엄마에게 연락할 수 있었다.

"엄마, 나랑 인사동 데이트 어때요?"

"글쎄, 그날 되어 봐야 알겠는데."

"토요일인데, 무슨 일이 있는 거예요?"

"아니, 막내네 하루 쉬라고 애들 봐줘야 할 것 같아서."

여기서 감정이 또 쑥 올라온다. 갓난아이도 아니고, 초등학생인데, 주말까지 봐줘야 한단 말인가, 큰딸이 모처럼 서울 간다고 연락했는데…. '엄마에게도 나름의 사정이 있겠지? 날 더 생각하지 않아서가 아닐 거야.'라고 스스로에게 말하며 밴댕이 속을 다스려 본다.

워크숍 당일 오후 『그레이트 그레이』의 저자 지성언 님의 은퇴 이후 삶에 대한 강의가 있었다. 대기업을 퇴사하고, 자신이 원하는 인생 2모작 라이프를 있는 그대로 즐기고 있는 저자의 이야기를 들으며, 인생 후반전을 위해 고민하는 나를 다시 생각하게 되었다.

오십을 넘기면서 오롯이 나를 위한 무엇인가를 해보고 싶었다. 그런 내 안의 작은 꿈틀거림은 나의 일상에 작은 쉼표를 만들어 주었다. 하던 일들을 잠시 멈추고 몰타로 간 6개월의 어학연수가 그것이었다. 그렇다. 나는 나름 내 삶을 살고 있었다. 엄마도, 아내도, 며느리도 아닌 오롯이 나를 위한 시간을 가지면서.

하지만, 나는 한 번도 엄마의 나이 듦, 엄마의 오십, 육십에 대해서는 생각해 본 적이 없었다. 엄마는 어땠을까? 어린 나이에 어쩌다 보니 떠

밀려 두 아이의 엄마가 되고, 없는 집 맏며느리가 되었다. 엄마가 된 이후로 엄마의 시간은 오롯이 우리 가족을 위한 시간뿐이었다. 십 수 년을 편하게 친정 한번 다녀오지 못했고, 아버지와 같이 작은 공장을 운영하면서 제대로 된 엄마만의 시간을 한 번도 가져보지 못했다. 엄마라고 자신만의 시간을 갖고 싶지 않았을까? 모든 걸 다 내려놓고 싶지 않았을까? 그 힘들던 시간, 자신에게 주어진 짐을 다 버리고 싶지 않았을까? 하지만 엄마는 그 모든 것을 그냥 자기 삶으로 받아들였다. 난 왜 한 번도 엄마가 뭘 하고 싶은지, 뭘 원하는지 물어보지 않았을까? 내일은 엄마에게 꼭 물어보리라 이런저런 생각을 하며 늦은 밤까지 잠을 이루지 못했다.

다음 날 아침 노란 블라우스에 파란 가방을 메고 온 엄마를 만났다.

"엄마, 왜 이렇게 늦었어요? 조금 빨리 나오지?"

"네 아버지가 같이 온다고 했다가, 혼자 가라고 했다가… 그래서 좀 늦었어."

더 이상 말 안 해도 알 것 같았다. 아직까지도 엄마는 엄마 마음대로 살지 못하고 있다. 어디 한번 가려면 아버지의 눈치를 봐야 한다. 언제 쯤 엄마는 엄마의 시간을 마음대로 가질 수 있을까?

엄마는 인사동에 언제 왔었는지 기억도 안 난다고 했다. 엄마랑 단둘이 이렇게 시간을 가져보는 것도 언제였는지 나조차 기억이 없다. 엄마와 나는 오늘 제대로 시간을 즐기기로 했다. 작은 가게를 들르며 쇼핑부터 시작했다. 엄마에게 시원하고 예쁜 원피스 하나를 사주고 싶었다.

"엄마 맘에 드는 걸로 하나 골라 봐요."

"글쎄 마땅한 게 없네, 그냥 모자가 하나 살까?"

"아니, 돈 신경 쓰지 말고 하나 사라니까요?"

"난 됐어, 모자 하나면 된다니까, 네 거나 하나 사."

엄마는 이렇게 작은 것 하나도 자신이 먼저가 아니라 자식이 먼저인 사람이다. 왜 몰랐을까? 이런 엄마의 마음을, 왜 모른 척했을까? 이런 엄마의 마음을. 미안한 마음을 뒤로하고, 천상병 시인의 삶이 담긴 '귀천'이라는 작은 카페를 들어갔다. 여기 한번 오고 싶었다는 말을 하는 엄마의 모습은 들뜬 소녀 같았다.

"나 하늘로 돌아가리라

아름다운 세상 끝내는 날

가서, 아름다웠더라고 말하리라."

엄마는 지금까지 살아온 엄마의 삶을 어떻게 말할까? 벽 한쪽에 걸린 천상병 시인의 「귀천」을 잠시 읽으며, 엄마와 나는 '나이 듦'에 관한 생각을 나누었다. 훨씬 힘든 삶을 살았음에도 불구하고 엄마는 나에게 '넌 지금이라도 뭐든 할 수 있어. 그동안도 잘했고, 조급해하지도 말고, 너무 걱정하지도 말고, 즐겁게 살라'는 당부를 하셨다.

카페를 나와 작은 미술 전시회에 들렸다. 그림을 보는 엄마의 뒷모습을 사진으로 담았다. 영락없는 소녀의 모습이다. 엄마는 나중에 시간이 되면 그림을 한번 배워보고 싶다고 했다.

"엄마도 당연히 할 수 있지, 얼른 배워서 내 상담실에 걸 그림 한 장 그려주세요."

"어느 세월에, 할 수 있을까?"

"엄마 인생은 육십부터라고 하잖아요. 이제 딱 오 년 지났네, 이제부터 하면 되잖아요."

난 엄마가 그림에 관심이 있었는지 몰랐다. 엄마한테 너무나 무심했던 딸이다. 사는 게 변변찮아서 친구도 잘 만나지 않았다는 우리 엄마, 난 엄마의 딸이기도 하고, 엄마의 친구이기도 했다.

엄마와 헤어지며 오늘을 기억하기로 했다. 함께 갔던 카페, '여자만'이라는 남도 식당, 이름 모를 작가의 전시회까지…. 그리고 세월이 더 흐른 어느 날 다시 이곳에서 엄마와 오늘을 이야기할 수 있기를 소망해 본다. 그리고 엄마에게 나의 마음을 전해 본다.

그동안 진심으로 엄마를 많이 사랑하지 못해서 미안해요.

이제는 엄마를 다시 있는 그대로 사랑할 수 있게 되어 얼마나 다행인지.

엄마, 무엇보다 내 엄마로 살아줘서 고마워요.

·

딸에게 미안하다는 말을 건넨 엄마,

그런 엄마를 제대로 안아본 적 없는 딸이

엄마의 삶을 응원하며 씁니다.

엄마를 보면
괜히 눈물이 났다.

임주하

1

아버지 곁에 선 엄마는
어떤 삶을 원했을까?

시골에서 자라서 나는 시골이 좋았다. 특히 결혼하고 아이들이 어릴 때까지는 고향 가는 길이 불편하거나 싫지 않았다. 시댁 대문 너머로 보이는 논에 푸른 벼가 바람에 출렁이며 비릿한 물 냄새를 풍겨오는 것도 좋았고 다 자란 벼를 수확한 뒤의 허전한 논두렁도, 어디서 풍겨오는 매운 연기와 담 넘어 나무 위로 사라지는 겨울의 붉은 해도 좋았다. 친정에서 멀지 않은 시댁에 있으면 마음이 편했다.

부모님과 함께 살았던 시간보다 집을 벗어나 살게 된 시간이 세 배쯤 더 많아진 나이가 되고 보니 친정에서 기억은 더욱 희미해진 것 같다. 1년에 횟수로 많지는 않으나 명절과 휴가까지도 우리는 고향으로 차를 몰았다. 놀러 다니는 건 다른 주말에 가면 되는 거니까. 그렇다고 우리가 여행이라고 목적을 두고 다녔던 것은 손에 꼽을 일이다. 어찌 됐든 고향 가는 길이 나에게는 즐거운 일이었다. 양가 부모님을 한꺼번에 만날 수 있다는 것과 하나밖에 없는 며느리에 서툴다 보니 설거지만 하거나 다 준비된 전 부치기가 전부였으니 편할 수밖에. 아이들이 어릴 때는 연휴나 휴가 기간을 꽉 채워 보내고 왔다. 친정에서는 오직 하룻밤을 보내고 나머지 날들은 시댁에서.

　아버지는 늘 바쁜 분이었다. 지금도 마찬가지지만. 항상 아버지 스케줄을 확인하여야 했고 명절에도 우리의 인사를 받는 그 시간에만 주로 집에 계셨으니까. 물론 저녁에 주무시러 들어오시기는 하셨다. 아이들의 인사를 받고 복 돈을 주시고 잠시 앉아 계시나 싶었던 아버지는 금세 나갈 채비를 하시곤 했다. 아니 이미 나갈 준비가 된 상태로 우리를 맞으셨다. 친정에 와도 딱히 손님이 오는 것도 아니다 보니 오붓하게 우리만 있게 된다.

　그해 명절도 시댁에서 아침을 보내고 아버지가 외출하시기 전에 친정을 향했다. 도로에서 벗어나 마을로 향하는 길로 올라가는데 집 앞에 경찰차가 서 있는 것이 보였다. 명절에 웬 경찰차인가 싶었다. 무슨 일이 있는 걸까! 가만 보니 경찰차 지붕의 등도 꺼져 있고 시동도 꺼져 있는 것 같았다. 조용한 걸 보니 별일은 아닌 듯해 보였지만 명절에 경찰차가 집 앞마당에 와 있으니, 기분이 썩 좋지는 않았다. 시골 동네에 경찰차가 순찰을 다니는 것도 아니고 무슨 일이 있나! 우리 집 막내는 경찰차를 가까이서 보게 되니 걱정보다는 신나 보이는 표정이었다.

나는 엄마를, 아이들은 할머니를 부르며 마당에 들어서니 현관은 신발로 가득하고 사람들 소리가 들려왔다. 반겨 주는 사람 없이 직접 문을 열어 보니 경찰 제복을 입은 몇 분이 식사하고 계셨다. 이 명절에 경찰관들이 집에 와서 식사할 일이 있을까 싶은 나는 아버지가 무슨 일로 이 사람들과 집에서 식사하시나 하는 조금 불만에 찬 마음으로 인사를 했다. 그분들이 식사를 다 하고 가실 때까지 아이들은 안방에 들어가 있었고 남편과 나도 어정쩡한 태도로 있게 됐다. 나야 엄마 곁에서 그분들 식사를 봐 드릴 수 있었으나 남편은 마땅히 할 일도 없고 할 말도 없고 아이들이 있는 안방으로 들어가 버렸다.

아버지는 그분들과 나누던 대화 중간에 지나가듯 '왔느냐'는 인사를 하고 식사하시며 이야기 나누기에 집중하고 계셨다. 가까이 살아서 매일 들르는 것도 아닌데, 대답이 필요 없다는 듯이 왔느냐는 말 한마디 들으며 들어서니 친정집이지만 불편한 마음이 들었다. 썩 좋지 않은 마음으로 나는 엄마의 표정을 살피게 됐다. 명절에 무슨 일이 있기에 경찰들과 집에서 식사하시게 된 것일까. 나는 왜 몹쓸 의문을 가지는 것인지. 손님들이 가고 아버지도 놀다 가라며 한 번 더 간단히 인사만 남기고 나가신다. 그 뒤로 나는 설거지를 도우며 엄마에게 무슨 일인가 물었다.

"경찰차가 집 앞에 있어서 무슨 일인가 했잖아. 저분들 왜 오신 거야?"

"명절날 그 사람들 밥 먹을 데가 없다고 아버지가 집으로 오라 했단다."

엄마의 불만 가득한 말투와 표정을 보고 싶었을까. 내 기대보다 덜한 엄마의 억양과 기색에 놀랐다. 내 입에선 퉁명스러운 말이 튀어나왔다.

"아니 식당 없어? 우리 집 와서 꼭 먹어야 하는 거야?"
"명절 점심에 문 여는 데가 있어야지."

그렇다. 그렇게 큰 오일장이 있던 면 소재지였지만 명절에 문을 여는 식당이 없어 점심을 먹을 곳이 없는 시골이긴 했다. 나는 좋은 소리가 나오지 않았다. '어휴 참 아버지도. 명절에 딸네 식구들도 오고 엄마 혼자 명절 준비하느라 바쁘구먼. 장 보고 준비하는 걸 도와주지도 않으면서 꼭 이런 일을 벌이시더라.' 속으로 생각했다. 불만을 꺼내어 엄마와 한목소리가 될 줄 알았는데 엄마는 의외로 괜찮아 보였다.

'에휴 징하다야. 꼭 명절날 손님을 델꼬와야 쓰겠냐? 우리 집 아니믄 어디 밥 먹을 데 없을까 봐.'라고 볼멘소리를 하실 줄 알았는데 엄마가 괜찮아 보이니 내 기운도 가라앉았다. 당사자인 엄마가 그렇게 말씀하시니 나도 괜스레 화를 내려다 마음의 꼬리를 슬며시 내려놓았다. 그 후로도 계속 식사하러 오시는 건 아닐까 생각했는데 한두 번 더 오신 것이 전부였다. 물론 좋은 일이긴 하지만 꼭 당신이 해야 하는 일인지 항상 불만이었던 나는 엄마가 화를 표출하지 않은 것이 오히려 이상하게 여겨졌다.

아버지가 남 좋은 일을 하고 다니지만 정작 힘든 건 엄마였으니까. 일부러 사람들 찾아다니며 다른 사람 보증을 서 주라 부탁하고 당신이 책임지겠다고 해서는 오래도록 힘들었던 일도 있다. 평소 남의 일이라면 새벽부터 목청이 터지게 전화 걸어가며 일을 해결해주려 노력하는 아빠였다.

엄마의 의견은 반영된 적이 없었다. 모든 것은 아버지 생각대로 움직였고 엄마는 그저 아버지의 계획에 따라 움직여야 하는 사람처럼 보였다. 고된 노동을 하면서 정작 인정은 받지 못하고 살았던 엄마다. 아버지가 엄마를 다정히 대하던 기억도 없다. 그저 남들 있을 때나 웃으며 몇 마디 건네시는 모습을 보았을 뿐이다. 두 분의 그런 다정한 모습이 잠깐 아주 잠깐 스칠 때면 나는 상상하곤 했다. 우리 식구끼리 있을 때도 그런 모습 보는 것을.

나는 남편이 친구를 만나고 다른 일에 열심히 하면 투덜거린다. 식구들은 안중에도 없어 보이던 아빠가 생각나서. 엄마는 변하지 않는 그런 아빠 곁에서 반 백 년을 사셨다. 엄마가 아빠랑 살면서 기대했던 건 무엇일까? 그저 힘들어도 다정하게 말 한마디 건네주고 싸우다가 서로의 편이 되어주는 것 아니었을까? 손님이 있으니 이해하면서도 서운하다는 생각이 드는 건 그동안 아버지에게 느꼈던 감정 때문이라 생각한다. 명절 준비하려면 장 보러 간다고 말해도 신경도 안 쓴다며 투덜거리던 엄마가 이럴 땐 이해가 되지 않는다. 엄마는 아버지 곁에서 어떤 존재이길 바라셨을까? 엄마로서 여자로서 한 남자의 아내로서 당신의 입지를 확실히 하고 사셨으면 하는 바람이다.

2

엄마를 보면
괜히 눈물이 났다

누군가 잠든 모습을 지켜본 적이 있는가? 누구라도 잠을 자는 모습은 그가 깨어 있을 때와 다른 느낌이 든다. 특히 밉던 아이도 자는 모습은 너무 예쁘다.

나는 낮잠을 자는 사람이 아니었다. 낮잠을 자고 나면 피곤이 풀리고 개운하기보다는 자기 전보다 오히려 더 피곤하고 짜증스러운 기분이 들었다. 거기다가 무기력하고 우울해지곤 했기 때문에 낮잠을 잘 수가 없었다. 물론 전혀 안 잔 것은 아니었다. 편하게 자기보다 아주 불편한 자세로 잠을 청했고 회사에 다닐 때는 주로 화장실을 이용하곤 했었다. 변기에 앉아 두 다리를 모으고 머리를 무릎에 댄 채 잠깐 엎드리고 나면 혈액 순환이 되어서인지 머리도 맑고 잠을 깨우기도 좋았다. 그렇게 하면 사람들의 눈을 피하기에도 좋았다.

엄마는 밤에 잠이 들면 입을 벌리고 고개를 살짝 든 채로 넋을 놓은 듯 주무셨다. 코를 살짝 고는 숨소리를 내면서. 연세가 드시면서 피곤한 날은 그렇게 주무시곤 하셨다. 고향 집에 가서 잠을 잘 때는 거실에 아이들과 내가 나란히 눕는다. 나의 옆 한쪽 끝에 엄마가 함께 주무신다. 우리 집에 없는 텔레비전을 보느라 늦게 자는 아이들 때문에 가끔 그렇게 먼저 주무시는 엄마의 모습을 보게 됐다. 잠든 엄마는 항상 피곤하고 안쓰럽다. 주무시는 모습을 떠올리니 예전에 낮잠 자던 엄마의 모습이 생각났다.

큰 애가 초등학교 4학년 때쯤이었나. 남들은 방학하고 시골 할머니 집에 가서 오랫동안 놀다 오던데 우리는 그런 적이 딱히 없었다. 시댁에서 여러 날을 자도 친정은 겨우 하루 정도 자곤 했었다. 그때는 방학하고 무슨 일 때문에 갔는지 기억나지는 않지만, 시댁에 이틀 정도 있다가 신랑이 먼저 집에 올라가는 길에 아이들과 나를 친정에 내려주고 갔다. 딱히 일정을 잡고 간 것도 아니고 친정에 그렇게 오래 있을 생각을 하고 간 것도 아니었다. 하루 이틀 있다가 시댁으로 가서 남편이 오는 주말까지 있다가 다시 올라올 예정이었다. 아이들이 학원을 꼭 가야 하는 것도 아니어서 그냥 아무 계획 없었던 것인데 친정에서 5일은 더 있게 되었다.

겨울이면 농사로 바쁜 시기도 아니고 해서 엄마는 동네 몇 분과 함께 정해진 시간에 운동 삼아 걷기를 하고 오시곤 했다. 우리는 그 길을 따라 같이 운동하러 나가기도 했고 어떤 날은 내가 다니던 초등학교 등굣길을 따라 걸어보기도 했다. 그러다 어느 하루는 아무 곳도 안 가고 집에서 그저 늘어져 쉬고 있는데 엄마가 슬며시 거실 한쪽에서 주무시는 모습을 보게 되었다. 몸을 살짝 구부리고 옆으로 누워 자는 엄마의 모습이 눈에 들어왔다. 그냥 그 모습을 가만히 바라보게 되었다. 그러다 문득 엄마의 등 뒤로 가서 눕고 싶다는 생각이 들었다. 처음엔 그냥 생각만 했다. 어색했다. 그렇게 살갑게 엄마를 안아본 적이 없었기에. 그래서 망설여졌다. 혼자 상상을 해보았다.

'내가 등 뒤로 가서 엄마 곁에 누우면 어떤 느낌일까? 자던 엄마가 잠에서 깨실까? 자다가 등 뒤에 나란히 눕는 나를 느끼면 엄마는 어떤 기분일까? 엄마는 어떤 반응을 보일까?'

우리에겐 그런 시간이 없었기에 분명 엄마도 어색할 거라는 생각이 들었다.

그러다 또 이런 생각이 들었다. 오늘 아니면 언제 내가 엄마 등 뒤에서 엄마를 안고 누워볼 수 있을까? 나에게는 약간의 용기가 필요했다. 그래서 엄마 등 뒤로 가 누웠다. 엄마처럼 옆으로 누워서 엄마 곁에 다가갔다. 엄마 등 뒤에 가슴이 닿도록 가깝게 다가갔다. 그리고 팔을 올려 감았다. 엄마의 온기가 느껴졌다. 엄마는 분명 깊이 잠든 것 같지 않았다. 엄마도 가만히 계셨다. 무슨 생각을 하셨을까.

등 뒤에서 엄마를 안고 누워있으니 내가 어린아이처럼 느껴졌다. 학교 다녀와 살며시 엄마 등 뒤에 누운 아이처럼 말이다. 모습은 아이 같았으나 엄마의 체온 너머로 느껴오는 뭔지 모를 긴장감, 아니 어색함이라고 해야 할까?

우리가 등 뒤에 누워 안아보는 것을 엄청 용기 내야 할 만큼 어렵거나 불편한 모녀 관계는 아니다. 하지만 익숙한 행동이 아니라 어색했다. 엄마와는 다정하게 안고 서로 마주 보고 이야기도 하는 것이 보통의 모습인데, 사실 우리는 그렇게 서로를 살갑게 대해 본 적이 없던 것 같다. 대화할 때도 주로 몇 마디의 뻔한 이야기를 주고받는 것이 전부였으니까. 속 깊은 이야기를 꺼내면 듣기 싫은 아빠에 대한 원망을 듣게 되고 아주 가끔은 누군가에 대해 흉을 보는 엄마의 이야기가 별로 듣고 싶지 않았다.

나는 엄마를 오래 바라본 적이 없었던 것 같다. 그렇게 엄마를 오래 안아 보던 기억이 없다. 아이들을 키우고 나서야 부모님에게 표현해야겠다고 생각해 집에 도착했을 때와 헤어지며 마당에서 인사할 때 아이들에게 일부러 시키기도 했고 나도 한 번 안아드리는 것이 전부였다.

항상 농사일로 바빴던 엄마가 더운 여름 시원한 그늘이나 선풍기 바람에 낮잠을 주무시면 곤한 잠을 주무시기에 그저 그런가 보다 했던 기억만 있다. 몸을 움직여야 하는 농사는 미리 계획해도 날씨에 따라 같이 일할 주변 사람의 상황에 따라 일정이 바뀌기 마련이다. 그러다 보면 내 몸의 상태를 살피며 일을 할 수 있는 게 아니다. 마당에 살펴야 할 곡물들과 집안일이 가득한데 힘들고 아프다고 마냥 누워 있을 수는 없기 때문이다.

그렇게 바쁜 하루의 일상 중 달콤한 잠을 자며 피로를 이겨내던 엄마. 우리 자매보다 키가 큰 엄마는 여전히 꼿꼿해 보였다. 하지만 엄마의 등과 허리도 굽어갈 것이다. 세월의 흔적은 몸으로 드러나기 마련이다. 꼿꼿하던 외할머니가 대문 앞에서 넘어지신 뒤로는 꼬부랑 할머니가 되셨던 기억이 난다. 언젠가 엄마도 할머니처럼 허리가 굽어지겠지. 어쩔 수 없는 일이라 생각하면서도 가슴 한쪽이 시린 기분이다.

날이 다시 뜨겁다. 다시 여름이 왔고 점심때가 지난 시간, 그 겨울의 낮잠 자던 엄마의 등을 생각하니 오늘 우리 엄마는 어디서 어떤 모습으로 낮잠을 자고 계실까 생각해본다. 갑자기 울컥해진다.

3

엄마에게 필요한 딸이었으면

딸의 미역국을 끓이기 위해 마늘을 깠다. 엄마가 직접 기르고 거둬서 보내주신 바싹 마른 마늘 껍질을 벗겨냈다. 집에서 보내온 종이 상자 그대로 베란다에 두었다가 꺼내면 겉에 껍질이 바스락 소리를 내며 잘 벗겨진다. 미리 손질해서 냉동실에 얼려두면 편할 줄 알면서도 매번 그 일을 미루게 된다.

마늘을 다져 얼리지 않고 미루는 이유는 요리할 때 바로 까서 사용하면 그 향과 맛이 좋기 때문이다. 그래서 귀찮아도 즉석에서 손질해 사용한다는 핑계를 대본다. 그렇게 맛있는 마늘인데 손질해 냉동실에 얼리는 건 귀찮다면서 매번 나는 요리 직전에 껍질 벗기는 일이 번거롭지 않다고 느끼나 보다.

엄마는 밭농사 중 하나로 마늘을 심는다. 장에 내다 팔 만큼 양이 많지는 않지만 누가 필요하다고 하면 조금이라도 팔아 쌈짓돈에 보태려고 조금 더 심곤 한다. 이따금 이모들이 주변 지인의 부탁으로 엄마에게 전화해 마늘을 찾았다. 엄마의 마늘을 사겠다며 택배로 부쳐 달라고 하는 것이다. 그러면 엄마는 미리 싸두었다가 택배 기사를 불러 물건을 보냈다.

　내가 처음부터 엄마의 마늘을 팔아드려야겠다고 생각한 건 아니다. 아는 사람도 별로 없고 그런 주변머리가 없었기 때문이다. 결혼하고 아이들을 키우며 어느 정도 자리를 잡고 나서야 엄마도 딱히 팔 곳이 없는 게 보였다. 그리고 마침 막내 친구 엄마에게서 시 부모님이 직접 농사지으신 거라며 사과를 사겠냐고 연락이 왔고 그렇게 주변에 옥수수, 고구마, 감자, 양파 같은 농작물들을 팔아드리는 것을 보게 됐다. 나도 농사를 짓는 부모님이 계시기에 그 마음 이해도 되었고 필요한 경우 지인들의 농작물을 사주었다. 주변에서 구입해 보니 우리 부모님의 농작물을 얘기해도 되겠단 생각이 들었다. 하지만 살 사람이 먼저 알고 물어오는 것도 아니고 내가 직접 알려야 필요한 사람이 주문하게 될 터인데 그러기가 쉽지 않았다. 그래서 차라리 내가 엄마에게 용돈을 드린다고 생각하고 우리 식구에게 필요한 양보다 더 많이 보내 달라고 했다. 처음엔 그렇게 받은 마늘을 주변 지인들에게 인사로 나눠주기 시작했다. 마늘을 사게 된 지인도 그때 내가 준 마늘을 먹어보고 맛있다고 했다. 그렇게 매번 얻어 먹기 미안하다며 사고 싶다고 먼저 나서주어 팔게 된 것이다.

"언니, 언니네 어머님 마늘 살 수 있을까?"

내심 반가웠다. 엄마에게 마늘을 팔아 줄 상황이 생겼으니까. 이렇게 연락받고 물어보니 마늘은 이미 임자가 있다고 했다. 지인에게 괜히 미안한 마음이 들었다. 사겠다는 지인에게는 내 몫으로 받은 알이 작은 마늘을 나눠주었다. 그다음 해엔 마늘이 나오기 전부터 부탁해 왔다. 그런데 중간에서 연락하는 것이 나로서는 보통 불편한 것이 아니었다. 판매가 주업이 아닌 엄마는 물건 가격에 대해 정확히 얼마라고 제시하지 못했다. 그러면서 '주변 시세가 얼마인지 물어봐라, 도시에서 파는 것처럼 일찍 나오는 건 덜 말린 것이라 그렇다, 모양이 좋게 보이지만 종이 다르다'는 말을 늘어놓으셨다. 마늘에 대한 엄마의 자부심이 느껴졌지만, 지인은 지인대로 엄마가 얼마에 파실 건지 이야기해 달라고 하였다. 그렇게 가격만으로도 몇 번의 전화가 오고 갔다. 거기다 택배를 보내는 게 문제였다. 정해진 무게도 지켜야 하고 그냥 가마니 안에 마구 담아 보내는 것도 안 되니 상자도 구해야 했다. 그렇게 담으면 넉넉히 담을 수도 없어 두 군데로 나눠 담게 되고 그런 경우 택배비가 추가됐다.

무엇보다 지인이 마늘을 구해 달라고 해 전화를 했을 때 엄마는 생각보다 반가워하지 않았다. '아이고 잘됐다. 누가 산다 하든?'이라는 말이 들려오기보다는 그저 덤덤한 목소리였다.

"그래? 몇 접이나?"

그래서 '엄마가 팔고 싶은 생각이 별로 없으신가!'라는 생각이 들기도 했다. 마늘을 팔려고 하셨으면서도 막상 보내는 과정을 생각하니 전화기 너머로 짜증과 불편하다는 기색이 느껴졌다.

"아야~ 택배비를 받으면 가격이 비싸지고 어찌해야 쓸랑가 모르것다 야. 뭣을 잔 더 넣어주고 싶어도 무게가 있응게 넣을 수도 없고."

내가 잘못 느낀 것일까. 엄마의 목소리에는 귀찮다는 느낌이 묻어났다.

"집에 박스가 있어야제. 그것도 나가서 사와야지. 그냥 너한테 한꺼번에 보낼 테니께 니가 나눠서 줘라. 그럼 택배비도 덜 들고."

결국 엄마는 번거로움을 피하려고 우리 마늘과 함께 보내주었다.

마늘이 오는 날은 택배 상자로 베란다가 가득 찬다. 그렇게 엄마가 일일이 세어 보내면 내가 받아서 다시 세어 나눠주어야 했다. 그리고 가까이 사는 게 아니라 차로 가져다줘야 하는 번거로움도 있었다.

나만의 바람이었을까. 나는 엄마가 지인이 사는 거라서 좀 더 넉넉히 담아 보내주실 줄 알았다. 그런데 딱 몇 개 더 넣어 보내주시는 것이었다. 그래서 내 몫에서 더 넣어 보냈다. 이건 나의 오지랖인지도 모른다.

택배를 받아 상자를 열고 나눠 담으면서 먼지가 날리니 내가 이렇게 할 일인가 싶은 생각도 들었다.

그렇게 몇 해 마늘을 팔아드렸는데 이번엔 정말 귀찮으신지 그냥 없다고 하라는 것이었다.

"올해는 마늘 없다고 해라."

"왜 엄마. 누가 다 사가겠대?"

"아니, 박스도 구하기 힘들고 요즘 택배도 잘 안 와서 기다려야 하고. 에고 귀찮다야. 그리고 올해 마늘도 별로라 어떻게 될랑가 모르것다."

순간 짜증이 몰려왔다. 처음부터 별로 반가워하지도 않으셨다는 생각, 나도 중간에서 받아 먼지 날려가며 일일이 다시 세어 담고 남편에게 부탁해 가져다주고 했던 번거로움이 생각났다.

'에그, 처음부터 별로 반가워도 안 하시더니, 나도 중간에서 불편했는데 차라리 잘됐네.'라는 생각이 들었다.

"알았어. 그럼. 마늘 없다고 할게."라고 말하고는 아무렇지 않은 척 몇 마디 안부만 묻고 전화를 끊어버렸다. 전화를 끊고 나니 짜증이 몰려왔다. 내친김에 지인에게 전화를 걸어 알렸다.

"아이구 그래. 언니네 어머님 마늘이 진짜 맛있는데. 어쩌지."

괜히 나만 미안한 마음이 들었다. 마늘이 없다는데, 없어서 못 판다는데 그냥 그 사실을 전하는 것인데 그것을 말하기가 불편했다.

남들은 넉살 좋게 잘도 팔아 주고 아무렇지 않아 보이던데. 나는 마늘 한 번 팔기가 쉽지 않았다. 여기저기 이 사람 저 사람한테 팔아드리는 것도 아니고 유일하게 지인 한 명이 사주는 것인데 말이다. 하필 내가 전화한 그즈음 아버지 때문에 속상한 일이 있었거나 일 때문에 몸이 힘드셨는지도 모른다. 이해하면서도 엄마 마음을 달래드리지도 않았고 찬찬히 이유를 물어보지도 않았다.

다른 집 딸들은 친정에 가면서 부모님께 드리려고 음식도 만들어 가고 이것저것 챙겨가던데. 청소와 밭일도 도와드리고 힘든 시기마다 찾아가 일손을 돕기도 하던데. 그동안 나는 아이들 셋 키운다는 명목으로 그냥 가서 용돈만 드리고 왔다. 멀리 있으니 자주 가서 도와드리지도 못하면서 마늘 하나 팔아드리는 일로 마음이 불편하다. 오히려 일을 좀 줄이시거나 이제는 그만하셨으면 좋겠다고 생각한다. 자주 전화해서 살가운 말 한마디 하지도 않으면서 고작 마늘 하나에 짜증이 나다니. 언제 철이 들까 모르겠다.

4

인생이 그런 거지 뭐

우리는 살면서 설명해야 하는 것들이 많다. 내가 한 어떤 행동과 어떤 말에 대해서 그것을 하게 된 이유를 설명해야 하는 것 말이다. 하지만 말로는 설명이 안 되거나 할 수 없는 일들도 많다. 내가 원한다고 되는 것도 아니고 내 의도와는 다르게 흘러가는 일들도 많다. 그래서 '그게 그렇지 뭐.'라든가 '그게 그런 거지 뭐.' 하며 얼버무리기도 하는 것이다.

시골에서 태어나 자란 사람들 대부분은 어느 정도 나이가 되면 도시로 나가서 새로운 삶을 산다. 어릴 때 나는 왜 다들 고향을 버리고 가는지 이해가 안 되었다. 하지만 나 역시 중학교에서 고등학교를 지원하며 자연스럽게 타지에 나오게 되었다. 그리고 학교를 졸업하며 이유나 분명한 목표 없이 주변에서 이끄는 대로 서울로 올라오게 되었다.

도시로 나오게 된 데에는 엄마의 역할이 있었다.

엄마가 아팠던 것.

고등학교 3학년 초여름. 기숙사에 살았던 나는 주말을 맞아 집으로 갔
다. 논에는 물이 채워져 있고 작고 파란 모가 바람에 흔들거렸다. 누군가
낯익은 모습으로 허리가 조금 구부정한 채 논을 둘러보고 있었다. 나는
이모라고 생각했다. '갑자기 이모가 왜 왔을까!'라고 생각했지만 다시 보
니 엄마였다. 엄마가 아프다는 것과 수술을 위해 서울로 간다는 이야기
를 들었으면서 잊어버리고 있었던 무심한 나였다. 그러니 이모라고 생각
하지 않았을까. 엄마를 보자 미안한 마음이 들었다. 수술하고 덜 회복된
몸으로 모내기 한 논을 보고 계시던 엄마. 큰 수술을 받느라 힘들었을 엄
마는 이모라고 생각할 만큼 어딘가 달라 보였다. 대장에 문제가 생겨 큰
이모와 막내 이모부의 도움으로 서울 모 대학병원에 입원하게 되었다.
수술 때문에 올라간 서울이지만, 사는 이야기를 주고받다가 엄마 말에
나를 상경시키고 이모네 집에 머물게 하는 문제도 논의되었던 모양이다.

나의 도시 생활은 그렇게 시작되었다. 삶이 어찌 생각했던 데로 흘러
가기나 할까? 엄마는 나를 도시로 보내고 싶었을까? 엄마는 나를 보내고
어떤 생각을 했을까?

인생이 뜻대로 계획대로 된다면 참 좋겠으나 생각대로 되지 않은 것이
인생이지 않은가.

엄마가 아빠를 선택한 것도 시어머니를 모시게 된 것도 딸을 둘 낳게

된 것도 농부의 아내로 살게 된 것도 계획했던 일은 아니니까 말이다. 그러니 나를 서울에 보낸 것도 큰 언니 집에 맡기게 된 것도 엄마 계획에 있었던 것은 아니다.

이모네 식구도 많았다. 딸 넷에 둘째 언니만 시집을 갔으니 내가 들어가 딸이 다시 네 명. 네 명이 겨우 누울 공간에서 생활했으니, 개인의 사생활이 있었을까. 이모부는 현장 일을 하시는 터라 가끔 집을 비우셨다. 방이 여럿인 것도 아니고 살림이 넉넉한 것이 아님에도 나를 머무르게 해주셨다. 그 덕분에 나는 따뜻한 밥을 먹으며 도시 생활에 적응해 갔다.

딸을 맡긴 부모 마음은 얼마나 어려웠을까. 어찌 보면 예민했던 나를 멀리 보내고 엄마의 마음이 편했을지도 모르겠다는 생각도 들지만, 엄마는 마음이 쓰였을 것이다. 언니네 집에 딸을 맡겼으니, 엄마로서는 아버지가 곡식은 말하지 않아도 보내줄 거라고 기대했을 것이다. 아버지 곁에서 어떤 것도 보내기가 쉽지는 않았을 엄마. 신경 쓰지 않는 모습에 불만이 생겼지만, 그래도 어쩔 수 없이 엄마가 할 수 있는 한 쌀과 갓김치와 김치를 보내왔다. 생활비를 보내주는 것도 아니었으니 나는 그야말로 몸만 들어가 이모네 식구들도 북적거리는 방에 기거했다. 그 시절이니까 가능했다고 생각한다. 지금 생각해 보면 나는 참 철이 없었다. 그랬으니 또 그렇게 살았는지도 모르겠다. 엄마에게 전화해 힘들다고 하든가 따로 나가 살게 해 달라는 그런 말을 한 적이 없다.

2년 후 이모 집이 재개발에 들어갔고 우리는 모두 다세대 주택으로 이사를 했다. 그때 나는 또 별다른 생각 없이 당연하다는 듯이 이모 식구들을 따라 이사를 했다. 내가 따로 살겠다고 하지 않으니 나가라고 할 수도 없었을 이모. 여태 같이 살았는데 독립할 여건도 되지 않는 나를 내보낼 마음도 없었을 이모. 그 당시 이모 집이 이사 비용이며 경제적으로 얼마나 어려웠는지 큰 언니는 내가 취업해 겨우 모은 백만 원 조금 더 되는 돈을 보태 달라고 했다.

다세대 주택에 이사해 살고 있을 때 엄마가 올라오셨다. 그때 엄마는 나에게 미안하다고 했다. 화장실에 함께 씻으러 들어가면서 엄마는 나에게 마음을 전하고 싶었던 것이 아닐까. 밖에서 누군가 들을까 조용한 목소리로 "엄마가 미안하다…. 엄마가 아프지 않았으면 이런 일이 없었을텐데." 엄마가 하는 말을 이해한 나는 얼른 "아이고 괜찮아. 엄마가 일부러 아팠나."라며 엄마에게 안심시키고 서둘러 양치했다.

엄마가 미안하다고 했던 것도 모든 일이 뒤엉켰다는 생각인지도 모른다. 내가 다른 곳에 방을 얻을 만한 돈을 보태줄 상황이 안 된 엄마. 아빠가 해줄 수 있었음에도 나 몰라라 했다고 생각하는 엄마. 이사를 해서도 내가 그곳에 보호받고 있음을 알면서도 그렇게 계획도 없이 나를 올려보내야 했나 고민했을 엄마. 엄마도 어떻게 하지 못할 처지였음에도 그때 아프지 않았더라면 내가 다른 길을 찾아가지 않았을까 생각해 보았을 엄마. 아마도 일찍 엄마 품에서 떠나보내고 한쪽 구석이 아리게 느꼈을지도 모를 엄마의 마음이 헤아려진다. 사람 마음이라는 게 그렇다. 나도 엄마도 누군가를 탓하려는 게 아니다. 그저 좀 더 나은 상황을 만나지 못했던 것이 아쉬운 것이다. 그날 화장실에서 내게 미안하다고 속삭이듯 말하던 엄마의 마음이 전해 온다.

"괜찮아 엄마. 엄마 덕분에 철없던 내가 세상을 많이 배웠잖아. 인생이 그렇지 뭐. 내가 아이 셋 낳고 이렇게 잘 살 줄 누가 알았겠어. 고마워 엄마."

5

될 수 있는 것과
할 수 있는 것

딸아이가 어느 날 내게 이런 질문을 했다.

"그럼, 엄마는 학교 다닐 때 선생님이 하는 말을 그냥 다 믿었어?"

"응~ 그때는 그냥 그런가 보다 했지. 선생님께서 말씀하시면 의심하거나 질문을 하기보다 별생각 없이 그냥 그런가 보다 했지. 물론 안 그런 친구들도 있긴 했지만. 극히 드물었던 거 같아."

"으응? 정말? 어떻게 그럴 수가 있지? 아니 선생님이 하는 말을 그대로 다 믿었다고?"

"응. 그때는 그랬지. 뭐. 말대꾸한다고 혼나고. 말대답한다고 뭐라 하니깐. 그리고 그래야 하는 줄 알았지. 뭐."

자꾸 물으니 정말 나는 그때 왜 그냥 그대로 믿었었나 하는 생각이 들었다.

우리 세대도 대부분 별다른 생각 없이 어른들 말이 그냥 그런가 보다 하며 지냈는데. 엄마 세대는 어땠을까. 엄마 세대는 자신이 하고 싶은 것이 무엇인지 생각해 본 적 있을까? 여자들은 그저 집에서 농사짓는 일이나 돕다가 선 들어오면 시집 잘 가는 것 말고는 딱히 다른 방법이 없었을 것이다. 그렇지만 그 안에서도 꿈틀대는 내면의 소리가 분명히 있었을 터인데. 그것을 어떻게 해소하셨을까?

엄마가 학교 다니던 시절 이야기를 들어보면 마을과 가깝지 않아 외삼촌 댁에서 지내며 걸어서 학교 다녔다고 했다. 우산이 없어서 비를 흠뻑 맞고 다녀온 날도 풍로를 사용하거나 불을 피워 직접 밥을 해 먹었던 생활. 그런 여건이라도 학교 다니고 싶었던 엄마. 상황이 좋지 않아 하고 싶은 게 있어도 말을 꺼내기도 쉽지 않았을 것이고 주어진 것이라도 챙기기 바빴을 것이다.

요즘 학교와 학원 다니며 숙제하고 공부한다고 집에서 청소라도 하는 아이들이 얼마나 있을까? 내 딸을 봐도 요새 아이들은 참 편하고 경험할 수 있는 것도 많아 좋겠다는 생각이 드는데 우리 엄마는 나를 보면서 그런 생각이 들지 않았을까 문득 궁금했다.

몇 년 전에 아이들 초등학교에서 1인 1 악기로 바이올린을 하게 되었다. 그때 도우미로 참여하게 되었는데 학교에서 엄마들에게도 악기를 무료로 가르쳐 주었다. 그 기회를 통해 어렵다는 현악기 배우는데 도전하게 되었고 선생님의 도움으로 큰 무대에도 설 수 있었다. 무대에 서기 위해 연습했던 날, 무대에 올랐던 경험은 감격스러울 정도였다. 나는 그 경험이 너무 좋아 엄마에게 자랑하고 싶어 한 시간 동안 경험담을 털어놓기도 했다. 조용히 듣고만 있던 엄마는 이렇게 말했다.

"그래 잘했다. 뭐라도 배우면 좋지. 느그 아빠가 맨날 하는 말이 있잖아. 놀지 말고 여자도 뭐든 배워야 한다고. 잘했다."

인문학 수업에서 본보기를 찾다가 모지스 할머니를 알게 되었다. 76세에 처음 그림을 그리기 시작해 100세를 넘겨서도 왕성하게 활동하신 모지스 할머니. 그림을 그리기 전에는 아이들을 다 키우고 자수를 놓아 선물하곤 했다고 한다. 그러다 관절염 때문에 그림으로 취미를 바꾸게 되었다는 그분을 보면서 엄마도 충분히 도전해 볼 수 있지 않을까 하는 생각을 해본다.

텔레비전이 거실에 없는 우리 집에 오면 엄마는 신문도 보고 책도 읽는다. 노안으로 돋보기를 끼고 꽤 오랜 시간 읽는 모습을 보면 엄마도 이런 도시에 살면서 문화생활을 하면 어떨까, 생각해 본다. 시골에도 다양하게 준비되어 있지만 교통이 불편하고 아버지 눈치가 보여서 쉽지 않다.

철없고 고집쟁이인 저 딸이 어떻게 살기는 할까, 했는데 결혼도 하고 애도 셋이나 낳아 잘 사는 걸 보면 '어휴~ 저렇게 사는 거 보니 다행이 네.'라고 엄마는 안심하고 계시겠지. 그런데 한편으론 이런 생각도 들지 않을까. 나도 지금, 이 시대에 태어났으면 어땠을까? 나도 저렇게 알콩 달콩 살면서 편하게 누리면 좋겠다는 그런 마음이 들지 않을까. 솔직히 나야 큰 어려움 없는 결혼 생활과 아이들을 키우고 있어 모르겠지만 우리 부모님 세대는 그런 생각이 많이 들 것 같다. '너희들 참 부럽다.'

아이들과 대화해 보면 참 논리적이고 또박또박 대답도 잘한다. 자기 생각도 분명하고 공부와 학교생활도 어쩌면 그리 똑 부러지게 잘하는지. 나는 그런 아이들이 부럽더라. 내 생각이나 기준 없이 때에 맞춰 상황에 따라 지내온 것 같은데 무엇을 해야 하는지 어떻게 나아가야 하는지 나 보다 더 잘 알고 찾아가는 아이들이 부럽더라.

누군가 말에 그것이 과연 옳은 것일까? 나는 어떻게 생각하지? 그게 그렇다고? 그렇더라도 나는 이렇게 하고 싶어. 이렇게 할 거야. 이렇듯 질문을 던지고 내가 가고 싶은 방향을 고민하고 찾아가는 시대를 만났더 라면 엄마는 좀 더 나은 삶을 살 수 있지 않았을까. 그렇다면 엄마는 어 떤 삶을 꿈꿀까. 지금 무엇이든 다 이룰 수 있다면 제일 먼저 무엇을 하 고 싶을까 궁금하다.

우리가 할 수 있는 것은 무엇이고, 될 수 있는 것은 무엇일까. 할 수 있는 것과 될 수 있는 것은 무슨 차이가 있을까. '하다'는 행동이나 상태를 말하고 '되다'는 다른 것으로 바뀌거나 어떤 때나 시기, 상태에 이름을 뜻한다. 그렇다면 '할 수 있는 것'을 찾아 행동하면 무언가 다른 상태에 이른다는 '될 수 있는 것'을 찾지 않을까.

엄마도 엄마가 할 수 있는 일을 찾으셨으면 좋겠다. 평생 해오던 몸으로 하는 농사 말고 다른 것을 말이다. 예전에 잠깐 합창단을 다니다 코로나로 중단하게 되셨다는데 그런 것처럼 몸이 힘들지 않으면서 삶을 즐겁게 해주는 일을 찾는다면 응원해 드리고 싶다. 그동안의 삶을 글로 표현해 보시라고 추천하고도 싶다. 글을 쓰다 보면 당신 안에 있는 오래 묵힌 화도 꺼내어 해소할 수 있지 않을까. 모지스 할머니처럼 그림을 그리시는 것은 어떨까. 그렇게 할 수 있는 것을 찾아 행동하다 보면 엄마도 원하는 무언가가 생길 것이고 될 수 있지 않을까.

STORY

9

"내가 낳은 자식인데… 동물도 제 새끼는 버리지 않아."
자식을 지키기 위해 기꺼이 인당수에 뛰어든 엄마.
고단한 삶을 이겨내고 엄마에게도 봄이 왔다.

나는 엄마의 딸이자
열렬한 팬이었다.

최제인

1

억척 순이 우리 엄마

엄마는 개그우먼이었다. 익살스러운 표정과 웃긴 목소리로 어릴 적 나와 동생의 배꼽을 빼놓는 재주가 있었다. 엄마는 울음을 웃음으로 바꾸고, 화난 표정을 웃는 표정으로 바꾸는 마법을 부릴 만큼 유머 감각이 좋았다. 나는 늦잠 자는 아들들을 깨울 때, 발가락으로 뱃살을 꼬집곤 한다. 엄마는 이 방법으로 나를 깨우곤 했는데, 손가락으로 간질간질 간지럽히는 것 같았다. 내 기억 속에 엄마는 개그우먼처럼 장난도 잘 치고 유쾌한 사람이었다. 나는 평소에도 아이들 앞에서 웃긴 표정을 짓고 장난치는 것을 좋아한다. 아이들과 표정 놀이를 하고 웃긴 영상을 흉내 내며 노는 게 참 즐겁다. 말수가 적고, 점잖은 남동생과 비교했을 때, 아마도 내가 엄마의 개그 유전자를 온전히 물려받은 것 같다.

'평범하게 사는 게 제일 힘들다.'라고 누가 말했던가. 인정하기 싫을 정도로 밉살스러운 입방정이다. 1987년, 우리 집은 가세가 크게 기울어졌다. 신문에서 매일 다뤄졌던 빚보증 관련 기사는 남 일이 아니었다. 청천벽력 같은 날벼락에 엄마는 급하게 일자리를 구해야 했고, 그 과정에서 나와 어린 동생은 걸림돌이었다. 돈은 벌어야지, 애들은 봐줄 사람이 없지, 말 그대로 엄마에겐 진퇴양난이었으리라. 요즘처럼 학교나 유치원 내에서 아이들을 돌보아 주는 제도가 있었다면, 엄마는 그런 극단적인 결정을 하지 않았을 것이다. 엄마는 자식과 생이별을 결심했고, 9세, 6세 살붙이들을 보육원에 보내려고 했다. 그때의 순간만큼은 모든 걸 위하는 해결책이라 생각했을지 모른다. 엄마는 고백했다. 너희들을 보육원에 보냈다면, 더 힘들고 더 괴로웠을 것이라고. "내가 낳은 자식, 내가 건사해야지, 동물들도 제 새끼는 버리지 않아."라며 마음을 바꾼 그 순간을 이야기했다. 엄마는 나와 아무렇지 않게 편히 마주하고 있는 것이 뿌듯하듯, 딸과 함께 늙어갈 수 있음에 감사하듯, 엄마의 목소리엔 힘이 있었다. 그렇게 엄마는 암담한 현실 앞에서 모성을 선택했다. 아버지를 위해 심청이가 인당수에 뛰어든 것처럼 엄마는 자식들을 지키기 위해 억척스러운 삶 속으로 자신을 내던졌다.

엄마가 일을 다니기 시작하면서, 엄마 역할의 일부가 내 몫이 됐다. 만약 내게 선택권이 있었더라도 선택할 수 없는 여건이었음을 나중에 자연스레 알게 되었다. 내 할 일은 엄마가 퇴근하고 오기 전까지 동생을 돌보는 것. 엄마가 시킨 대로 학교 끝나고 곧장 동생을 유치원에서 데리고 왔다. 평소에도 휘젓고 다니며 놀던 작은 시골 동네라 어렵지 않았다. 그리고 엄마가 차려 놓고 간 점심을 먹었다. 그 당시 급식 제도라도 있었으면, 출근하는 엄마도 편했을 것이요, 동생과 점심을 챙겨 먹어야 하는 내 수고도 덜었을 것이다. 그때는 토요일에도 4교시까지 수업이 있던 시절이었다. 하루하루가 지날수록 9살이 감당하기엔 엄마의 빈자리가 너무 컸다. 엄마는 이미 알고 있었는지 모른다. 자식들이 느낄 엄마의 공백과 어린 딸이 가질 부담감을. 저녁을 먹을 때면, 아이들과 함께하지 못한 시간을 챙기듯, 저물어 가는 하루가 아까운 듯, 엄마는 자식들과 많은 이야기를 나누려고 애썼다. 그 속도 모르고 나는, 엄마 앞에서 종알종알 있었던 일을 신나게 이야기했다. 엄마가 내 이야기를 들어주는 시간이 너무 좋았다.

점심 먹고 밖에서 살다시피 놀던 내가 집에만 있으려니 죽을 맛이었다. 동생을 돌보는 것보다 집에만 있어야 한다는 게 너무 힘들었다. 한번은 친구들이 같이 놀자고 집으로 찾아왔다. 부단히 참았던 것들이 한 번에 무너졌다. 나는 망설일 것도 없이 낮잠 자는 동생을 집에 두고 친구들과 함께 밖으로 나갔다. 나는 새장 밖으로 나온 새였으며, 그물에서 탈출한 물고기였다. 정신없이 노는 사이, 잠에서 깬 동생이 울며불며 온 동네 나를 찾아다녔고, 동생을 데리고 온 동네 아줌마에게 크게 꾸지람을 들었다.

시간은 서서히 나를 철들게 했다. 누가 시키지 않아도 마른빨래를 걷어 놨고, 엄마가 늦는 날은 손수 이불을 깔고 동생을 재웠다. 엄마는 집안일 같은 건 하지 말라고 했지만, 엄마가 고된 삶 속에서 죽을힘을 다해 버티고 있다는 것을 나는 본능적으로 알고 있었다. 하루는, 엄마가 자려고 누워있는 내 옆에 앉아 내 다리를 주물러주었다. 엄마는 나에게 '동생을 잘 돌봐 줘서 고맙다.'라고 나지막하게 말했다. 나는 못 들은 척 고개를 돌렸다. 참을 수 없는 눈물이 흘렀고 나는 닦을 수가 없었다. 내가 우는 걸 알아차릴까 봐, 딸에게 더 미안할까 봐, 나는 조용히 자는 척을 했다. 엄마는 말없이 그저 내 등을 토닥토닥 두들기고 쓰다듬어 줬다. 이유는 모르겠다. 그때 난 엄마가 힘들면 우리를 버릴지 모른다고 생각했다. 내가 더 노력할 테니 엄마와 헤어지지 않게 해달라고 마음속으로 기도했다.

엄마의 하루는 남들보다 길었다. 엄마는 잘 시간을 쪼개 가며 틈틈이 부업을 했고, 주말에는 도배 연장을 허리에 차고 현장을 나갔다. 어디를 놀러 갈만한 형편도, 시간적인 여유도 없었던 삶 속에서도 엄마는 쉬는 날엔 큰삼촌 집에 있는 외할머니를 보러 갔다. 할머니를 보러 간다기보다는 할머니 목욕을 위해 간다고 하는 게 맞겠다. 노인을 목욕시키는 게 보통 일이 아니라는 걸 봉사활동을 하며 알게 되었다. 고2 때, 꽃동네에서 할머니 목욕을 도운 적이 있다. 성인 봉사자 3명이 할머니 한 명을 씻기는데도 정말 힘들어했던 모습이 기억난다. 엄마는 홀로 외할머니를 씻기며, "엄마 시원해?", "엄마, 오늘은 뭐 했어?"라며 계속 말을 걸었다. 중풍으로 말을 할 수 없다는 걸 알았지만, 할머니 앞에서는 그저 살가운 딸이었다. 나이가 들었어도 외할머니에게 엄마는 딸이었다. 할머니 머리 카락을 말리다가 젖은 수건에 얼굴을 푹 감싸고 우는 엄마를 본 적이 있다. 그 누구에게도 말하지 못하는 마음의 응어리를 엄마는 자신의 엄마 앞에서 눈물로 털어놓고 있었다. 외할머니는 우는 딸에게 가슴으로 위로 하고 있었는지도 모른다.

어릴 적, 엄마의 거친 손바닥이 내 등을 긁어줄 때면, 엄마에게 더해 달라고 졸랐던 적이 있다. 엄마의 손길도 좋았지만, 엄마표 등 마사지는 참으로 시원했다. 엄마의 손이 거칠어질수록, 굳은살이 늘어 갈수록, 우 리 집안 형편은 점점 나아졌다. 이제 엄마는 거칠고 주름진 손으로 손주 들의 등을 시원하게 긁어 준다. 손자들이 할머니에게 더해달라고 조르 는 모습을 보면 나도 그랬던 기억이 떠오른다. 엄마의 거친 손은 엄마의 책임감이자 희생의 흔적이다. 엄마는 자식을 지키기 위해 본인을 희생했 고, 삶이 힘들어도 외할머니에게 자식 된 도리를 다하는 딸이었다. 칠순 이 넘은 지금, 엄마의 그 거친 손은 이제 손주들이 제일 좋아하는 할머니 표 등 마사지가 되었다.

2

엄마의 드럼(drum)
그리고 드림(dream)

"딸, 퇴근하고 시간이 되면 저녁에 공연 보러 올래?"

 평소에 엄마와 주고받을 만한 대화는 아니었다. 그렇기에 나는 엄마의 말에 유명 가수 공연이나 콘서트를 기대했었다. 엄마는 7080공연 카페에서 주부밴드 소속으로 드럼을 친다고 이야기를 이어갔다. '드럼'이라는 단어를 듣자마자 내 머릿속에는 땀방울 흘려가며 멋들어지게 연주하는 남자의 모습을 떠올렸다. 그만큼 내 고정관념에 '드럼'은 남성의 전유물과 같았다. 곧 쉰을 바라보는 주부가 드럼을 친다는 것은 내게는 비현실 그 자체였다. '엄마가 언제부터 드럼을 쳤는지…' '갑자기 왜 드럼인지…' 꼬리를 물며 떠오르는 질문들이 내 머릿속을 가득 채웠다. 그리고 내가 얼마나 엄마에게 무심한 딸이었는가를 반증하기에도 충분했다.

 나에게 엄마라는 존재는 말 그대로 '엄마'였다. 그 억척스러운 시간 속에서도 딸에게 더 마음 쓰는 엄마였고, 살림이 나아졌는데도 소소한 일상에 감사하는 엄마였다. 자식을 위해 온전히 사는 삶. 가족의 안위를 위해 기꺼이 희생하는 삶. 절절한 드라마나 영화에서 보여주는 엄마처럼, 나에게 엄마는 딱 그랬다. 엄마의 공연 소식을 듣고 왠지 미안함이 밀려왔다. 엄마에게 꼭 가겠다고 대답하며 내 미안함을 조금이라도 덜어보려 애썼다. 그날 엄마의 모습에서 봄의 향기가 났다. 살랑이는 봄바람에 설레는 봄 처녀처럼, 그런 향기가 묻어나는 건 내 기분 탓만은 아니었다.

퇴근 후, 나는 엄마의 공연을 관람하러 7080 카페를 찾았다. 설레고 들뜬 마음을 감추고 조심히 카페에 들어섰다. 공연 시간보다 일찍 온 탓에 사람은 많이 없었다. 앞쪽에는 넓은 무대가 있었다. 그리고 다양한 악기들이 보였다. 내 눈에 꽂힌 건 단연 드럼이었다. 테이블마다 각각 밴드 구성원들이 모여 앉아 있었고, 엄마는 왼쪽 두 번째 자리에 앉아 있었다. '작은 꽃다발이라도 사서 올 걸….' 빈손으로 온 것을 후회했다. 평소에 융통성 없다는 말을 엄마에게 자주 들었는데, 엄마 말이 딱 맞았다. 나는 서둘러 휴대전화로 꽃집을 검색했다. 다행히 근처에서 엄마가 좋아하는 빨간색 장미꽃다발을 샀다.

취미로 연주하기에는 밴드 모두가 실력이 상당했다. 내가 상상했던 것보다 분위기도 좋았고, 음악을 즐기는 모습이 인상적이었다. 드디어 엄마가 속한 주부밴드 공연 차례가 왔다. 찢어질 듯한 전자기타의 시작 음이 시선을 확 잡았고, 보컬 언니의 저음 보이스가 묘하게 어우러졌다. 그리고 엄마가 힘 있게 드럼을 치기 시작했다. 밴드 인원은 5명이건만 환한 조명이 엄마만 비추고 있는 것만 같았다. 엄마는 빨간 두건을 두르고 검은 조끼를 입고 있었다. 어깨에 수놓인 보석들이 조명에 맞춰 형형색색 반짝였다. 평소에는 보기 힘든 엄마의 머리 모양과 메이크업은 '이 시간만큼은 나는 드러머다!'라고 알려주는 듯했다. 내가 사 온 빨간 장미로 입술을 물들인 것처럼 엄마의 붉은 립스틱은 엄마 얼굴을 더욱 빛나게 했다.

내 가슴을 벅차게 만들었던 건 신나는 노래와 흥겨운 분위기 때문만은 아니었다. 세상 행복한 엄마의 함박웃음은 나를 뭉클하게 했다. 울컥 올라오는 감정을 참는 것이 이렇게 힘든 거였을까. 슬픈 음악이 아님에도 눈물이 핑 돌고 코끝이 아려 왔다. 며칠 전까지 눈가의 주름 걱정하는 엄마는 온데간데없었다. 활짝 웃는 엄마의 표정과 눈가의 주름은 50대에 꿈을 이룬 사람의 상징처럼 그저 아름다웠다. 엄마 손에 들린 드럼 스틱이 현란하게 움직였다. 손과 발은 물 만난 물고기처럼 빠르고 신이 났다. 노래의 분위기를 압도적으로 끌어올려 주는 엄마의 드럼 실력을 보며 눈을 뗄 수가 없었다. 이 순간을 놓치면 안 된다는 강한 생각에 얼른 핸드폰 카메라를 켰다. 그리고 엄마 사진을 열심히 찍었다. 드럼 비트 소리가 격렬해질수록 분위기는 달아올랐다. 쿵쿵거리는 것이 내 심장 소리인지, 드럼 소리인지 알 수가 없었다.

『어머니의 기원』의 저자인 시리 허스트베트는 이렇게 말했다. "자기만의 시간을 갖는다는 의미는 이미 어머니가 아이를 위해 자신을 내어줬고, 어머니의 시간은 자신의 것이 아니라는 뜻이다. 그러니 '자기 시간'을 가지려면 여기저기서 틈을 찾아야만 한다."라고 했다. 나는 이 저자가 말하는 '자기 시간을 위한 틈'의 의미를 너무 잘 알고 있다. 첫째를 낳고 산후 우울증으로 힘들 때, '자기 시간'은 죽을 것만 같았던 나를 살린 적이 있었다. 엄마가 되고, 아이가 어릴수록, 온전한 나의 시간을 갖는다는 것은 어려웠다. 늦은 나이임에도 드럼연주자라는 꿈을 이룬 엄마는 그동안 '자기 시간'을 가지기 위해 얼마나 많은 조각의 틈을 찾았을까. 이런 생각을 하기 전에, 엄마가 이루고 싶은 꿈이 있었다는 것을 생각해 본다.

엄마는 나에게 영감을 주는 존재다. '자기 시간'을 가지기 위해 틈틈이 시간을 만들었고, 결코 헛되이 쓰지 않았으리라. 나에게 있어 엄마는 내 엄마이면서, 꿈을 이룬 사람이다. 그리고 엄마에게 있어 나는 엄마의 딸이자 열렬한 팬이다. 엄마가 딸에게 보여준 엄마의 꿈.

엄마는 드럼(drum)을 통해서 드림(dream)을 실현했다.

3

삶의 힘든 고비마다
엄마에겐 음악이 있었다

엄마가 속한 주부밴드는 '주부들의 반란'이라는 타이틀로 다양한 매체에 소개되었다. 라디오, TV 뉴스, 잡지 인터뷰 등 엄마는 제2의 인생을 펼쳐 나갔다. 엄마의 시간은 음악으로 가득 채워져 갔고, 그 안에는 항상 아빠가 함께했다. 엄마가 처음 드럼을 배우고 싶다고 했을 때, 아빠는 별 반응이 없었다고 한다. 학원을 등록하러 갈 때 같이 가주고, 드럼을 시작한 엄마를 위해 깜짝 선물을 준비했다. 엄마의 앉은키에 맞춰 연습 고무판을 맞춤 제작한 것이다. 아빠가 제작 주문해 선물로 줬다며 나에게 자랑했던 그날을 기억한다. 밤늦게까지 학원에서 연습하는 날에는 엄마의 운전기사였고, 공연이 있는 날은 엄마의 매니저였다. 과묵한 아빠는 말보단 행동으로 엄마를 응원하고 지원했다. 아빠는 진중한 사람이었고 내면이 깊은 사람이었다. 엄마는 아빠의 이런 면을 사랑했다. 엄마는 아빠를 참 많이 의지했다. 그렇기에 아빠의 위암 판정은 엄마에게 세상이 무너지는 것과 같았다. 부부 동반 금강산 여행은 취소해야 했고, 매주 아빠가 찾은 맛집 여행도 더는 할 수 없었다. '인생은 60부터'라는 말은 아빠에게는 해당하지 않았다. 보통의 중년 남편이었지만 아빠의 생애는 보통에도 미치지 못했다.

아빠가 돌아가신 후에도 엄마는 자신과 힘겨운 싸움을 이어 나갔다. 3년간 빠짐없이 병간호와 새벽기도를 다니며 자기 자신을 다그쳤건만, 아빠가 없는 세상에서도 다른 방식으로 스스로 다그쳐 갔다. 엄마는 매일 위태로웠고, 자신이 살아 있음을 부정했다. 그런 엄마를 보며 나는 매일 기도했다. 다음 날 아침 엄마가 숨 쉬고 있기를…. 119로 찍히는 전화가 오지 않기를…. 수시로 핸드폰을 들여다봤고, 전화가 울리면 마음부터 졸였다. 불쑥불쑥 떠오르는 무서운 상상을 떨쳐내려 애썼다.

아빠를 여의고 1년 남짓, 우리 가족은 〈인간극장〉과 같은 TV프로에 출현하게 되었다. 꿈을 이룬 50대 주부 이야기를 주제로 2박 3일간 촬영했다. 사별 후 엄마의 음악 활동을 집중적으로 담았는데, 엄마의 인터뷰를 통해 나는 이제껏 알 수 없었던 엄마의 속마음을 마주했다.

PD가 물었다.

"사별 후 힘드셨을 텐데요. 자녀들 덕분에 음악 활동하는 데 힘이 많이 되시죠?"

엄마는 답했다.

"아니요. 아파서 누워있어도 옆에 있는 신랑이 최고예요."

엄마의 인터뷰를 보는 순간 내 얼굴이 뜨겁게 달아오르는 게 느껴졌다. 내가 뭔가를 놓치고 있었음을 바로 알게 된 순간이었다. 사실 나는 엄마가 빨리 마음을 추스르길 바랐다. 위태로운 엄마를 볼 때마다 마음 졸이며 지내는 것은 너무 힘들었다. 하루는 엄마를 걱정했고, 다른 하루는 엄마를 머릿속에서 지웠다. 또 다른 하루는 엄마를 생각하지 않으려 약속을 잡곤 했다. 나의 어줍은 위로가 엄마의 슬픔을 들추는 것 같아 조심스러웠다고, 그저 조용히 기다려 주는 것이 엄마를 위하는 것이라고 내 자신에게 변명했다. 이런 옹졸한 합리화로 엄마에게 그 흔한 위로 한마디도 건네지 않았다. 엄마에게 딸은 외로움이었다. 애석하게도 나는 그제야 깨달았다.

그날 이후로 나는 엄마에게 조금씩 다가가기 위해 노력했다. 고지식한 딸에서 살가운 딸이 되기로 했다. 어린 시절, 동생을 챙기는 나를 더 신경 썼던 엄마처럼, 엄마와 많은 대화를 나누려 노력했고, 내 마음을 표현하는 데 주저하지 않았다. 엄마는 나와 함께하는 시간을 피하지 않았다. 기다렸다는 듯이 자신의 곁을 딸에게 내주었다.

고맙게도 밴드 동료들이 엄마에게 많은 힘이 되어주었다. 전화할 때마다 연습실이라고 이야기하는 엄마의 목소리가 내 삶에 활력을 줄 줄은 상상도 못 했다. 엄마는 학원과 연습실은 다녔지만, 집에선 음악 연습을 전혀 하지 않았다. 애초에 드럼을 몰랐던 사람처럼 거실 한쪽에 크게 자리 잡은 드럼이 보이지 않는 것처럼 엄마는 한동안 그쪽으로 시선조차 주지 않았다.

　여느 때와 마찬가지로 엄마와 저녁을 먹으려 엄마에게 전화를 걸었다. 수화기 너머로 엄마는 할 일이 있다며 집에서 먹자고 했다. 엄마의 목소리에서 달라진 분위기가 느껴졌다. 괜한 불안감에 평소보다 일찍 퇴근을 서둘렀다. 급히 집에 들어서니 내가 좋아하는 김치찌개 냄새가 솔솔 났다. 집은 싹 청소한 거처럼 깨끗이 정돈되어 있었다. 사람이 갑자기 변하면 좋지 않다는 말이 불현듯 떠올랐다. 엄마는 내가 온 줄도 모른 채, 헤드셋을 끼고 고무판을 치며 한창 드럼 연습에 열중하고 있었다. 안도감과 함께 거실을 둘러보았다. 아빠가 선물해 준 빨간색 드럼은 깔끔하게 커버가 씌워져 있었고, 그 옆에 예쁜 통에는 드럼 스틱들이 보기 좋게 담겨 있었다. 엄마가 제일 아꼈던 악보 파일들도 책장에 가지런히 꽂혀 있었다. 엄마는 아빠와의 모든 추억을 매만졌다. 엄마는 꽉 붙잡고 놓지 못했던 아빠를 이제야 편히 보내주었다. 엄마의 부은 눈을 보며 하루를 어떻게 보냈는지 알 것만 같았다. 엄마에게 음악은, 꿈을 넘어서 아빠를 만나러 가는 방법이자 여정이 되었다. 아빠의 응원을 받으며 이룬 꿈이 이제는 엄마의 마음을 위로해 주었다. 그 어느 날보다 엄마의 모습은 평온했다. 차갑기만 했던 공기가 살얼음 녹듯 다 녹아내렸고, 봄이 온 듯 집안은 너무나 따스했다.

4

엄마가 보여준 도전정신과
배움의 태도

　엄마는 집에만 있으면 병이 날 정도로 외부 활동적인 사람이다. 내가
딱 엄마의 성향을 닮았는데, 그 이유는, 어렸을 때부터 엄마는 어디를 가
든 항상 나를 데리고 다녔기 때문이라고 생각한다. 엄마와 함께한 일상
은 나에게 작은 여행과도 같았다. 엄마와 이곳저곳을 갈 때마다, 어린 시
선으로 바라본 어른들의 세상은 매번 새롭고 흥미로웠다. 엄마는 일을
다니면서도 '자기 시간'을 잘 활용했다. 한번은 오전 근무를 마치고 돌아
와 집안일을 하고, 이른 저녁을 먹은 뒤 나를 데리고 외출했다. 엄마와
도착한 곳은 다름 아닌 내가 다니는 학교 운동장. 작은 시골 동네였음에
도 운동장에는 모인 엄마들이 상당했다. 요즘 말로 표현을 빌리자면, 주
민센터에서 운영하는 에어로빅 수업을 받으러 온 것이었다. 엄마도 그중
에 한 명이었다. 스피커에서 흘러나오는 노래에 맞춰, 단상 위에서 동작
을 가르쳐주는 강사의 구령과 동작에 맞춰 엄마들이 떼로 춤추는 상황이

정말로 웃겼다. 무엇보다도 엄마들이 어찌나 신나게 흔드는지…. 나를 비롯하여 구경하는 아이들이 깔깔 웃기 바빴고, 운동장의 모인 엄마들의 입가에는 즐거움이 묻어났다.

그날 나는 엄마가 오래전부터 에어로빅을 배우고 싶어 했음을 알게 되었다. 엄마가 신나게 동작을 따라 하는 모습을 떠올리니, 문득 1학년 때 노래에 맞춰 따라 췄던 '꼭두각시' 율동이 생각났다. 발표회 때문에 땡볕 아래 꾸역꾸역 배워야 했던 그 율동. 짝을 맞췄던 남자애도 싫었고 재미도 없어서 그 시간은 나에게 고역이었다. 억지로 배우는 것이 얼마나 힘든지를, 배우고 싶은 걸 배우는 게 얼마나 재미있는지를, 나는 엄마를 통해서 알았다. 엄마는 배우고 싶은 게 많은 사람이었다. 만약 우리 집 형편이 나빠지지 않았다면, 엄마는 다양한 것을 배우러 다녔을 것이다. 그러지 못하는 현실을 불평하기보다는, 자신의 시간을 틈틈이 활용하려고 노력을 하는 사람이었다. 나는 엄마의 뒷모습을 보며, 하고 싶은 것에 도전하고 배우는 것이 얼마나 행복한지 알아가고 있었다.

'나이 먹고 뭘 한다고….'라는 편견을 깨부순 엄마. 자신에게 주어진 작은 시간도 허투루 사용하지 않았던 엄마였다. 나는 엄마를 닮아 하고 싶은 게 많았지만, 매번 겉핥기로 끝났다. 끈기가 부족했으며, 나에 대한 믿음도 부족했다. 때로는 저 편견에 사로잡혀 시도조차 하지 않았던 적도 있었다. 여기저기 기웃거린 것은 많았지만, 어느 하나 제대로 성취한 것은 없었다. 이것이 엄마와 나의 차이점이었다. 엄마에게 꿈에 대한 열정은 꺼지지 않은 작은 불씨였다. 엄마는 힘든 상황 속에서도 그 불씨를 꺼뜨리지 않았다. 잔잔한 불씨는 꿈을 향한 도전과 배움으로 나아가게 해준 희망이었다. 첫 아이가 태어나면 누구든 처음으로 엄마가 된다. 서툰 육아에 요령도 부족할 수 있다. 엄마라는 이름은 나에겐 압박감이었다. 아이를 위해 좋은 엄마가 될수록, 나란 존재가 송두리째 사라지는 기분이었다. 하지만 돌이켜보면, 엄마의 삶의 속에서 이뤄낸 작은 성취가 어떤 의미가 있는지 이제는 알 것 같다.

엄마는 드럼 외에도 예전부터 연주하고 싶다던 다른 악기를 배우고 있다. 칠십이 넘어서도 꽂히면 꼭 해야 하는 성격은 여전했다. 난 엄마의 이런 점이 참 좋다. 뭐든지 일단 행동으로 옮기고 내가 생각한 것이 맞는지 아닌지 판단하는 것. 목표 지향적인 삶을 추구하는 것은 내가 좋아하는 엄마의 방식이다. 인터넷을 전혀 모르는 엄마는 나에게 많은 것을 부탁한다. 작년에는 집 근처 베이스기타 학원을 알아봐 달라고 했다. 현재 다니고 있는 학원이 이때 알려드린 것이다. 그 당시 검색 목록을 보다가 우연히 만화학원이 내 눈에 들어왔다. '나 때는 이런 학원이 없었는데…' 라는 읊조림과 함께 잊었던 나의 꿈을 떠올렸다. 중고등학교 시절, 난 정말 만화가가 되고 싶었다. 나이를 개의치 않는 행보를 보여주는 엄마를 보며, 나도 용기를 내보기로 했다. 잊고 지냈던 나의 꿈을 조심스레 꺼내 보기로 했다. 40대에 꿈을 향해 용기를 냈던 엄마처럼 내 나이 40대 중반, 나는 내가 하고 싶은 것을 배우기로 결심했다.

엄마 집에는 가족사진 외에도 엄마가 주부 밴드로 활동했던 사진들이 걸려있다. 이 추억들은 엄마의 자랑거리이자 이야깃거리이다. 이것은 엄마가 지금도 꾸준히 음악 활동을 이어가게 해주는 원동력이다. 무언가를 배운다는 것은 기쁨이고, 성취는 환희이며, 이 모든 과정은 삶의 활력을 준다. 엄마는 음악 활동 이야기를 할 때 가장 기운이 솟고 얼굴에서 빛이 난다. 이런 엄마를 볼 때면, 나도 내가 원하는 걸 이루고 싶다고 생각이 든다. 엄마는 본능적으로 자신을 통해 우리에게 꿈을 꾸고 도전하는 삶의 자세를 가르쳐 주고 있었다.

엄마처럼 살고 싶습니다

올 초에 엄마의 공연이 있었다. 공연하기 일주일 전에 엄마와 싸웠다. 운전 중에 엄마의 전화를 받았다. 말이 길어지는 듯하여 '알겠다.' 하며 바로 끊으려고 하는데, 아까 했던 말을 또 하고 또 하는 게 아닌가. 나도 모르게 목소리에 짜증이 담겼나 보다. 엄마는 아주 딱딱한 목소리로 "알았어."라며 전화를 끊었다. 사실 난 아이들에게 처음으로 엄마의 공연을 보여주고 싶었다. 그리고 또 한 가지. 밴드 동료들은 가족들이 다 온다고 들었는데, 홀로 있을 엄마의 모습이 내 마음을 더 힘들게 했다. 난 엄마에게 장문의 메시지를 남겼다.

공연 당일, 작은 꽃다발을 들고 아이들과 함께 공연 카페를 찾았다. 안은 어두웠지만, 환한 무대가 한눈에 들어왔다. 자리가 꽉 차 비좁았지만, 북적거리는 분위기가 오히려 좋았다. 어린 손님들은 우리 아이들뿐이었다. 그런 이유로, 자리를 잡는 동안 모든 사람의 이목이 쏠렸다. 할머니

공연을 보며, 아이들은 어떤 생각을 할까. 무척 궁금해졌다. 문득 나는 내가 다녔던 시골 초등학교 운동장에서 본 엄마가 떠올랐다. 운동장에서 울려 퍼지는 음악에 맞춰 에어로빅하는 엄마의 모습. 그리고 그걸 지켜봤던 나. 편안하고 환하게 웃는 엄마의 표정과 한 동작이라도 놓치지 않으려는 엄마의 몸짓이 지금도 아른거린다. 엄마뿐만 아니라 그곳에서 에어로빅하는 모든 엄마가 신나 보였었다. 엄마, 주부, 아내라는 모든 타이틀을 벗어 던진 해방감이었을까 아니면 자신을 위해 무언가를 한다는 성취감이었을까. 둘 중 어떤 것이든, 그 누구에게도, 그 어떠한 것도 신경 쓰지 않고 오로지 자신만을 위한 시간이었을 것이다.

한 팀, 두 팀 공연이 차례대로 끝나고 드디어 엄마의 공연이 시작됐다. 음악이 시작됨과 동시에 엄마가 손가락으로 기타 줄을 튕겼다. 손의 움직임에 따라 베이스 기타의 멋진 연주음이 흘러나왔다. 할머니의 공연을 처음 본 아이들이 집중하기 시작했다. 휴대전화기를 들고 온 첫째와 둘째는 카메라를 켜고 영상을 찍기 시작했다. 내가 엄마의 공연을 처음 보던 그때가 떠올랐다. 화려한 조명에 반짝이는 조끼, 얼굴을 더 빛나게 해주는 빨간 립스틱, 그리고 너무나 행복해 보였던 엄마의 그 표정. 그때와 똑같았다. 엄마의 눈 밑 주름은 그때보다 더 깊어졌지만, 행복한 얼굴에서 보여주는 그 함박웃음은 여전히 빛났다. 몇 년 전부터 배우고 싶다고 줄곧 이야기했던 베이스 기타. 기타 줄을 둔탁하게 튕기며 여유롭게 연주하는 모습이 참 멋졌다. 엄마의 첫 공연을 봤던 그 환희가 다시 재현되는 기분이었다. '이 순간을 또 느낄 줄이야.' 엄마는 그때처럼 무대 위에서 자신이 하고 싶은 것을 즐기고 있었다. 가슴 깊숙한 곳에서부터 목구멍까지 뜨거운 무언가가 차올랐다. 그때와 지금의 나는 다르다. 이제는 세 아이의 엄마가 되었고, 내 이름보다는 누구의 엄마라고 불리는 게 익숙하다.

첫째는 공연 내내 연신 "할머니 멋있어요!"라고 외쳤고, 둘째는 카메라 감독인 양 한 치의 움직임도 없이 15분짜리 공연을 녹화했다. 손자들 열띤 응원 덕에 엄마는 모든 사람에 부러움의 대상이 됐다. 조용히 내 옆에 앉아 있던 막내가 나에게 불쑥 물었다. 할머니가 들고 있는 저 기타 이름이 무엇인지를. 나는 '베이스 기타'라고 말해줬다. 막내가 말했다.

"나도 배울래! 나도 저거 배우고 싶어."

워낙 호기심이 많은 녀석이라 평소 같았으면 대수롭지 않게 여겼을 말이었을 것이다. 하지만 그때는 너무 다르게 들렸다. 꼭 나에게 하는 말처럼 다가왔다.

나는 첫째를 낳고 산후 우울증을 심하게 앓은 적이 있다. 애를 부정하고 위험한 상상까지 할 만큼 점점 심해졌다. 그런 딸이 걱정되는 엄마는 먼 길을 올라왔다. 그날 엄마는 내게 말했다. 울지만 말고 아기가 잘 때 틈틈이 자기 시간을 만들어 보라고 했다. 자신이 그랬던 것처럼 '자기 시간에 좋아하는 것을 찾고 해보라고 했다. 나는 크게 한 대 얻어맞은 기분이었다. 독박육아, 창살 없는 감옥, 육아 지옥. 누군가 만들어 낸 단어에 나란 존재를 스스로 가두고 있었다. 누가 시키지도 않았는데도 육아가 불행인 양 나 자신을 불쌍하게 여겼다.

엄마의 충고를 들은 뒤, 나는 하고 싶은 것을 먼저 생각해 보았다. 아기의 수면과 수유 패턴을 알기 위해 앱을 이용해 육아일기를 썼다. 데이터가 쌓이니 내가 활용할 수 있는 나의 시간대가 대충 윤곽이 보였다. 그리고 그 시간을 이용하여 육아용품 리뷰를 처음으로 블로그를 시작했다. 무료 체험을 통해 육아 제품 후기도 적고, 소정의 원고료도 받기 시작했다. 희미해졌던 내가 선명해지는 것 같았다. 내가 하고 싶은 걸 하니 육아 스트레스가 해소되고 나의 자존감이 높아졌다. 마냥 힘들기만 했던 육아도, 미워서 보기 싫었던 아기 얼굴도, 맨날 울던 내 모습도 달라지기 시작했다. 이런 나의 변화를 제일 먼저 기뻐했던 건 다름 아닌 신랑이었다.

막내가 유치원에 가기 시작하면서 나만의 시간이 늘어났다. 스마트한 세상은 나에게 최적의 환경을 제공해 주었다. 나는 그토록 배우고 싶었던 만화 그리기를 인터넷 강의를 통해 배우기 시작했다. 엄마가 에어로빅을 배울 때, 요리를 배울 때, 노래를 배울 때 이런 기분이었을까. 하루하루가 설레고 너무 재미있다. 나는 지금도 목표를 잡으면 하루 시간표를 먼저 그린다. 하루 시간표를 통해 '나만의 틈새 시간'이 어느 정도 되는지 한눈에 파악한다. 이것은 나만의 시간을 잘 활용하는 최고의 요령이다. 엄마는 도전을 통해 무대공연이라는 성취를 얻었듯이, 거듭되는 낙방에도 수개월의 노력과 도전 끝에 나는 드디어 이모티콘 작가가 될 수 있었다. 이 성취감 덕분에 도전하고 또 도전하는 삶을 이어 나가고 있다. 나뿐만 아니라 스마트하게 배우고 있는 사람이 또 한 명 있다. 바로 엄마다. 며칠 전 바꿔드린 스마트 TV를 이용해서 음악 연습을 하고 있다. TV로 유튜브 영상을 보며 드럼 연습을 시작하셨다고 했다. '세상 참 좋아졌다.'라는 엄마의 말에 나는 적극적으로 동의한다.

"엄마, 요즘 음악학원은 안 나가?"
며칠 전, 칠순이 넘은 엄마에게 음악 활동에 대한 근황을 물었다.
"안 나가긴…. 어제도 다녀왔는데."라고 말하고는 엄마의 끝없는 수다가 이어진다. 유튜브 속도 줄이는 방법이 생각나지 않는다고 매번 묻는 엄마의 전화가 나는 참 반갑다. 엄마의 자신감 넘치는 저 대답이 난 참 좋다. 항상 나에게 동기부여를 주는 엄마가 고맙다.

"엄마! 힘든 여정 속에서도 꿈을 품고 살아줘서 고마워요."
"그 꿈을 이루는 모습을 몸소 보여준 엄마, 당신의 딸로 살게 해줘서 고마워요."

10

•

냉탕과 온탕 사이를 오가던 엄마와의 관계,

엄마를 이해해보려 떠난 여정에서

사랑을 발견했다.

애증 관계 엄마지만
거기에 사랑이 있었다.

조성은

1

엄마도 칭찬이 필요했구나

"반찬들 택배 보냈다! 아휴, 그거 보내느라 얼마나 고생했는지 몰라."
재작년 겨울부터 여름까지 몇 달간 아파서 침대 신세를 졌다. 밥이라도
잘 챙겨 먹으라며 엄마는 반찬을 잔뜩 보내주었다. 택배를 열어보니 국
이며 나물이며 양념갈비에 오징어볶음까지. 입이 떡 벌어졌다. 깨질까
상할까 걱정되는 마음에 몇 겹씩 포장한 반찬통과 얼음팩을 보자니 감동
이 밀려왔다. 하지만, 이어지는 통화에 감동은 와장창 깨져버렸다. "포장
하려고 보니 아이스팩이 없는 거야. 그거 구하느라 오전 내내 마트를 몇
군데나 들렸어. 안 녹고 잘 갔는지 모르겠다. 막내 이모도 같이 하루 종
일 장보고 요리하고 엄청나게 고생했어. 포장하는데도 어찌나 오래 걸리
는지 완전히 땀 범벅됐잖아." 자신의 고생을 알아달라는 듯 엄마의 이야
기는 한참 이어진다. 마치 엄마와 이모를 내가 얼마만큼 고생시켰는지
자세히 말해주는 것만 같아 마음이 불편해진다. 한참 동안 듣고 있던 내

입에서 곱지 않은 말이 툭 나가고 만다. "그러게 왜 보냈어. 여기서 시켜 먹어도 되는데. 요즘엔 반찬 배달도 얼마나 잘해준다고." 살갑지 못한 내 말투에 전화기 너머 엄마가 시무룩해지는 게 느껴진다. 나는 왠지 죄인 이 된 기분이다.

꼬마 시절 내게 엄마는 뭐든지 해내는 슈퍼우먼처럼 보였다. 그런데 세월이 흐른 지금은 엄마가 마치 마음이 여린 소녀와 같이 느껴진다. 내 가 청소년티를 겨우 벗을 때부터였나. 엄마는 종종 자신의 속상함을 내 게 털어놓곤 했다. "네 아빠는 밖에 나가선 그렇게 얘기를 잘하는데 집 에 오면 왜 이렇게 무뚝뚝한지, 내가 뭘 해도 시큰둥하고 텔레비전만 본 다니까." "엄마 친구 ○○ 이모 기억나니? 우리도 힘들 때 빚을 내서 도 와줬는데, 일 해결되고 인사 한번이 없더라. 사람이 섭섭하게 어쩜 이러 니?" 엄마의 이야기는 돌고 돌아 '내가 너 아니면 이런 말 어디 가서 하 니?'라는 후렴으로 이어진다. 내가 엄마의 '임금님 귀는 당나귀 귀'를 들 어주는 대나무 숲이 되는 거다. 내가 이런 저런 조언을 하거나 같이 욕이 라도 거들라치면, 엄마는 오히려 그 사람 편을 들면서 이야기를 마무리 하곤 한다. "그래도 네 아빠 참 좋은 사람이야. 속정이 많고 얼마나 책임 감 있다고. 이런 사람이 없지." "사람이 너무 힘들 땐 그럴 수도 있지. 그 래도 그 이모가 예전에 엄마한테 참 잘했어." 어느 장단에 춤을 춰야 할 지 아리송할 때가 많았다. 딸에게 이런 이야기를 풀어놓는 엄마의 마음은 무엇이었을까.

엄마의 어릴 적 집은 어시장과 연결된 골목 한 귀퉁이에 있었다. 국민학교 3학년 때 아버지께서 갑자기 돌아가신 후 흘러 흘러오게 된 곳이었다. 딸 여섯이 줄줄 달린 과부를 딱하게 봐준 집주인이 저렴하게 세를 내주었다고 한다. 하룻밤 사이에 과부가 된 할머니는 슬퍼할 겨를도 없이 일을 했다. 먹일 입을 생각하면 눈물은 사치였다. 새벽 일찍부터 어시장에서 종일 나물을 팔았다. 돌볼 수 없는 아이들을 고아원에 보내는 일이 흔했던 때였다. 가족이 한집에서 지내는 것만으로도 감사해야 했던 시절이었다. 큰 언니는 학교를 그만두고 미용 기술을 배웠고 둘째 언니는 남의 집에서 식모로 일했다. 내성적이었던 엄마는 일손이 그다지 빠르지 않아 툭하면 언니들에게 핀잔을 들었다. '나는 할 줄 아는 게 하나도 없어'라는 생각과 '아빠 없는 애' 꼬리표는 어린 시절 엄마를 늘 따라다녔다.

당시 한 학급에 학생이 많았다. 40명이 넘는 아이들 속에서 엄마는 있는지 없는지 표시도 안 났다. 성적도 그다지 좋지 않았다. 수우미양가에서 도덕만 '미'를 받고, 나머지는 모두 '양, 가'였다. 그러던 어느 날 엄마의 학교생활을 180도 바꾸는 사건이 일어난다. 사건이라기엔 너무 사소하지만, 어린 엄마에겐 두고두고 기억할 만한 날이었다. 학교에서 손등 위생 검사를 했다. 지금은 상상하기 어렵지만, 선생님이 아이들 머릿속 이 검사도 하고 약도 뿌려주던 시절이었다. 책상 위 아이들의 손을 살피던 선생님이 엄마 차례에 웃으며 말했다. "이야~ 광자는 참 꼼꼼하네. 깨끗하게 잘 씻었어!" 처음 받아보는 선생님의 칭찬에 열세 살 아이는 얼굴이 빨개져 고개를 푹 숙였다. 그날부터 엄마는 학교가 좋아졌다. 이름을 불러주었을 때 꽃이 되었다는 시처럼, 아무도 봐 주지 않던 자신을 불러준 순간 엄마는 특별한 아이가 되었다. 이후 엄마는 일찍 등교해 교실 청소를 하고 학급 기물을 반짝반짝 닦았다. 또 칭찬받고 싶다는 어린아이다운 이유였다. 공부도 열심히 하기 시작했다. 다리에 쥐가 나도록 앉은뱅이책상 앞에 앉아 교과서를 읽고 또 읽었다. 성적표에 점점 수, 우가 생겨났다. 6학년 1학기, 엄마가 전교 일 등을 했다는 소식을 듣고 좀처럼 웃을 일이 없던 할머니의 입에 미소가 걸렸다. 엄마는 자신을 칭찬해 줬던 그 선생님처럼 되고 싶었다. 이후 교대에 갔고 33년간 교사 생활을 했다. 작은 칭찬 하나가 엄마의 인생을 바꾼 일생일대의 사건이 된 것이다.

반대로 생각해 보면, 엄마는 어른의 칭찬 한마디를 듣고 공부에 매달릴 만큼 애정에 목말라 있었다. 이 시절의 엄마 이야기를 들을 때면 참 짠하다. 있는 그대로 예쁘다는 말을 들어 본 적이 없던 아이. 자신감이 없어 바닥을 보며 걷던 아이. 칭찬 한마디가 고파서 시키지 않은 청소를 하고 요령도 없이 공부했을 아이를 떠올려 보자면 마음 한편이 시리다. 시간이 훌쩍 흘러 어른이 된 엄마가 지금도 듣고 싶은 건 칭찬이었을까? 가정을 돌보고 직장을 다니고 시댁과 친정을 챙기는 일이 당연하게 여겨졌을 때, 엄마는 가끔 속상했을 것이다. 참 잘해주었다고, 고맙다고, 그런 이야기를 듣고 싶었을 것이다. 자신을 알아채 달라고. 오래도록 삼켰던 속상함이 마음에서 차고 넘쳐 딸에게 푸념으로라도 풀어놓고 싶었던 건 아닐까. 택배를 보낸 후 전화기 너머 구구절절 이야기를 늘어놓은 것도 생색을 내기 위해서가 아니라 고맙다는 말이 듣고 싶었던 것은 아니었을까. 자신의 마음을, 노력을 알아주었으면 하는 바람이 아니었을까. 우리는 모두 애정 어린 칭찬과 인정이 필요한 존재다. 엄마라고 예외는 아닐 것이다. 택배를 보냈던 날, 퉁명스러운 말 대신 고맙다고, 준비하느라 고생했다고 잘 먹겠다고 말했다면 좋았겠다는 뒤늦은 후회가 찾아온다.

타임머신이 있다면 엄마의 어린 시절로 가서 꼭 안아주고 싶다. 그리고 칭찬을 잔뜩 해주고 싶다. 너 지금 참 잘하고 있다고, 커서 정말 멋진 어른이 될 거라고. 살면서 아픔도 눈물도 상처도 많겠지만 넌 다 이겨낼 거라고. 받은 것보다 더 줄 수 있는 어른이 될 거라고. 상처 준 사람까지 품어보려 하는 따뜻한 네 마음 덕분에 인생이 바뀔 사람이 많을 거라고. 그렇게 말해주고 싶다.

2

엄마를 사랑하면서도
미워했던 이유

엄마와는 종종 그랬다. 엄마의 작은 말 한마디와 행동 하나에 갑자기 마음이 폭발해 버리곤 했다. 보통은 왜 그렇게 화가 났는지 기억도 나지 않는 사소한 일들 때문이다. 하루는 엄마가 남동생에게 사준다며 가방 하나를 집어 들었다. 5만 원이 안 되는 크로스백이었다. 옆에서 다른 가방을 쳐다보며 살까 말까 고민하고 있던 나는, 카드를 꺼내는 엄마를 보자 부아가 치밀어 올랐다. "엄마는 맨날 동생만 챙기고!" 스스로 가방을 살 돈이 없었던 건 아니다. 그 가방이 그렇게 가지고 싶었던 것도 아니다. 그런데도 설명할 수 없는 섭섭함과 짜증이 명치끝에서 확 올라왔다. 머리로는 화낼 만한 일이 아님을 알았지만, 몸은 이미 감정에 사로잡혀 가방 매장을 나가고 있었다. 당황한 엄마가 따라 나왔다. 사실 가방이 문제가 아니었다. 갑자기 왜 그러냐는 엄마 앞에서, 스스로도 설명할 수 없는 감정에 휘말려 엉엉 울고 말았다.

평소 엄마와 나는 꽤 친했다. 통화도 자주하고 함께 여행도 다니며 살갑게 지냈다. 그러다가도 시한폭탄처럼 팡 터져버리는 내 마음을 알 수가 없었다. 분명히 사랑하는데! 맛있는 걸 먹거나 좋은 곳에 가면 가장 먼저 엄마가 생각나는데. 가끔 왜 이렇게 미운 마음이 드는지 알다 가도 모를 일이었다. 엄마를 향한 내 마음을 이해하고 싶었다. 모녀 관련 심리학책을 읽어보고 관련 영상도 찾아보며 느꼈다. 세상엔 셀 수 없이 다양한 엄마와 딸이 있구나. 우리 모녀와 딱 맞아떨어지는 관계는 없었지만, 그 다양성을 보며 위로를 얻었다. 당연한 관계는 없다는 것과 가족이라도 서로를 이해하려 노력해야 함을 배웠다. 엄마를 이해하기 위해 옛 기억부터 더듬어 보기 시작했다.

엄마를 떠올렸을 때 가장 오래된 기억은 퇴근 후 현관문을 열고 들어오는 모습이다. 초등학교 교사였던 엄마는 소위 말하는 '워킹 맘'이었다. 퇴근 시간이 되면 내 정신은 온통 현관문에 가 있었다. 열쇠로 문을 여는 소리가 들리면 얼른 현관으로 뛰어갔다. 엄마가 겉옷을 벗기 무섭게 뒤를 따라다니며 하루 동안 쌓인 이야기들을 속사포처럼 풀어놓았다. 심지어 엄마가 샤워하는 동안에도 나는 화장실 문 틈으로 쉬지 않고 말을 쏟아냈다. 물소리 너머 엄마의 대답 소리가 희미하게 들렸다. 나는 엄마와 얘기하는 게 제일 좋았다. 그렇다고 일하느라 바쁜 엄마가 싫었던 건 아니다. 초등학교 언니들의 선생님인 엄마가 자랑스러웠다. 한동안 내 장래 희망은 초등학교 선생님이었다.

그다음 기억은 동생을 따라다니는 엄마의 등이다. 세 살 터울의 남동생은 나이가 되어도 말을 시작하지 않았다. 사람들과 눈도 맞추지 않았다. 결국, 자폐 판정을 받았다. 그 시절 엄마는 참 많이 울었다. 나는 자폐란 게 무엇인지 잘 몰랐지만, 엄마와 아빠의 마음을 아프게 하는 나쁜 악당이라고 생각했다. 귀여운 내 동생이 이상한 행동을 하도록 조종하는 악당. 동생은 길을 가다 갑자기 양쪽 귀를 때리며 소리를 지르거나 노점상 바구니들을 뒤집는 등의 돌발 행동을 벌이곤 했다. 끈이나 구슬 같은 한 가지 물건에 집착하다 모르는 사람을 따라가 버리기도 했다. 동생을 쫓아다니는 엄마의 뒷모습은 참 고단해 보였다. '죄송합니다, 죄송합니다.'라는 말이 늘 엄마 입에 붙어 있었다. 이상하게 그때 엄마의 등이 참 멀게 느껴졌다. 동생의 잠든 얼굴을 보며 눈물을 흘리는 엄마의 등, 도망가는 동생을 따라다니는 엄마의 등. 나는 그 등을 꼭 안아주지도, 옷자락을 붙잡고 나도 데려가라 떼쓰지도 못한 채 멀찍이 바라만 보았다.

서울에 있는 치료센터에 동생을 데려가기 위해 엄마는 학교에 휴직계를 냈다. 당시엔 자폐증에 대한 이해도가 낮았고, 우리가 살았던 동네엔 마땅한 치료 시설이 없었다. 많은 사람이 아픈 아들은 시설에 보내고 남은 가족에게 신경을 써야 한다고 충고해 주었다. 하지만 엄마는 할 수 있는 모든 치료는 다 시도해 보고 싶었다. 아빠는 갑자기 줄어든 소득과 두

집 살림으로 늘어난 비용을 감당하기 위해 바쁘게 일했다. 10살이었던 나는 떼를 쓰지도 않고 의젓하게 행동했다. '동생이 아프니까 나라도 씩씩해야 해. 나라도 엄마를 울지 않게 해야 해.' 이런 마음이었던 것 같다.

1년 뒤 나는 교통사고가 났다. 이틀 뒤면 오랜만에 엄마가 마산 집에 오는 날이라 나는 잔뜩 신이 나 있었다. 설레는 마음에 심장도 발도 마치 춤을 추는 듯했다. 그렇게 까불면서 슈퍼에서 뛰어나오다 지나가던 차와 부딪힌 것이다. '엄마 보러 가야 하는데!' 병원에 실려 가면서도 그런 생각을 했다. 결과는 다리 골절이었다. 우여곡절 수술 끝에 병원에 몇 달간 입원해야 했다. 하지만 엄마는 금세 동생과 함께 서울로 올라가 버렸다. '왜 맨날 나만 엄마를 양보해야 해?' 동생이 나보다 더 중요한 건지, 늘 우선순위에서 밀려버리는 상황이 원망스러웠다. 아니, 날 두고 가버린 엄마가 원망스러웠다. 잔뜩 부풀었던 마음은 바람 빠진 풍선처럼 쪼그라들었다. 그때의 원망이 아직 내 마음에 남아 있는 걸까? 동생은 조금씩 좋아졌고 2년 뒤 엄마는 서울 생활을 마무리하고 집으로 돌아왔다. 누구도 내게 강요하진 않았건만 난 야무진 첫째 역할을 잘 해내고 싶었다. 동생을 사랑했고 아픈 동생을 잘 돌보고 싶었다. 분명히 그렇게 생각했는데, 마음으로는 나도 실컷 떼를 써보고 싶었나 보다. 양보 없이 엄마의 사랑을 독차지해 보고 싶었나 보다.

"엄마, 서울 올라갔을 때 몇 살이었어? 그때 어떻게 지냈는지 궁금해."

갑자기 던진 질문에, 엄마는 눈을 조금 크게 떴다. 평소에 그 시절 이야기를 자주 꺼내지는 않기 때문이다. "서른 여덟이었어. 둘째가 자폐라는 걸 듣고 눈앞이 깜깜해지고 하늘이 무너지대. 그때 내가 허리 디스크 수술한 지 얼마 안 됐을 때라, 애 데리고 다니기 진짜 힘들었어. 서울에서 지하철을 타고 다녔거든. 울면서 다녔지. 그래도 1년 뒤엔 둘째가 자기 이름에 반응하고, 2년 뒤엔 간단한 말도 하더라. 치료를 시도했던 게 얼마나 다행이었는지…" 서른여덟. 지금 내 나이보다 겨우 세 살이 많다. 사랑하는 아들이 자폐 진단을 받았을 때 엄마 마음이 어땠을까? 당시엔 불치병이라고 다들 그랬다. 그런데도 포기하지 않고 할 수 있는 모든 방법을 시도해 준 엄마가 고맙다. 동생은 기적처럼 나아 지금 사회의 일원으로 생활하고 있다. 엄마 아들이기도 하지만 내 동생이기도 하기에, 지금의 동생이 있을 수 있도록 희생한 엄마와 아빠에게 이제야 고맙다. "놔두고 온 네가 얼마나 눈에 밟히는지, 널 만날 때마다 선물을 잔뜩 안겨줬던 기억이 나네. 떼를 쓰지도 않아서 엄마 마음이 더 아팠어. 너도 한참 엄마 손이 필요할 나인데, 두고 떠나는 게 얼마나 미안했는지…" 결국 엄마는 눈물을 보인다. 화장실 앞까지 자기를 따라오던 껌 딱지 첫째 딸을 두고 와야 했던 엄마의 마음을 헤아려 본다. 어느덧 나의 눈시울도 붉어진다. 사실 누구보다 많이 양보하고 참아야 했던 사람은 엄마였다. 인생의 모든 방향을 우리를 위해 맞추고 산 사람이 엄마였다. 머리로 상황은 이해했지만, 엄마의 마음을 헤아리기엔 나는 아직 어렸다. 그래서 엄마가 좋으면서도 미웠나 보다. 당시의 엄마 나이가 되어보니 엄마 마음이 어땠을지 조금 상상이 된다. 내게 그런 일이 일어난다면 주저앉아 한참을 엉엉 울 것 같다. 하지만 그러고 나서 남편과 구체적인 해결 방법을 고민해 볼 것이다. 그때의 엄마도 그랬던 거다. 나를 덜 사랑했던 게 아니라, 나를 선택하지 않았던 게 아니라, 그 상황에서 자신이 할 수 있는 가장 좋은 방법으로 두 아이를 돌보았던 거다. 그렇게 생각하자 마음 한편에 쌓여 있던 섭섭함이 녹는 듯하다. 엄마에게 가졌던 설명하기 힘든 모순된 감정의 원인을 찾은 것 같아 속도 시원하다. 애틋하고 그립고 사랑하지만, 서운하고 미운 마음의 조각들. 이젠 미움과 원망의 조각은 내어 버리고 사랑만 남기고 싶다.

3

나의 존재와 엄마

"아기 심장 소리 들리세요?" 새까만 초음파 화면에 콩알 같은 동그라
미가 보였다. 재작년, 결혼한 지 5년 만에 아기가 찾아왔다. 시험관 시술
을 통해 매일 배에 주사를 놓고 복수까지 차가며 어렵게 된 임신이라 기
쁨도 컸다. 내 배 속에 생명이 있다니! 정말이지 실감이 안 났다. 심장 소
리를 들었던 날에야 엄마가 될 나를 상상해 볼 수 있었다. 임신을 준비하
면서 좋아했던 커피를 딱 끊었다. 임산부에게 안 좋다고 하는 음식엔 도
통 손이 안 갔다. 살면서 다이어트를 위한 식단 조절엔 단 한 번도 성공
을 못 했는데 아기를 위해서라면 할 수 있었다. 입덧이 시작되었다. 조금
만 당이 떨어져도 어지러웠다. 늘 가방에 두유를 챙겨 다녔다. 일을 줄이
고, 천천히 걸었다. 길을 가다가 담배를 피우는 사람들이 보이면 일부러
길을 돌아가는 수고를 하곤 했다. 아직 눈코입도 생기지 않은 작은 존재
가 나의 생활 방식을 바꾸고 있었다.

몇 주 뒤 정기검진을 위해 병원을 방문했다. 평소보다 초음파를 보는 시간이 더 길었다. 진료실에 앉았는데 의사 선생님의 표정이 이상했다. "산모님, 아이가 잘못된 것 같아요. 심장이 뛰질 않네요." 미안해하며 조심스럽게 내뱉는 의사 선생님의 말소리가 비현실적으로 느리고 크게 들렸다. 그 말의 의미를 이해해 보려 한참을 곱씹었다. "아… 그럼, 제가 어떻게 하면 되나요?" 나는 최대한 감정을 누르며 물었다. 소파 수술과 약물 배출에 대한 설명을 들으며 고개를 끄덕이는데 결국 눈물이 터져 나왔다. 옆에 서 있던 간호사가 휴지를 건네주며 어깨를 두드려 주었다. 내 머릿속은 왜? 라는 질문으로 가득 찼다. 며칠 전에 너무 무리해서 걸었나? 그때 내가 화를 내서 그런가? 뭐가 문제였을까? 다 내 탓인 것만 같아 욱신대는 가슴을 누르며 눈물을 펑펑 흘렸다.

병원을 나오니 누구보다 제일 먼저 떠오르는 사람은 엄마였다. 엄마도 내가 태어나기 전 세 번이나 유산을 했다. 예전에 들었을 땐 별다른 느낌이 없었는데 이런 슬픔이었다니. 이렇게 마음 아픈 일을 세 번이나 겪었다니 상상도 못했다. 전화 신호가 몇 번 가지 않아 엄마 목소리가 들렸다. "여보세요? 딸!" 이미 실컷 울어 눈물이 다 말랐다고 생각했는데 익숙한 엄마 목소리가 들리자마자 가슴이 뻐근해지며 눈물이 차올랐다. "엄마, 아기가…" 흐느낌은 곧 엉엉하는 곡소리로 변했다. 울음소리에 끊겨서 힘겹게 흘러나온 문장을 엄마는 용케 이해했다. 전화 너머로 엄마는 나와 함께 울었다. "아이고, 우리 딸 어쩌니…. 마음 아파서 어쩌니…." 우리는 흑흑 흐느끼는 게 아니라 엉엉하며 어린애처럼 함께 울었다. 엄마가 예전에 세 명의 아기를 보낼 때 이렇게 울었을까? 아직 20대 젊은 새댁의 마음은 어땠을까? 나처럼 했던 행동 하나하나 떠올리며 이렇게 할 걸 저렇게 할 걸 후회하기도 했을까? 자신이 겪었던 아픔을 딸도 겪는 게 마음 아파 유산 소식을 들은 날 엄마도 나와 함께 목 놓아 울었던 것 같다.

저녁에 뒤늦게 소식을 들은 아빠도 전화를 주셨다. 평소에 감정표현이 많지 않은 아빠의 목소리도 그날엔 조금 젖어 있는 것 같았다. "딸, 괜찮아? 푹 쉬고 몸 잘 회복해. 유산이 출산하는 것만큼 몸에 무리가 간다고 하더라." 보통 아빠와 통화하면 내가 주로 말을 하고 아빠는 맞장구를 치곤 한다. 하지만 이번만큼은 아빠의 목소리가 대화 대부분을 채웠다. "옛날에 나는 정말 몰랐어. 얼마나 힘든 건지…. 그래서 네 엄마가 유산했을 때 제대로 위로를 못 해줬어. 네가 이렇게 되고 나니 그때 네 엄마가 얼마나 힘들었을지 상상이 돼서 마음이 아프네. 참 부족한 남편이었어." 엄마가 두 번째인가 세 번째 유산했을 때인가. 며칠 뒤에 있었던 가족 모임에 참여하지 않으려는 엄마에게 아빠가 짜증을 냈었다는 이야기를 들은 적이 있다. 아빠도 속이 상했겠지만, 유산 과정이 여자에겐 마음뿐 아니라 몸도 힘들다는 걸 몰라도 정말 너무 몰랐다.

엄마는 네 번째 임신에 마음을 굳게 먹었다. 이 아이를 꼭 지키겠다고 생각했다. 당시엔 교사가 병가를 길게 내는 게 쉽지 않았다. 사비를 들여 몇 달간 수업을 맡길 대체 교사를 찾았다. 엄마의 매일은 간절한 기도였다. 아이를 지키기 위해 할 수 있는 건 다 했다. 좋다는 것은 다 해보고 나쁘다는 것 근처엔 얼씬도 안 하면서 지냈다. 밀가루 푼 물이 애를 붙들어 놓는 데 좋다는 얘기에 지푸라기 잡는 심정으로 마시곤 했다. 그렇게 내가 태어났다.

고생 끝에 얻은 내가 엄마 눈엔 얼마나 예뻤는지 온종일 아기 얼굴만 들여다보고 있었단다. 그냥 온 아이가 아니라 귀하게 받은 아이라고 '하나님의 선물'이란 뜻의 이름을 붙여주었다. 친척들이 쓰는 이름 돌림자가 있었지만, 꼭 이 이름을 지어주고 싶었다고 한다. 어린 내 손발에 통통하게 살이 차오르자, 엄마의 마음에 행복도 가득 찼다. 세 번의 이별 끝에 찾아온 아기인 나는 엄마에게 어떤 의미였을까? 아무것도 해주지 않아도 그냥 좋았던 그런 존재가 아니었을까? 행여 다칠까 상처 입을까 꼭꼭 싸매어 보호해 주고 싶은 귀한 존재. 바라만 보아도 행복한 기적 같은 존재.

주변에서 다들 아이를 낳고 사니 임신과 출산이라는 게 당연한 일인 줄 알았다. 종종 들리는 유산 소식에도 그런가 보다 했다. 막상 내가 경험해 보니 쉬운 게 하나도 없다. 모든 아이 엄마에겐 임신과 출산의 과정에서 넘었던 고비가 있다. 입덧이 끔찍했던 사람, 임신 당뇨가 온 사람,

끔찍한 진통을 하루 넘게 한 사람, 출산 때 피를 너무 많이 흘려 죽음의 문턱까지 갔던 사람…. 그 모든 산을 넘고서야 비로소 생명을 품에 안게 된다. 그래서 내 새끼가 그토록 귀하게 느껴지나 보다. 엄마가 이제까지 나에게 해왔던 수많은 잔소리가 이제야 조금 이해가 된다. 자신이 겪었던 슬픔은 딸은 겪지 않았으면, 딸은 꽃길만 걸었으면 하는 마음으로 했을 잔소리들. 잠깐 왔다 떠나간 아기가 나에게 소중했던 것처럼 – 아니 그 이상으로 – 엄마에겐 내가 귀한 존재였을 것이다. 나는 지구에 사는 수많은 사람 중 한 명일 뿐이지만 엄마에게만큼은 세상에서 딱 하나뿐인 소중한 존재이다.

엄마 배꼽 아래엔 기다란 수술 자국이 있다. 나와 동생이 태어난 흔적이다. 삐뚜름하게 나 있는 제왕절개 자국은 다름 아닌 사랑의 흔적이다. 나라는 존재를 이 세상에 내어놓기 위해서 뿌렸던 눈물과 기도가 만든 아름다운 사랑의 훈장이다.

※

4

거기에 사랑이 있었다

"엄마, 나 오늘 친구 집에서 자고 가도 돼? 다른 애들도 다 자고 간대!"
중학생 때 시험이 막 끝난 후에 있었던 일이다. 친구 집에서 모여 놀다가
헤어지기 아쉬워 자고 가자고 의견을 모았다. 다들 잔뜩 신이 났다. 나는
실낱같은 희망을 품고 전화 너머 엄마에게 물었다. 이미 부모님께 허락
을 맡은 다른 친구들은 기대감에 가득 찬 눈으로 전화 통화를 하는 내 뒤
통수를 바라보고 있었다. 하지만 아니나 다를까, 예상했던 대답이 날아
왔다. "안 돼." 나는 엄마를 한참 설득하다 시무룩해하며 전화를 끊었다.
밤새 재미있게 놀 친구들을 두고 나 혼자 집으로 가야 했다.

소풍 날이나 크리스마스 이브처럼 친구들과 늦게까지 놀고 싶은 그런
날에도 내 핸드폰이 가장 먼저 울렸다. 집으로 돌아오라는 통금 전화다.
잔뜩 신난 분위기를 깨고 먼저 그 장소를 떠나는 사람이 되는 게 어린 마
음에 참 싫었다. 문을 닫고 나오는 등 뒤에서 어렴풋이 들려오는 친구들

의 즐거운 웃음소리에 어찌나 속상했는지 모른다.

고등학교 졸업 후 대학 입학을 앞둔 친구들과 부산으로 여행을 갔을 때의 일이다. 이제 성인이라며 어른 흉내를 내며 펜션에서 맥주를 마시고 있는데 갑자기 엄마에게 전화가 왔다. "지금 이모랑 너희 펜션 근처야. 잠깐 내려올래?" 우리 모두 눈이 동그래져서 한 줄로 쪼르르 내려갔다. 엄마가 아이스크림을 사줘서 신나게 먹긴 했지만 나는 속으로 '우리 엄마 참 유별나다.' 생각했다.

그 시절 나에게 엄마가 어떤 사람이냐고 물었다면, 나는 아마 '엄청 보수적이고 공부도 많이 시켜!'라고 답했을 것이다. 엄마와 함께했던 기억 대부분이 공부했던 장면이다. 영어 학습지 검사를 받기도 하고 같이 수학 문제를 풀기도 했다. 초등학교 4학년 때였나. 엄마는 직접 만든 구구단 카드를 들고 다녔다. 걸어가는 중에라도 엄마는 불쑥 내 눈앞으로 구구단이 적힌 카드를 꺼내어 든다. '8×3=?'이라고 적혀 있는 카드를 보며 나는 눈을 한참을 굴린다. 끙끙대다 답을 말하면, 엄마는 금세 가방에서 다른 카드를 꺼내 든다.

그해 여름엔 내내 엄마와 구구단 카드 게임을 했다. 4학년인데도 아직 구구단을 외우지 못한 나를 위한 특별 조치였다. 또 그즈음에 엄마는 집에 방과 후 공부 모임을 시작했다. 동네에 있는 내 또래 친구들 몇 명을 초청해 다른 엄마들과 함께 공부를 지도했다. 동네 친구들과 함께 공부하니 경쟁심도 생겨 교과서를 열심히 들여다봤던 기억이 난다. 공부가 끝난 후에는 엄마가 준비해 준 간식을 먹으며 친구들과 수다를 떨었다. 이렇게 학창 시절을 떠올려 보면 놀러 나갔던 기억보다 공부했던 장면들이 더 많이 떠오른다. 나는 엄마랑 같이 놀고 싶었는데 말이다.

생각해 보면 엄마 본인도 나가 노는 일이 없었다. 느긋하게 앉아서 커피를 마신다든지 책을 본다든지 하면서 자신만의 시간을 가지는 경우도 드물었다. 하긴 엄마가 놀러 다닐 시간이 어디 있었겠나. 출근해서 일하랴, 아픈 동생 데리고 훈련 센터 다니랴, 집안일 하랴, 교회 봉사하랴, 그 와중에 내 공부도 봐주랴. 하루가 24시간이라도 모자랐을 거다. 종종 엄마는 주차장에 차를 대놓고 운전석에서 까무룩 잠이 들어버리곤 했다. 가끔은 나를 옆 좌석에 태운 채로 '딱 5분만 눈 붙이고 집에 들어가자.'라며 의자를 젖히고 잠이 들어버렸다. 그럼 나는 한참이 지나도 일어나지 않는 엄마를 흔들어 깨워야만 했다. 집에 들어가 쉬면 더 편할 텐데 왜 차 안에서 잠을 잘까 어린 마음에 참 궁금했다. 나이를 먹고 일에 치여보니 알겠더라. 하루 종일 정신없이 일한 날, 집 앞에 도착하는 순간 긴장이 탁 풀려버리는 경험. 갑자기 쏟아질 듯 잠이 몰려와 차 안에서 잠시 눈을 붙였던 경험을 몇 번 해보니 알겠더라. 엄마가 그래서 그랬구나. 엄마에게도 다른 날보다 더 고되었던 날들이 있었겠지. 하루 내내 일에 치이고 사람에게 치였던 날들. 때로 퇴근 후에도 가져왔던 일감들과 적응

해야 하는 새로운 변화들. 그 와중에 챙겨야 했던 남매와 집안일. 엄마는 놀 시간이 없었고 그래서 노는 법을 잊어버려 버린 것인지도 모른다.

"엄마, 구구단 카드 기억나? 내가 수학머리가 없어서 구구단 진짜 늦게 외웠다." 내 말에 엄마는 펄쩍 뛴다. "아냐~ 너 2, 3학년 때 엄마가 서울 가서 없었잖아. 너한테 신경을 많이 못 써줘서 구구단도 못 외운 거 같아서 마음이 어찌나 아프던지. 구구단 외우게 하려고 별 방법을 다 써봤는데 카드가 제일 효과가 좋더라. 원래 어릴 때 공부는 주변 영향이 커. 그래서 내가 동네 공부 모임 시작한 거잖아. 너 친구도 사귀고 공부도 하라고." 엄마는 그렇게 바빴던 중에 내 구구단에 친구 관계까지 신경을 썼던 거다. 하루 중 자신을 위해 쓰는 시간 하나 없이 쪼개고 쪼갠 시간을 나를 위해 썼다. 단순히 내가 공부를 잘했으면 해서 그랬던 게 아니라 자신의 부재로 내가 뒤처질까 하는 마음이었다니. 가슴이 뻐근해지고 코끝이 찡해진다. 이런 내 마음을 감추려 괜히 투덜대며 질문을 바꾼다. "근데 그때 부산까진 왜 따라 온 거야?" 스스로 생각해도 우습다는 듯 멋쩍은 듯 웃으며 엄마가 답한다. "여자애들끼리 해운대 가면 큰일 난다는 말을 듣고 너무 걱정이 되더라. 당시에 TV만 틀면 납치랑 인신매매 뉴스가 나오고, 학교에서 일하면서 들은 소문도 많아서 참 불안하더라고. 사람들이 이렇게도 말하더라. 딸은 키우는 게 아니라, 지키는 거라고. 그래서 그랬지. 너를 지키고 싶어서."

나를 지키고 싶었다는 전혀 예상하지 못한 엄마의 말에 또 한 번 놀랐
다. 어릴 땐 엄마의 양육 방식이 참 답답하게 느껴졌다. 자유를 통제당하
는 느낌이 싫었고, 엄마와 같은 방식으로 살라고 요구하는 것 같아 부담
스러웠다. 엄마가 내 마음을 몰라준다고 생각했다. 그런데 반대로, 나도
엄마의 마음을 몰랐다. 나를 지키기 위해서 내렸던 나름의 결정들과 그
아래에 깔려 있던 엄마의 사랑을. 딸에게 최고의 것을 주고 싶었던 그 마
음을.

거기에 사랑이 있었다. 길가면서 불쑥 내밀어 보였던 구구단 카드에,
공부방 아이들에게 내어주던 간식에, 전화기에 찍히던 부재중 통화에,
내가 들어올 때까지 자지 않고 앉아 기다리던 소파 위에. 거기에 엄마의
사랑이 있었다.

5

엄마를 꼭 안아 줄래요

모녀 관계를 종종 '애증의 관계'라고 표현한다. 사랑과 미움이 함께 있는 관계. 나와 엄마의 관계도 그랬다. 누구보다 가깝지만, 서로를 이해하기 힘들어하는 관계. 떨어져 있으면 보고 싶지만 만나면 다투고 상처 주는 관계. 도란도란 나누던 다정한 대화는 갑자기 급커브를 돌며 "나 좀 내버려 둬, 내가 알아서 할게!"라는 말과 "너도 너 같은 딸 낳아봐야 내맘을 이해할 거다."라는 날 선 말로 끝나 버리길 일쑤였다. 냉탕과 온탕을 왔다 갔다 하는 것 같은 시간을 보내며 어느 날엔 문득, '이렇게까지 서로를 울게 만든다면 차라리 자주 안 보고 사는 게 낫지 않을까?'라는 생각까지 들었다.

이렇게 지내다 먼 미래에 엄마를 더 이상 볼 수 없을 때 후회와 죄책감만 남지 않을까. 고민하다 엄마와 함께 심리상담실 문을 두드렸다. 엄마는 처음엔 이 제안을 그다지 반기지 않았다. 큰 문제가 있는 사람만 상담

받는다고 생각했기에 그랬다. "엄마, 요즘엔 상담 많이들 받아. 받고 나서 우리 관계가 개선되면 좋은 거고, 아니면 넋두리하고 왔다 치자. 전문가가 우리가 모르던 새로운 얘기를 해줄 수도 있잖아." 며칠 뒤 한바탕 다투고 난 후 마침내 엄마도 고개를 끄덕였다. 싸우지 않고 사랑만 주고받으며 지낼 순 없을까. 막연한 희망을 품고 우리는 상담실로 향했다.

"어렸을 때의 가장 좋았던 기억은 무엇인가요?" 나무 탁자를 두고 마주 앉은 엄마에게 상담사가 질문을 던졌다. 딸 여섯 중 존재감 없는 넷째였다는 것, 아버지가 일찍 돌아가신 것 등 어린 시절 이야기를 두서없이 풀어낸 직후였다. 엄마는 상담사의 질문에 망설이지 않고 이야기를 이어갔다. 한결 밝아진 톤으로 좋았던 기억을 설명하는 엄마의 볼에 살짝 홍조가 돌았다. 엄마의 가장 좋았던 기억은 나도 처음으로 듣는 이야기였다. "당시엔 해수욕장에 자주 놀러가고 그러질 못했어요. 그런데 어느 날 아버지가 저만 데리고 해수욕장에 갔어요. 가서 맛있는 것도 사주시고요. 그때 얼마나 좋았던지, 왜 나만 데리고 갔냐고 아빠에게 물어봤지요. '네가 제일 착하고 얌전해서 사고를 안 치니 데려왔지,'라고 하시더라고요. 그날의 바다, 아빠와의 시간이 어린 시절 가장 사랑받았던 기억이에요." 상담사가 고개를 끄덕이며 노트에 무언가를 적어 내려갔다. 엄마는 웃으며 이야기했지만, 나는 그 얘기를 듣다 왠지 모르게 울컥해 눈물을 흘리고 말았다. 왜일까. 처음엔 어리둥절했지만, 곰곰이 생각해 보니 알겠다. 엄마의 가장 사랑받았다는 순간이 내겐 참으로 초라하게 느껴졌기 때문이다. 해수욕장에 가서 간식을 먹은 게 가장 좋았던 기억이라니. '착하고 얌전해서'라는 조건을 붙여 건네준 사랑의 표현이 그렇게도 좋았다니 말이다. 엄마의 이야기를 한참 듣던 상담사가 한마디 건넨다. "사랑과 인정을 받으려 노력하며 자라 오셨네요. 남들이 어떻게 자신을 생각하는지를 예민하게 신경 쓰다 보니 자신의 마음이 병들어도 돌보지 못할 때가 많고요. '착한 아이 증후군'이라고 들어 보셨어요? 그런데 또 스스로에게는 칭찬이 참 인색하고, 지금은 어른이 되었는데도 어린 시절의 모습에 잡혀 있는 부분이 있는 것 같아요." 가족들의 눈치를 보며 사랑받으려 애쓰는 어린 엄마를 상상해 보았다. 어린 마음에 생겨났을 생채기와 결핍을 가늠해 보았다. 모두가 어려운 시대였고 많은 이가 겪어야 했던 아픔이다. 하지만 그렇다고 개개인이 느꼈을 아픔이 괜찮아지는 것은 아니다. 어린 시절 배웠던 대로 아마 엄마는 평생을 '착한 아이'로 인정받기 위해 애써왔을 것이다. 열심히 일하고 무언가를 이뤄내야만 칭찬받을 수 있다는 마음에 늘 그렇게 동분서주했는지도 모르겠다. 엄마의 옛이야기를 듣다가 문득, 내가 이해할 수 없던 엄마의 삶의 방식은 나름의 생존 방법이었음이 보였다.

머릿속으로 이런저런 생각을 하고 있는데, 상담사가 이번엔 나에게 묻는다. "엄마에게 과하게 화가 날 때가 있다고 했죠? 어떤 상황인지 설명해 줄 수 있나요?" 나는 엄마가 내 마음을 부글부글 끓게 했던 순간들을 기억나는 대로 읊어보았다. 엄마는 생산적인 무언가를 해내지 않으면 못 견뎌 했다. 퇴직 이후에도 좀 여유를 가지고 살면 좋을 텐데 늘 분주하게 지냈다. '피곤하다'는 말을 입에 달고서도 말이다. 바쁘게 살며 이뤄낸 결과를 자랑스럽게 여길 법도 한데 엄마는 스스로를 자책한다. 그게 옆 사람을 얼마나 답답하게 만드는지 모른다. 또 엄마는 영 실속을 못 챙기는 것 같다. 보답받지도 못하는 호의를 베풀고 나중에 씁쓸해하는 엄마를 보면 화가 났다. 그런 모습이 보기 싫어 엄마에게 그만 좀 하라며 소리를 꽥 질러버리기도 했다. "그렇게 화를 냈던 이유, 그 배경에 있었던 마음은 어떤 것이었나요? 엄마가 어떻게 했으면 좋겠다고 생각했나요?" 그러게. 나는 왜 엄마에게 화를 내버렸을까? 그 배경에 있었던 마음은 무엇이었을까? "잘 모르겠지만, 답답했어요. 더 좋은 방법이 있을 것 같은데 그렇게 사는 모습이요." 내 대답에 상담사가 다시 질문을 던진다. "엄마의 모습이 안타깝고 속상했던 것은 아닐까요? 감정을 세밀하게 표현하는 법을 배우지 못하면, 어떤 감정이 나타날 때 화를 내버리는 경우가 종종 있거든요." 그 순간 망치로 머리를 맞은 것 같았다. 정말 그랬다. 화가 날 일이 아닌 것은 알았는데 왜 그렇게 화가 나는지 몰랐다. 가슴에서 치밀어 오는 감정이 무엇인지 나도 몰랐다. 나는 엄마에게 화가 났던 게 아니라, 엄마가 안타까웠던 거다. 화를 낼 필요 없이, 엄마가 안타깝다고 말하면 되는 거였다. 단순한데 놀라운 깨달음이었다. 상담사가 한마디

덧붙였다. "설명해 주신 어머니의 모습이, 저번 개인 상담 때 나눠 주셨던 본인의 고민과 비슷해 보여요. 상대방에게서 자신이 가지고 있는 단점을 보게 될 때 상대를 싫어하는 경우가 있거든요. 다른 사람들은 괜찮은데, 나는 유독 그런 모습을 견딜 수가 없는 거죠." 그러고 보니 그랬다. 나는 엄마를 참 안 닮았다고 생각했는데, 어느 부분은 똑 닮아 있었다. 나도 이런 점을 참 고치고 싶은데 쉽지 않다. 엄마도 아마 그랬으리라.

'알면 이해하게 되고 이해하면 사랑하게 된다.' 동물학자의 말이지만 인간관계에도 적용된다. 가족이라도 서로의 이야기를 듣고, 공감하고, 이해하려는 노력을 들여야 한다. 어른이 되고 엄마가 나를 낳았던 나이를 지나 보니 알겠다. 엄마가 내게 해준 것들이 당연한 것이 아니었다는 것을. 엄마가 살아온 인생길을 더듬어보니 엄마가 어떤 사람인지 조금 알 것 같다. 어린 시절의 결핍과 상처에도 불구하고 엄마는 내게 어른의 역할을 해주었다. 맞벌이로 바쁜 삶이었고, 아팠던 동생 때문에 여유가 없었지만, 엄마는 기어코 시간을 내어 내게 관심을 쏟아주었다. 어려워도 포기하지 않고 계속 시도해 준 것이 고맙다. 때론 그 사랑이 내가 원하지 않는 형태이기도 했지만, 엄마는 엄마의 방식대로 분명히 나를 사랑했다. 엄마가 할 수 있는 최고의 방식으로 나와 동생을 사랑해 주었다.

상담실의 탁자 한편엔 우는 사람을 위한 휴지 상자가 놓여 있다. 함께 상담을 받으며 엄마와 내 앞에도 눈물을 닦은 휴지가 수북이 쌓였다. 우리에게 주어진 날 동안 덜 싸우고 더 많이 웃으며 지내고 싶다. 하지만 그러기 위해선 마음속에 고여 있던 눈물부터 다 뽑아내야 할 듯하다. 엄마는 내 엄마가 되기 이전에 딸이었고, 소녀였고, 여자였다. 이 당연한 사실을 새삼 곱씹어 본다. 나와 성격도 생김새도 살아온 배경도 너무나 다른 엄마. 다 이해할 순 없겠지만, 적어도 서로를 있는 그대로 인정하고 사랑하게 될 수 있지 않을까. 함께 과거 이야기를 나누고, 추모하고, 묵힌 감정을 흘려보내는 시간이 앞으로의 우리의 관계를 더 풍요롭게 만들어 줄 것이라 기대한다. 상담실을 나오며 우리는 손을 잡고 함께 울었다. 가족이지만 서로에 대해 모르는 것이 참 많았다. 나는 엄마를 꼭 안아주고 싶다고 생각했다. 그동안 수고했다고, 고맙고 사랑한다고. 마음에서 넘실대는 이 모든 말을 함축해 꽉 안아주고 싶다고.